神级召唤师 1

蝶之灵 / 著

北京时代华文书局

图书在版编目（CIP）数据

神级召唤师 . 1 / 蝶之灵著 . -- 北京 : 北京时代华文书局 , 2019.2
ISBN 978-7-5699-2808-2

Ⅰ . ①神… Ⅱ . ①蝶… Ⅲ . ①长篇小说－中国－当代 Ⅳ . ① I247.5

中国版本图书馆 CIP 数据核字 (2018) 第 267186 号

神级召唤师 . 1

Shenji Zhaohuanshi 1

著　　者 | 蝶之灵

出 版 人 | 王训海
责任编辑 | 石乃月　王雨沉
特约编辑 | 夜　森　萨　萨
装帧设计 | Pluto.L
责任印制 | 刘　银

出版发行 | 北京时代华文书局 http://www.bjsdsj.com.cn
北京市东城区安定门外大街 136 号皇城国际大厦 A 座 8 楼
邮编：100011　电话：010 - 64267955　64267677　57735443
印　　厂 | 三河市嘉科万达彩色印刷有限公司　0316-3156777
（如发现印装质量问题，请与印刷厂联系调换）
开　　本 | 880mm×1230mm　1/32　印　　张 | 9　字　　数 | 265 千字
版　　次 | 2019 年 5 月第 1 版　印　　次 | 2019 年 5 月第 1 次印刷
书　　号 | ISBN 978-7-5699-2808-2
定　　价 | 36.00 元

SHENJI ZHAOHUANSHI

目录

SHENJI ZHAOHUANSHI

CHAPTER 01

沧澜战队

神级召唤师

SHENJI ZHAOHUANSHI

在大部分家庭都有了电脑的二十一世纪，以电脑为载体的电子竞技项目发展得极为迅速，大受欢迎的多人竞技网络游戏“武林”和“神迹”成了家喻户晓的经典网游，也造就了一个人才辈出的全新竞技时代。

沧澜电子竞技俱乐部，餐厅内。

队长李沧雨正坐在桌前吃饭，他自小就极爱吃鱼，今天饭堂师傅做的红烧鱼鲜嫩可口，李沧雨端了一盘过来下饭。这个平日里看起来严肃又正直的男人，只有在吃东西的时候才会露出轻松愉快的笑容。

副队长白轩吃完饭端着盘子路过，见他正埋头吃鱼，不由笑了笑说：“队长，吃完到训练室一趟吧，经理有事让我转告你。”

李沧雨“嗯”了一声，迅速把面前的鱼给解决掉。

他吃鱼很有技巧，一条鱼吃得干干净净，甚至能剥离出完整的鱼骨。队员们经常开玩笑说：“你是不是属猫的？”加上他的游戏 ID 为“老猫”，粉丝们也很亲切地称呼他为“猫神”。

三天前，武林官方第十六赛季职业联赛刚刚落下帷幕，沧澜战队再次与奖杯擦肩而过。

这几天沧澜战队内部一直死气沉沉，打了大半年比赛最后却一无所获，队员们自然开心不起来。作为队长的李沧雨虽然神色平静，但他其实能猜到，经理这时候找副队长来传话肯定没什么好事。

不过，该来的终归躲不过，他作为队长，更不可能躲起来逃避问题。

李沧雨擦擦嘴巴，收拾好碗筷，转身来到战队的训练室里。

几个队员并没有开电脑，而是站在一旁聊着什么，见他进来，几人的脸上明显闪过一丝尴尬，不约而同地停下话题，齐声叫道："队长。"

李沧雨微微笑了笑，走过去拍拍队友的肩膀："别太灰心，都打起精神来，下个赛季继续加油。"

他五官端正，轮廓俊朗，看上去很有男人味，笑起来的时候有一口整齐洁白的牙齿，样子极为自信，给人一种非常可靠且值得信赖的感觉。

在娘娘腔和小白脸满地跑的时代，像他这种帅气十足的男人已经不多见了。

"不会再有下个赛季了。"副队长白轩突然开口说道，"经理让我转告你，战队这两年成绩一直不好，他手里的资金已经亏损了不少，连战队的日常运营都没有办法维持下去，所以……他想给我们结算这个赛季的工资，然后……然后解散掉沧澜战队。"

白轩的这段话说得十分艰难，李沧雨一直沉默着听他说完。

——这已经不是第一次解散战队了。

目前国内大热的竞技游戏有两项，一是武林，二是神迹。李沧雨并非武林这边的竞技选手，他出道的项目其实是神迹，那是一款大型 3D 西方魔幻网游。当时他还年少，凭借着一腔热血跟白轩和身边几位好友一起组建了一支战队，取名叫 FTD，是 For The Dream 的首字母缩写。

光看名字就知道，这支战队承载着很多少年的梦想。

可惜，FTD 战队成绩一直不好，连续两年无法打入季后赛，最终因为拉不到赞助而无奈解散。

那个时候的李沧雨刚好二十岁出头，虽然对电竞选手来说一过二十岁实力就有可能下滑，可他并不甘心就此沉寂下去，在战队解散后，他拒绝了很多豪门俱乐部抛出的橄榄枝，带着几个哥们转移到了另一个游戏——"武林"。

离开"神迹"转移到"武林"的他，无疑承受着极大的压力，神迹的玩家觉得他是输不起就逃跑的怂蛋，武林这边的玩家却觉得他是个讨厌的外来者。

夹在中间，简直里外都不是人。

然而，李沧雨做出这个选择的目的其实很简单——他只是想带着他的小伙伴们拿一次奖杯。

在国内的电竞圈里，李沧雨是为数不多的转换项目的选手。

从神迹到武林，所有人都认为他会知难而退，但他却坚持了下来。他咬紧牙关建立起一支新的战队，名叫沧澜，并且在武林官方职业联赛一口气打进了季后赛八强。

可惜他们只能止步于八强。

职业联盟高手如云，沧澜战队虽然有李沧雨和白轩，但其他队友水平并不突出，整体实力还是偏弱，跟那些高手如云的一线强队没法比。

连续三届，每一届都在季后赛的第一轮被刷掉，距离奖杯永远都是一步之遥。

那一步看似很近，却也很远。

李沧雨有时候觉得，只要自己再努力一把，或许就能摸到奖杯的边缘，可每次努力换来的结果，都是反反复复的遗憾和失望。

今天，又一次听白轩说出“战队解散”这四个字，李沧雨的情绪反而比队员们想象的要平静许多，他只是沉默了几秒，便开口问道：“队员们怎么安顿，经理有说吗？”

“经理的意思是，愿意留下打比赛的人，资料挂到转会窗去，看看有没有其他战队接纳。不愿意继续的就离开联盟，想另外找工作他也可以帮忙。”白轩仔细转达着经理的话。

李沧雨点了点头。经理能做到这一点已经算是仁至义尽，当初接手战队解散后的烂摊子，李沧雨对他其实十分感激，毕竟他是个生意人又不是慈善家，投资沧澜战队后连续两年一直在亏本，总不能强求他继续赔钱吧？

只能怪队员们不给力。拿不到奖杯，就没有联盟的赛事奖金，战队名气上不去，广告、代言只会越来越少，战队就只能一直亏本。

李沧雨并不责怪经理的决定，他很清醒，这支由他一手建立起来的队伍，如今已经到了穷途末路的时候，是该做个了断了。

沉默片刻后，李沧雨目光平静地扫了大家一眼，低声说道：“当初大家一起建立战队，几年过去，我却没能带着你们拿下一个奖杯，这是我身为队长的失职。

“到如今，战队又要解散，我也不想强留你们。愿意继续打比赛的，可以尝试着转去别的战队。觉得累了想改行的，我也会帮你们找找别的工作。

“兄弟一场，大家好聚好散。

“只希望这几年跟着我打比赛的经历，不会让你们后悔。”

队长的几段话说得十分平静，可每一个字似乎都有千斤的重量，让几个大老爷们忍不住红了眼眶。

从十七八岁的少年时代就跟着他打比赛，这几年一路走来，虽然步步艰辛，最终也没有拿到什么好的成绩，可大家在一起努力奋斗的日子，永远都是留存在脑海里的最珍贵的回忆。

李沧雨是个好队长，这是沧澜战队所有队员们的共识。

当年在神迹联盟打比赛期间，李沧雨在擂台单挑阶段几乎没有败绩，接近500APM的瞬间爆发手速据说能达到世界级电子竞技选手的水准，他玩召唤师职业的时候，甚至很长时间占据着职业排行榜的第一名。就连神迹联盟几个豪门强队的队长都对他心存忌惮。

以他的水平，明明可以有更好的发展，可就是因为舍不下这几个年少时代就跟着他的好兄弟，他才一直坚持着留在这支水平偏弱的队伍里。

他是个很讲义气并且极重情义的男人。

如今战队要散了，他还想着帮大家找工作。跟着这样的队长，哪怕最终的结果不尽如人意，这几年的时间也没什么可后悔的。

见大家情绪低落，李沧雨不由伸出双臂，轻轻抱了抱几个好哥们，说道：“行了，都别愁眉苦脸的。就算不能当电竞选手，也有别的出路，以后大家还是朋友！”

听他这么一说，众人也不禁放下了心里的委屈，一群大老爷们耷拉着脑袋一副奔丧的表情，被外人看见了丢不丢人？虽然输了比赛，可也不能输了骨气。

“队长说得好！解散就解散，大伙以后还是朋友！常联系！”

“不如出去喝一顿吧，今天晚上不醉不归！”

"我们联手放倒队长！"

一群人热热闹闹地到常去的餐厅要了个包间。最后一顿散伙饭，让不少人热血上头，大部分队员都喝高了。李沧雨酒量大，一直陪着他们喝到最后，依然保持着清醒，副队长白轩则是滴酒不沾。

吃饱喝足后，白轩很自觉地陪李沧雨一起处理善后工作，把一群醉鬼扶回宿舍，两人这才一起回到了走廊尽头的双人间。

一进门，白轩就习惯性地倒了两杯水，给李沧雨递来一杯。李沧雨喝了两口润了润喉咙，这才开口说道："这回解散不像是上次，很多队员已经到了退役的年纪，我不能再像以前一样带着大家建立新队伍，他们也该考虑一下别的出路。所以，有些人想走，我就不留了。"

"我明白。"白轩轻声说，"他们都有自己的打算，战队解散没人会怪你。"

"那你呢？"李沧雨回头看他，"你怎么打算？"

"我想出国读书。我学的是英语，出国深造一下说不定还能当个专业翻译。"

李沧雨有些惊讶："不打比赛了？"

"嗯，累了。"白轩耸了耸肩，"我可没你那么拼，你年纪也不小了，还不肯放弃吗？"

李沧雨微笑着道："我的字典里，可从来没有'放弃'这两个字。"

白轩不由得回头看了他一眼，他的脸上一点都没有被打击的失落表情，反而平静如常。

——是的，面前的男人虽然经历过很多挫折，可不管面临什么困难，他始终这样平静，并且自信。

白轩相信，没有什么困难能真正地将他打倒，因为他的心永远坚如磐石。

作为他的搭档，白轩其实很清楚李沧雨打竞技游戏的水平，他是真正的千里马，可惜时运不济，一直遇不到能跟他并肩战斗的强力队友和一位真正赏识他的伯乐，所以他这些年总是拿不到奖杯，没办法证明他真正的水平。

不管武林还是神迹，都不流行个人英雄主义，比赛的时候团队才是最重要的。个人能力再强，队友的意识跟不上也是白搭。沧澜战队的解散虽然让人痛心，可反过来想，对李沧雨而言这也是个新的机会，或许他能找到一支更适合自己的队伍。

想到这里，白轩不由得关心道：“既然不想放弃，你可以试着去别的战队，目前武林这边的队伍，你的打法能够融入进去的好像只有龙吟战队吧？”

“没错。”李沧雨说着便拿出手机，从通讯录里找出一个人的号码拨了过去。

——刘川。此人正是龙吟战队的经理，同时还兼任中国区电竞协会的常务理事。

“猫神？”电话很快接通，耳边传来的声音十分温和，语气中带着明显的笑意，“这是你第一次主动给我打电话吧？大半夜突然找我，是不是战队在玩真心话大冒险呢？”

“是有正经事找你。”李沧雨严肃地说，“十六赛季刚刚结束，转会期又要到了，作为经理，你有没有兴趣接纳一个无家可归的大神选手？”

“……”对方似乎被呛到，连咳好几声之后，才惊讶地问，“无家可归的大神选手？谁啊？”

“是我。”李沧雨十分平静地说。

对方沉默了好几秒，然后就以极快的语速说道：“你确定没喝醉是吧？等等，我马上去买机票，明天中午见了面再详谈！”

刘川的动作跟李沧雨一样雷厉风行，这就买机票去了。

白轩一脸见鬼的表情：“自称大神选手，你的脸皮怎么这么厚了？”

李沧雨微笑着说：“你不知道我刚才打电话给刘川吗？对付那个厚脸皮，就要比他更加厚脸皮，从战术上来讲，这叫作以毒攻毒。”

哪有这样以毒攻毒的？白轩翻了个白眼，道：“真去龙吟战队？不考虑其他？”

“嗯。”李沧雨像是早就做好了决定一样，毫不犹豫地说，“因为我了解刘川这个人，并且相信，只有他，才能给我提供最好的平台。”

因为战队解散而垂头丧气、顾影自怜，那可不是李沧雨的风格，他更喜欢主动出击、把握住机会。

——伯乐能寻找千里马，千里马也可以自己去寻找伯乐。

——机会只留给准备好的人，不是吗？

想到明天即将见到的那个厚脸皮战队经理，李沧雨不由得露出了一丝笑容。

沧澜战队的队员在次日就各自收拾行李离开了俱乐部，拼搏一场最终却是这样的结果，大家心里难免不好受。不过，很多人已经到了退役的年纪，加上自身水平一般，也的确该放手去寻找别的出路了。

李沧雨将他们一个一个送走，心中不禁涌起一丝酸涩。

竞技比赛就是这么残酷，有人赢自然就有人输。虽然沧澜战队的结局有点惨淡，好在几个队友都找到了不错的工作，作为队长的他也能稍微安心一些。

中午的时候，李沧雨果然迎来了一位意料之内的访客——龙吟战队的经理刘川。

刘川如今还不到三十岁，是目前国内最年轻的战队经理。他曾经也是电竞选手，一手创建龙吟战队并带领战队拿下了冠军，退役后顺理成章地成了龙吟俱乐部的幕后掌权人，还受邀加入电子竞技联盟，成了电竞联盟的常务理事，在国内的电竞圈里是出了名的年轻有为。

此人一向目光长远，这也是李沧雨选择跟他合作的原因。

刘川今天穿着一身帅气的卡其色长款风衣，里面是简单整齐的白衬衫，光看身材绝对是模特级别，只不过，他的脸上扣着大大的墨镜，还戴了个口罩，把一张脸遮得严严实实。

李沧雨见他这副打扮，不由笑道：“武装成这样，是被狗仔队追击了？”

刘川摘下墨镜，无奈地说：“龙吟战队刚拿下冠军，电竞圈的记者这几天一直在战队门口堵我，我武装成这样才能偷偷溜出来。”

他们一个是冠军俱乐部的经理，另一个却是刚刚遭遇战队解散的落魄队长，强烈的对比似乎更能显示出李沧雨的失败。

然而李沧雨的脸上却没有一丝自卑或者沮丧的神色，他很坦然地做了个“请”的手势，微笑着说：“进来聊吧，没想到有一天我居然要找你谈合作。”

“我也没想到。”刘川笑了笑，跟着他走进屋里。

白轩订了几天后的机票，目前还留在战队整理会议室的东西，见刘川来了，他便主动给两人倒来热茶，说："你们聊，我先回宿舍去收拾行李。"

"好，你去忙你的。"李沧雨说。

等白轩走后，刘川才开口问道："沧澜战队要解散是吗？"

"嗯。"李沧雨点头。

刘川见他神色平静，忍不住伸手轻轻拍了拍他的肩膀："安慰的话就不多说了，我想你也不需要。沧澜解散的事情我之前就听到些风声，不过，上次战队解散的时候你带着队友集体转移到武林，这次，我以为你会继续组建新的队伍，就没好意思联系你。你能主动打电话给我，其实我特别惊喜。"

李沧雨直接问道："你能接纳我去龙吟战队吗？"

"当然。"刘川笑道，"求之不得。"

"你打算把我放在战队的什么位置？"

"你过来的话，我肯定让你当队长。"刘川毫不犹豫，"不然岂不是太委屈你了？"

"我当队长？"李沧雨显然有些惊讶，"那现任队长吴泽文怎么办？"

"我家泽文当然还是队长。"刘川微笑着说，"你们两个并不冲突。"

李沧雨很快就明白了他的意思："你是想建两支队伍？"

"没错。"刘川的表情难得严肃下来，回头看向李沧雨，认真地道，"猫神，咱们明人不说暗话，你主动找我应该也考虑过这一点。国外很多综合型电竞俱乐部都是多个游戏同步发展的经营模式，国内也有华夏俱乐部开了这个先例，在武林和神迹两个大型项目中都组建了自己的战队。我当年创建龙吟的时候就说过，将来一定要把龙吟扩大成国内一流的综合型俱乐部，给国内优秀的电竞选手提供一个最好的平台。这几年，我也一直在寻找一个合适的机会。如今，机会终于来了，你该知道我指的是什么。"

"你是说，神迹世界大赛？"见刘川点头，李沧雨便接着道，"我也听到一些关于神迹世界大赛的新闻，神迹这款游戏运营了整整六年，在各个国家都有自己的职业联赛，涌现了不少高手，如今游戏总部想通过开展世界大赛来扩大影响力和知名度，也确实到了时机成熟的时候。”

“是的。”刘川赞同地说，“趁着这个机会，我们正好可以组建一支队伍进军神迹。我最近一直在物色一个合适的带队人选，你若能加盟，对我来说简直就是及时雨！”

“你想让我带队回归神迹？”李沧雨问。

“这不正是你自己的愿望？”刘川反问。

“那倒也是。”被对方戳中心事，李沧雨便不再掩饰，微笑着说，“离开神迹整整两年，我也很怀念我的召唤师。能回去的话，当然再好不过。”

这也是李沧雨找上刘川的原因。

他早就看出来刘川野心不小，对神迹联盟很感兴趣。

神迹毕竟是李沧雨接触的第一个竞技网游，虽然后来无奈之下转到武林打了两年比赛，可李沧雨心里一直忘不掉年少时代初入网游时在神迹创建的那个召唤师角色，那才是他最钟爱的游戏角色。

兜兜转转，居然又要回到原点，李沧雨并不觉得沮丧或者丢脸，反而非常欣喜。

——他又可以操作他的召唤师了！

“重回神迹对你来说是个极大的挑战，你要想清楚。”刘川认真地看着他，一字一句地说，“你离开神迹已经整整两年，神迹联盟发展迅速，游戏经过很多次大规模的更新，竞技规则变了，联赛制度也改了，那已经不是你所熟悉的领域。你回去之后必须从头开始，重新适应。”

刘川说得没错，两年时间，足够让一款游戏脱胎换骨。

然而，李沧雨并不介意这一点，他的脸上反而浮起了自信的微笑：“无所谓，从头开始也好。”

“猫神”这个称呼本就源自于神迹，他最后的归宿，也应该在那里。

既然他当年能从一个什么都不懂的菜鸟变成神迹一流的召唤师，如今，有了这么多游戏基础和大赛经验，重来一遍，他就不信会比当年更弱！

看着男人脸上自信的表情，刘川不由欣赏地拍了拍他的肩膀，道：“那么，龙吟俱乐部进军神迹的任务，我就放心地交给你了！”

这是个非常艰难的任务，很可能会波折重重，可刘川相信，李沧雨一定能带好这支队伍，因为，这个男人眼睛里的光芒，在经历过多次的失败之后，依然没有褪色过分毫。

从哪摔倒，他就能从哪爬起来。

这次原地爬起来的猫神，一定会让所有人都对他刮目相看！

对上刘川信任的目光，李沧雨也认真地点了点头，说：“放心，我会尽全力。”

刘川微笑着伸出手：“那么，合作愉快？”

李沧雨也伸出手，跟他轻轻握在一起：“合作愉快！”

性格干脆的人谈判起来也很迅速，两人目标一致，几乎一拍即合。

对刘川来说，李沧雨的出现正好解了他的燃眉之急——好的选手不难遇到，好的队长却是千金难求！

“神迹职业联赛每年举办一届，今年已经赶不上了，距离明年的联赛还有半年时间，你可以休息一下练一练手。等到明年春天，我们就直接带队杀回神迹，你觉得如何？”刘川问道。

“我也这么想。”李沧雨说。

“转会手续我来帮你搞定，你就回神迹安心备战吧。”

刘川作为中国区电竞联盟的常务理事，跨游戏、换项目这种手续办起来轻而易举，有刘川帮忙办这些杂事，李沧雨自然非常放心，说：“那就麻烦你了。”

“客气什么！”刘川笑了笑，又说，“对了，新队伍的名字也顺便想一下吧，‘龙吟一分队’‘龙吟二分队’这种太难听，我们还是把两个游戏的战队名字分开，免得粉丝们混淆不清。”

“也是。”李沧雨赞同地说，“不如保留‘沧澜战队’的名字？我也是取名无能。”

“这名字不是你取的吗？”刘川显然很惊讶。

李沧雨笑道：“是小白取的，他比我有才华。”

——小白是李沧雨常用的昵称，指的就是沧澜战队的副队长白轩，大神级治疗选手。

提起白轩，刘川不由好奇地问道："刚才听白副队说收拾行李，他要去外地？"

"嗯。"李沧雨有些无奈，"他不想继续打比赛了，收拾行李打算出国读书。"

刘川微微皱眉："他水平不错，这样离开有些可惜了吧。"

"我也觉得。"李沧雨看了白轩离开的方向一眼，低声说道，"我会想办法留下他。他是我最好的副队长，就这么跑了，我可舍不得。"

"嗯。能留下他最好，你俩一起过来的话，正副队长都有了，多省心啊！"刘川心情愉快地拍拍李沧雨的肩膀，说，"我先回长沙安排一下，你看什么时候方便过来，我让人帮你打扫好宿舍。"

"不急，等明年职业联赛开始前一个月我再过去。这么早就去龙吟俱乐部，我也要像你这样天天戴墨镜躲狗仔队记者。"李沧雨认真地说，"而且，我们合作的事我希望能暂时保密。"

"我明白。"刘川理解地点了点头，站起来说，"那明年春节后我在长沙等你，咱们先把合同签了。"

他说着就拿出包里的笔记本电脑，找出一份龙吟俱乐部签约电竞选手的合同模板，然后在薪酬待遇的数字后爽快地加了一个零。

给出这么高的报酬，证明他对李沧雨非常重视，这确实是战队队长的待遇。

能够遇到一个真正赏识自己的老板，可不是那么容易的事。

李沧雨猜得没错，找刘川合作，果然是最正确的选择。他微微笑了笑，干脆地在打印出来的合同上签了字。

两个人办事都挺爽快，雷厉风行地敲定了合作方案，刘川就戴着墨镜和口罩急匆匆地走了。

送走刘川后，李沧雨转身回到宿舍，一开门，就见白轩正在俯身收拾行李。

他的皮肤非常白皙，五官轮廓柔和，微笑起来的时候给人的感觉特别的温柔。白轩脾气也很好，不管别人怎么惹他，他都是笑笑，不理你也不生气。除了能细心地安排好队员们的日常训练之外，他还有一手好厨艺，简直就是战队里最贴心的超级奶爸。

这么多年，如果不是他在身边协助，李沧雨建立的队伍也坚持不到现在。

如今他要离开，李沧雨确实万般不舍，忍不住走到他身边，低声问道：“白轩，不走行吗？”

听到身后传来熟悉的声音，白轩的后背微微僵了僵，把行李箱盖上，回头微笑着说道：“当了这么多年电竞选手，天天敲键盘，我实在是不想继续了。”

“这是你的心里话吗？”李沧雨盯着他说，“我俩这么多年搭档，找这种借口骗我，你觉得我会信？”

“……”白轩不太自在地移开了视线。

“前几天你去医院干什么？”李沧雨直截了当地问道。

“……”白轩沉默下来。

李沧雨见他脸色苍白，语气不由温和了些，轻声说道：“到底怎么了？有什么难处不妨说出来，或许我能帮你想想办法？”

对上李沧雨满是关切的目光，白轩终于无奈地叹了口气，苦笑着道：“真是什么都瞒不过你。”

他说着便转身从行李箱里找出一份文件，打开来递给对方：“这是医生的诊断报告，其实，不是我不想打比赛，而是……我的身体状况越来越差，已经不适合继续打比赛了。”

诊断报告上赫然写着一行字：胃十二指肠上部多发溃疡。

胃溃疡并不是肝癌、肺癌那样听起来让人绝望的病，可这种慢性疾病对人的折磨也足以让人痛不欲生。

白轩这段时间精神很不好，饭也吃得很少，李沧雨还以为他是比赛压力太大的缘故，如今看来，这家伙是得了严重的胃病，一直吃不好、睡不好，所以才会脸色苍白、精神不振。

这样的状态，确实没办法继续打比赛，白轩是不得不离开了。

虽然他也万般不舍，可如果留下来，一个精神无法高度集中的电竞选手，在赛场上只能任人宰割，并且无限地拖累队友。

白轩也有自己的骄傲，他不想变成队友们的负担。

看着李沧雨皱起眉头的样子，白轩微微笑了笑，从他手里拿回报告，说：“其实症状不算严重，医生说我这种病需要好好调养，注意饮食和睡眠，会慢慢好起来……”

话还没说完，身体突然落入一个温暖的怀抱里。

李沧雨的拥抱很紧，因为他根本说不出什么好听的话来安慰这位好友，只能以无声的拥抱来表达自己的心情。

当年 FTD 战队创建时，他跟白轩都十八岁，白轩英文好，想到用 For The Dream 的首字母缩写 FTD 作为战队的名字。FTD 成绩不好解散后，两人一起带队转移，白轩又想出“沧澜”这个队名——沧之冷冽，澜之壮阔，如此意境，足以反映这个男人的志向和胸怀。

白轩一直以副队长的身份留在李沧雨身边，他就像李沧雨的左膀右臂，总能在最恰当的时机帮李沧雨处理好一切战队内务。

这个男人看似温柔，却也有自己的梦想和尊严。

他是最好的治疗，最好的副队长，也是李沧雨最信任的搭档。

既然他选择以有尊严的离开作为自己职业生涯的终结，李沧雨也不能勉强挽留他，只好紧紧地抱了抱他，低声说道：“保重。”

白轩点了点头，微笑着说：“你也是。”

当天晚上，李沧雨洗完澡后立刻坐在电脑前发了封长邮件详细说明了白轩的情况。邮件很快就收到回复，简单的一行字，干脆利落：“带你朋友过来，我帮他看。”

李沧雨当下就买了飞纽约的机票，跟白轩同一趟航班。

因此，当白轩在机场安检口看见这个老熟人的时候，惊讶得连眼睛都睁圆了：“你怎么在这？”

李沧雨表情镇定：“我帮你在纽约联系了一位医生，陪你去检查一下。”

白轩有些感动地看着他——帮朋友帮到这个份儿上，这人讲义气的程度真的让人无话可说！

李沧雨轻轻拍了拍白轩的肩膀，微笑着道："走吧，一起去国外散散心，顺便看看你的胃。"

两人一同登上去美国纽约的航班。到达纽约机场后，就见一个留着大卷发的女人微笑着朝两人走了过来，并且跟李沧雨来了个亲密的拥抱。

女人长得很漂亮，一头黑色卷发十分引人注目，李沧雨主动介绍道："这是我大姐，李悦然。"

"大姐好。"白轩礼貌地跟她打招呼。

李悦然跟白轩握了握手，爽快地说："走吧，住处我都替你们安排好了。"

白轩此行去纽约本是为了旅游散心，没想到李沧雨在这边还有亲人，他姐姐直接让他们住在她家里，房子打扫得非常干净，两个卧室的床单被褥都是新的，可见李沧雨的姐姐办事十分靠谱。

"晚饭我带你们出去吃，给你们俩接风，明天开始我就没时间管你了，你自己招待好白轩。"李悦然朝弟弟说道，"你姐夫在外出差，房子正好空着，你们俩随便住。纽约你并不陌生，有什么问题自己搞定，搞不定再给我打电话。我今年要当住院总，一周最多回一次家。"

"我知道。"李沧雨干脆地摆了摆手，"大姐你忙你的，不用管我。"

白轩听到这里，不由好奇道："大姐是医生吗？"

李悦然笑道："嗯，我爸也是医生。"

平时在战队很少说起家里的事，白轩今天还是第一次知道李沧雨的姐姐和父亲都是医生，完全看不出来他居然出身于医学世家。

次日，李沧雨就带着白轩去医院找自己的父亲。

李建安教授正好是消化内科的专家，五十岁上下的中年男人，容貌跟李沧雨颇为相似，只不过非常严肃，见到儿子之后表情也没怎么变化，倒是拿起白轩的病历本认真地研究起来。

他看完白轩的病历和检查报告，又仔细给他做了一下基础的体检，便唰唰地在纸上写了个单子，说："去做胃镜，待会儿给我检查结果。"

李沧雨站在胃镜室外，见白轩脸色苍白地躺在那里痛苦地皱着眉头，忍不住一阵心疼。

他肯定是太操心战队的事情才一直没抽出时间去医院好好查一查，加上电竞选手经常飞来飞去在各地打比赛，饮食和作息很不规律，胃病自然会越来越严重。

这两年下来，白轩瘦了一整圈。这家伙看似脾气温柔，其实也很拼命，骨子里十分倔强。可惜，两人一起拼了这么多年，拼出一个胃溃疡来，却没拿到过一个奖杯，他俩真是电竞圈里最“悲催”的搭档。

做完胃镜出来后，白轩的脸色依旧很苍白，李沧雨赶忙扶住他，低声问道：“没事吧你？”

白轩笑了笑说：“还好，我们先把检查结果拿给你爸看看。”

两人回到专家诊室，李建安看了看结果，便说：“这种程度不用做手术，得好好休息、慢慢调养。要预防胃出血，我给你开一些保护胃黏膜的药物，饮食方面一定要多注意，辛辣刺激的东西绝不能吃，清淡为主，三餐和作息都要规律。以后不能熬夜，必须保证充足的睡眠。”

“嗯嗯。”白轩一边听一边认真点头，“谢谢叔叔。”

李建安把单子递给白轩，抬头看向两人：“别以为年纪轻就可以肆无忌惮，把身体弄垮了可没后悔药吃！”

他显然一语双关，说白轩的同时顺便说了自家儿子，白轩有些尴尬地看了李沧雨一眼，后者倒是一脸平静，一副“不关我事”的态度。

李爸爸忍无可忍，直接叫道：“李沧雨，说你呢！”

“哦。”李沧雨点了点头，“我身体好得很，还能再打几年比赛，放心吧老爸。”

被儿子气得胸痛，李建安干脆地摆摆手说：“滚吧，反正你十八岁之后我就管不了你了！”

李沧雨笑着说：“谢谢爸！我先滚了。”

白轩：“……”

这不是让你爸更生气了吗？

不过，这父子俩表面上互相拌嘴、其实却互相关心的相处模式倒也挺好玩的。李沧雨这次来，还给他爸带了不少礼物，都转交给他大姐了。

从医院出来后，李沧雨又重复了一遍他爸的叮嘱："以后注意饮食，保证睡眠，记住没有？"

白轩哭笑不得："记住了！"

"嗯。"李沧雨满意地点头，"你想去哪逛逛吗？我陪你去。"

"不想逛，先回家吃饭。"

早上为了去医院做检查，白轩可空着肚子呢，李沧雨想到这一点，立刻带着白轩回家。

回去的路上正好看见一家专门卖各种游戏周边的店，李沧雨不由自主地在柜台前停下脚步，朝售货员说道："你好，请给我拿一张神迹的点卡。"

耳边传来的声音非常好听，店主忍不住抬头看了他一眼，面前微笑着的男人拥有一口整齐洁白的牙齿，笑起来帅帅的——是那种阳光又俊朗的帅气。

平时来这里买东西的都是些满脸青春痘的颓废宅男，这种帅哥倒是不多见。

"您的点卡，里面含有300个小时的游戏时间。"店主变得热心起来，"帅哥还要别的吗？"

"不用了，谢谢。"李沧雨付了钱，接过点卡转身离开。

白轩忍不住问道："你买神迹的点卡干什么？不是准备去龙吟战队吗？"

"嗯，我跟刘川谈过了，他一直想进军神迹职业联赛，扩大龙吟俱乐部的规模。这次我主动找上他，他正好让我当队长来负责这件事情。"李沧雨一边研究着手里点卡上的图案，一边解释道，"我要建一支新的战队回归神迹联盟。"

白轩皱眉："又要建一支新队伍，你不觉得很累吗？"

这已经是他第三次组队伍了吧？

而且，以前他的身边还有副队长和其他队友，这次可是个光杆司令啊！

李沧雨微笑着说："我倒不觉得累。这两年一直挺想回神迹，对我来说，这是个很好的机会。"

"……"白轩无奈地看着他。这人一旦认定了什么事，那是八匹马都拉不回来。他显然已经下定决心要在神迹重新打出一方天地，这样的决心，任何人都无法动摇。

“我先去一下洗手间，你在这等我。”李沧雨内急走了。

白轩若有所思地看着这个男人的背影，片刻之后，他突然转过身，快步走回了刚才的那家店里。

对上店主疑惑的目光，白轩很有礼貌地微笑着说：“给我也拿一张神迹的点卡，谢谢。”

CHAPTER 02

重回神迹

神级召唤师

SHENJI ZHAOHUANSHI

李沧雨上完厕所回来的时候就发现白轩在低头研究着什么，不禁凑过来问：“你买什么了？”

白轩笑着摊开手掌：“神迹的点卡。”

李沧雨惊讶地道：“你病还没好，买点卡干什么？”

“我得的是胃病，我又不用胃来敲键盘。”白轩开玩笑说。

“……”李沧雨无语。

“放心，我保证按时吃饭、按时睡觉。”白轩拍了拍他的肩膀，说，“反正目前没什么事，闲下来挺无聊的，离开神迹那么多年正好回去看看，就当你的御用治疗吧。”

李沧雨知道白轩其实是为了陪他，毕竟他一个光杆司令去神迹那边从头开始肯定会困难重重，有一个高水平治疗陪着，那就完全不一样了。

网游里流传着一句话——有奶走遍天下，无奶寸步难行。

可见一个优秀的治疗对于团队的重要性。

尤其是神迹这样操作复杂的游戏里，有一个厉害的治疗，那就相当于队友们多了好几条命。

对上白轩温和的目光，李沧雨不禁伸出双臂用力抱了抱身边的好搭档，认真地说：“谢了。”

白轩道：“咱俩还需要说谢字？”

没错，他俩是认识多年的铁哥们，彼此说谢谢反倒显得生分。

李沧雨微微一笑，拉着白轩朝不远处的餐厅走去：“请你吃鱼。”

白轩：“就不能吃点别的？别每次请客都请吃鱼行吗？”

李沧雨直率地道：“鱼多好吃啊，又有营养。”

白轩只好无奈地跟上他。

吃完饭回到家后，两人不约而同地连上网线打开电脑。

作为电竞选手，他们都有随身携带高配笔记本电脑的习惯，李沧雨更是家当齐全，把自己惯用的机械键盘鼠标套装全都带来了。

打开电脑，李沧雨直接在网页浏览器输入熟悉的官网地址。面前果然出现一个西方奇幻电影里很常见的城堡图案，上面写着一排金色带流光的大字——神迹。

看着这个熟悉的 LOGO，李沧雨的心里也是一番感慨。

他从年少时代就开始接触神迹这个游戏，或许是所谓的“雏鸟情结”在作祟，他对神迹有种很奇怪的归属感，总觉得这里才是最让他热血沸腾的地方，因为这里正是他年少时代里，电竞之梦开始的地方。

如刘川所说，他离开神迹整整两年，现在回去的话肯定有很多东西跟以前不一样，当初记在心里的那些装备数据、战术思路、战场打法，经过两年的时间可能早已被淘汰。

李沧雨决定先仔细研究一下官网。

果然，游戏变化之大简直让他目不暇接。满级的等级提高到 100 级不说，还开放了跨服世界大地图“天使之城”和“魔界森林”，很多职业的技能有了大幅度的改动，新增的装备更是让人眼花缭乱，根本看不过来。神迹在今年的更新中还增加了“种族觉醒技”，这在以前根本听都没有听过。

这感觉真是“离开两年，面目全非”。

游戏的改动太大，他都快不认识这个游戏了。

突然一下子跟不上时代，李沧雨觉得茫然的同时，又有些难以抑制的兴奋。

——是的，两年时间游戏变了很多，那也意味着有更多有趣的玩法可以让他从头开始研究！

李沧雨目光炯炯地盯着电脑屏幕，迅速浏览了一遍大更新的内容。扭头一看，坐在身旁的白轩同样开着官方网站，只不过，白轩看的是原汁原味的英文版。

英文系毕业的就是厉害，李沧雨不禁佩服地问道："你直接上的美国版官网？"

"嗯，我刚看了官网，发现神迹现在是世界范围内同步更新，所有服务器的版本都一样。"白轩关掉了英文版页面，切回中文版官方网站，回头看向李沧雨说，"是不是为明年的世界大赛做准备？"

"应该是吧。要是游戏版本不同步，不同国家的选手肯定没法对战。"李沧雨一边浏览着官网一边说，"既然客户端版本都一样，我们还是进国服去玩，中文字看着顺眼。"

其实是你看不懂英文吧……

白轩没有戳破这个真相，笑了笑说："去国服也好。"

神迹这款游戏目前已经在世界范围内推广运营，比当年风靡全球的魔兽世界、DOTA和LOL的运营范围还要广，有很多大型区域性服务器，像北美大区、欧洲大区、俄罗斯大区、韩国大区、日本大区、中国大区，等等，两人所说的"国服"指的正是中国区服务器。

其实现在网络发达，只要家里网速给力，没有语言障碍，想跨服去别的大区玩游戏也可以。

国内有些牛人一边用着翻译字典一边勇闯韩服、日服的英雄事迹被民间广为传颂。李沧雨目前人在纽约，其实进美服会比较方便，只不过他不想天天看英语，既然要从头熟悉，还是母语看着最为亲切。

两人去官网下载了中国区服务器的客户端，游戏客户端要十几个G，家里网络虽然很快也要下载挺久，李沧雨看了一下剩余时间将近1小时，果断地丢下电脑转身冲澡去了。

片刻后，李沧雨洗完澡出来，白轩忍不住眼前一亮——他在家里穿得比较随性，敞开的白色睡袍露出胸口的一大片肌肤，天生拥有倒三角的完美身材，五官棱角非常分明，修长笔直的双腿看起来性感极了，成熟男性的魅力在他身上完全展露无遗。

见白轩一直看自己，李沧雨忍不住说："看我干吗？我很帅吗？"

白轩翻了个白眼，扭头看电脑去。

这家伙性格直率，还有点小小的自恋。当然他确实挺帅的，可惜一直忙于战队事务，到现在还是条可怜的单身狗，连女生的手都没有拉过。

白轩忍不住刺激他："帅有什么用，你倒是找个女朋友回来给你做鱼吃啊！"

"呃……再说吧。"李沧雨立刻忽略掉这个太过虐心的话题，自言自语道，"游戏下载还要好久，我先去论坛逛逛。"

他以前在神迹玩的是召唤师，所以很自然地点进了召唤师论坛专区。

召唤师可以召唤出各种宠物协助主人作战，在神迹当中也是非常受欢迎的职业。不过，召唤师的操作复杂，要控制好自己走位的同时还要控制好宠物的位置，是典型的"双线操作"甚至"多点操作"模式，手残的人根本忙不过来。

召唤师的玩法相当丰富多变，这也是李沧雨最喜欢这个职业的原因。

神迹最基础的设定是"种族"和"职业"。

所谓种族，就像我们分为黄种人、白种人、黑种人一样，天生注定，没法改变。游戏里的种族有六种，分别是神族、魔族、血族、兽族、人族和精灵族，也是创建角色的时候就要选定好的，之后没办法改变。

而职业却是后期的不同成长路线。选好种族进入游戏后，你可以根据自己的喜好来选择丰富的职业，比如白魔法师、幻术师、猎人、召唤师，等等，自由度非常之高，到 20 级才正式转职。

根据官网资料显示，这两年游戏最大的改动在于新增的"种族觉醒技"，其实就是六大种族天生自带的潜能，80 级全面觉醒，这些"种族觉醒技"的出现无疑让游戏的玩法变得更加多样。

这样一来，哪怕同是召唤师，两个玩家之间也可以因为种族的不同而产生完全不同的效果。

李沧雨怎么说也是意识一流的高手，这些游戏上的改动只要仔细看一遍，他的心里就有了数。

把论坛的精华帖大略扫了一眼，客户端总算下载成功，两人在各自的电脑里安装好之后就迅速地登录了游戏，用买来的点卡注册好账号并完成资料绑定。

“哎？正好有一个今天刚开放的新区。”白轩看着服务器列表的开放时间，说道，“我们进新区吗？”

“嗯。”李沧雨用鼠标选择了泛着紫色柔光的服务器“月光森林”，一边快速创建角色，一边说道，“新区最容易发现有天分的新人，再说，我们两年没玩，正好去新区好好研究一下游戏的改动。”

白轩点头表示同意，鼠标一按也进入了新区。

屏幕上弹出一行提示：“**请创建角色，并为之命名。**”

白轩扭头看了看李沧雨的屏幕，发现他给自己的角色取了一个名字：“爱吃红烧鱼”。

他真是属猫的吧！

白轩无奈地笑了笑，也配合地取了个名字：“爱吃回锅肉”。

于是，两个“吃货”结伴进入了神迹国服为纪念游戏运营六周年而开放的新区：月光森林大区。

“**恭喜，角色创建成功，请仔细查看种族描述，并选择你最喜爱的种族。**”

当输入名字成功并建立好角色后，系统会弹出这样的一行提示，并在屏幕上列出神迹中可以选择的六大初始种族——人族、兽族、精灵族、血族、神族和魔族。

人族的外观就是普通人类的模样，各方面发展均衡，是综合能力最平衡的一个种族，唯一的“万金油”角色，想均衡发展的玩家或者选择恐惧症患者就可以直接选择人类。

兽族的身材高大健硕，并有兽型和人型两种形态可以转化。血多、皮厚、防御高，近身打击感强，一般是防御型的骑士、战士等职业喜欢选的种族。

精灵族容貌俊美，还有一双长长的耳朵，精灵的行动速度是所有种族里最快的，最大的优势是敏捷，后期适合转职成需要快速操作的高敏捷职业。

血族的肤色较为苍白，张开嘴巴会露出尖锐的獠牙，优势是所有攻击自动附带吸血效果，并且可以隐身和暗杀，一般是刺客类职业的首选。

神族背部有白色的翅膀，看上去如天使般圣洁；魔族同样有翅膀，黑色的翅膀却是邪恶的象征。这两个种族都以法术见长，不过神族是白魔法，偏向控制和治愈;魔族是黑魔法，偏向偷袭和杀戮。爱玩魔法师、幻术师这种法术类职业的玩家就可以选择神、魔两族。

这些基础知识李沧雨自然不用看，种族介绍阶段他直接按了跳过，白轩倒是很细心地从头看了一遍。

李沧雨偏爱召唤师职业，对于种族的选择他自然心里有数，毫不犹豫地选择了“精灵族”。

随着鼠标的按下，屏幕上出现了一个精灵族男子，容貌英俊，还长了一双萌萌的长耳朵。

白轩瞄了一眼他的电脑屏幕，忍不住道：“你又选精灵？还记得当初你的精灵族召唤师刚在赛场出现的时候，不少观众都说这位选手是不是脑子有病。”

李沧雨笑道：“后来他们都闭嘴了。”

——是的，那些骂李沧雨脑子有病的人都被李沧雨用实力打了脸。

当年的猫神也曾风光过一阵，他的精灵族召唤师在神迹第一届职业联赛的擂台单挑赛中神挡杀神、佛挡杀佛，胜率 100%，还因此带起了一阵网游里大量玩家选择精灵族召唤师的热潮。

只可惜后来很多职业选手研究出了针对精灵族召唤师的打法，魔族和血族召唤师的崛起也导致精灵族的召唤师地位受到了极大的冲击，精灵族快速召唤的操作本来就十分困难，加上代表人物李沧雨在战队解散后离开神迹，这种玩法就渐渐地没落了。

这几年，精灵族的玩家大部分转职弓箭手或者猎人，玩召唤师的估计连 10% 都不剩。

不过，李沧雨还是坚持要玩精灵族召唤师。

白轩忍不住问：“你不打算换个种族吗？据说血族召唤师目前势头强劲，大招还有范围吸血。”

“不换。”李沧雨认真地说，“我的精灵族召唤师那么厉害，我决定杀回去让他们开一开眼界。”

白轩被这个理由打败了，简直无法反驳他。

今天正好是周末，加上月光森林刚刚开服，纽约时间上午 10 点，国内正好是晚上 10 点人最多的时候，刚开放的新区，玩家们热情高涨，世界频道正在疯狂地刷屏——

“时光战队公会收人，20 级以上转职的想入会请私聊我！”

“[伊苏城副本] 来输出！来输出！来强力输出！”

“20 级 [精灵木屋主线] 任务升级的组起！来个犀利的精灵弓箭手有没有？”

开服刚两个小时，很多冲级狂人已经冲到了 20 级，对于这种拼命的速度李沧雨也是非常佩服的。

白轩选了神族，打算后期转职牧师当一位专业治疗，这也是他最爱的玩法。

进游戏之后，他就主动加了“爱吃红烧鱼”为好友，对李沧雨说：“先练级吧，10 级在伊苏城见。”

“好。”李沧雨点了点头，顺手按了 M 键查看一下大地图。

阔别两年，再次回到熟悉的精灵领地，李沧雨忍不住有些激动，握着鼠标的手指微微紧了紧。

这里环境很美，朦胧的月光透过树叶的间隙洒在地上，斑驳的光影碎片让整个森林显得极为幽静。

月光森林里的树木都是自带荧光的植物，远远看去整片森林都泛起了一种柔和的光芒，空中飘荡着银白色的孢子，一晃一晃的，还会调皮地落在玩家们的手上发出亮闪闪的银光。

显然有不少刚进游戏的玩家震惊于眼前的风景，在种族频道打字：“好漂亮啊！”

“精灵族简直美呆了！”

“快拍照截图发论坛！”

“我选精灵族果然没错！太美了有没有？”

李沧雨对此早已习惯，这款游戏的风景一向做得不错，精灵族的月光森林的确漂亮，但到了天界、魔界、血族还有人界，各种壮观的场景更是数不胜数。

李沧雨很快就从出生点开始做起了任务。

精灵族的通用种族技是“飞羽步”，可以加10点移动速度，出生后自动学会，并且随着升级而提升，这个技能的冷却时间非常短，到了后期几乎能无缝衔接，这也是精灵族行动最为敏捷的原因之一。

网游里1–5级的任务只是为了让玩家熟悉操作，自然不会太难，李沧雨开着飞羽步，一路任务做下来，没过十分钟就升到了5级。

5级可以找“技能导师”学习低级基础技能，不小心学错的话也没关系，可以在20级正式转职前找技能导师更换。

一般来说，精灵族最常见的转职方向有两个——猎人、吟游诗人。

猎人能用捕兽夹捉动物，后期将捕兽夹作为陷阱攻击敌人，是以“陷阱”为主要攻击手段的职业。

吟游诗人能用弓箭远距离射击敌人，简而言之就是以弓箭作为武器的“弓箭手”职业。

这两种职业都需要极快的行动速度作为基础，对敏捷的要求较高，正好可以把精灵族的天赋技能和敏捷属性发挥到极致。这无疑是精灵族转职的最佳选择，也被广泛玩家所认可。

也正因为论坛上各种攻略的影响，玩精灵族的大部分玩家在5级的时候都会学习这两种职业的低级技能，等20级以后就正式转职为猎人或者吟游诗人。

技能导师这里聚集了很多玩家，到达5级的新人非常积极地排队领取弓箭或者捕兽夹，拿到初级武器的玩家们显然非常兴奋。

——然而李沧雨却领了一把召唤法杖。

在一群背着弓箭或拿着捕兽夹的精灵族同类中，手里拿着把巨大召唤法杖的李沧雨显得尤为另类。

周围有不少人朝他投来异样的目光，甚至有人在心中暗笑：这绝对是个菜鸟啊！

有个好心的玩家走到他旁边，在附近频道说道：“你是新手吧？精灵族最好玩猎人或者吟游诗人，武器领弓箭或者捕兽夹，后期敏捷属性上来了会很强的！”

李沧雨并没有理会，因为他正打开人物面板调整着自己的属性。

从 5 级开始，玩家每次升级都会自动奖励 5 点属性，李沧雨迅速把刚拿到的 5 点属性全部加到“敏捷”上。虽然才加了 5 点还看不出来效果，可属性点只要积累到一定程度，后期肯定能显现出优势。

——全敏捷属性的精灵召唤师，快速召宠压制对手，正是李沧雨最为钟爱的玩法。

旁边那玩家见他不理人，有些郁闷地道：“爱吃红烧鱼，我跟你说话呢！”

李沧雨见窗口弹出自己的 ID，不由疑惑地问道：“找我啊？”

“……”好心的玩家被气到，打来一排省略号，又接着说，“哥们，你是第一次玩游戏的新手吧？精灵族最好转猎人或者吟游诗人，猎人比较难操作，新手的话更推荐玩弓箭手。你找技能导师领一把弓箭，学 5 级的技能初级瞄准。”

在打字的是个男精灵，他显然调整了容貌，身材矮小，长长的耳朵比半边脸还要大，一边打字一边急得团团转，他的名字叫作“罗小罗”，看上去还挺热心。

李沧雨看他打完字，这才回复说：“我玩召唤师。”

周围一群人：“……”

精灵族召唤师早就过时了好吗？这到底是哪里来的老古董？！

好心提醒他的罗小罗也觉得这人简直是说不通的大菜鸟，给他发了个烧成灰的表情就转身撤退了。

没料，他刚转身要走，屏幕上却弹出一条提示——玩家“爱吃红烧鱼”请求与你组队。

“干吗？”罗小罗在队伍频道发去个大大的问号。

“组队升级比较快，一起吧。”李沧雨打字说道。

游戏里组队升级会有经验加成，两人做任务的确比一人快。对方既然主动邀请组队，罗小罗也没好意思拒绝，便组着他一起走向下一个任务点。

新区任务点人山人海，怪兽一刷出来就一群人扑过去抢，李沧雨即使水平再高也抢不过这么多玩家，连续三次抢怪失败，李沧雨很是无奈地放下了鼠标。

人太多，刷出来的任务怪供不应求，这么下去反倒浪费时间。

反正神迹这游戏升级方式很多，不一定非要做任务，直接杀怪拿经验也可以。

李沧雨想了想便做出决定："去月光水岸刷小怪吧，那边应该人少。"

"……"罗小罗打来一排震惊的表情，"去月光水岸？"

"嗯。"李沧雨只回了一个字。

罗小罗惊恐道："没搞错吧？月光水岸都是8级的怪！8级啊！"

李沧雨认真地说："所以经验比较高。"

罗小罗发现他跟这个人说话总有种"鸡同鸭讲"的感觉。

——8级怪那是经验高，问题是我俩才5级，哥们你打得过吗？

罗小罗在心底吐槽着，脚下却忍不住跟了上去。

他就想看看，这个不知天高地厚的菜鸟会死得有多惨！

月光水岸，是精灵族大地图中最漂亮的场景之一。

清澈的湖水被柔和的月光笼罩着，湖的周围都是泛着荧光的树木，银白色的枝条一直垂落到湖面，随着微风的吹动，湖面上泛起阵阵涟漪，被月光一照，就像是把一大片闪亮的碎钻撒在了湖里一样。

如果是老区，月光水岸肯定会变成情侣截图拍照的约会圣地。不过现在是新区，一切以升级为重，这里有不少正在打怪刷经验的玩家，但比起刚才的任务点而言人数显然要少得多。

李沧雨刚来到湖边，不远处正好刷新了一只树精，他的鼠标立刻选中小怪，左手食指在键盘上迅速敲击了三下——只见一只可爱的水精灵宠物准确地出现在指定的位置，并按主人的指挥攻击起那只树精，受到攻击的树精头顶的名字立刻变成红色，朝着李沧雨张牙舞爪地扑了过来。

"完了完了！"罗小罗一边屁滚尿流地往前跑，一边在队伍频道迅速打字，"你真引了一只8级的怪啊！3级的差距，被碰到绝对是一招秒杀好吗？"

“让它碰不到就行了。”李沧雨平静地说着，左手在键盘上虚按，等待树精靠近。

那只体形巨大的树精咆哮着朝李沧雨扑了过来，张开藤条变成的双臂，眼看就要把李沧雨的召唤师给撕成碎片，就在这时，李沧雨立刻用左手快速敲击三下键盘，右手鼠标同时一甩，只见屏幕中有一双长耳朵的男精灵召唤师敏捷地一个飞羽步侧滑，从树精的手臂下弯腰闪到一旁，成功脱离了树精的攻击范围，同时，他刚才所在的位置又出现了一只可爱的水精灵宠物，用手里的小水球认真地攻击着树精。

在远处观望的罗小罗愣了愣，惊讶地打字道：“哥们你运气不错啊，正好轻功躲掉。不过我觉得你还是跑吧！下次就没这么好运了！”

——他以为这只是运气，殊不知李沧雨早已把一切算得清清楚楚。

李沧雨没理他，自顾自地盯着技能冷却时间。

那只树精被李沧雨的水精灵宠物困了两秒，打死水精灵后，就立刻朝李沧雨扑了过来。

宠物召唤技能正好冷却，李沧雨只能用飞羽步躲避攻击。

罗小罗看他到处躲避的样子，心里忍不住想：叫你逞强越级打怪，这下好了吧，肯定会死得很惨！

结果，没等罗小罗在队伍频道发来同情的表情，就见这召唤师在差点被树精打死的千钧一发之际，又一次神奇地召唤出自己的宠物，飞羽步轻功脱离，并用水精灵把庞大的树精困在了原地！

罗小罗：“……”

如果说第一次是巧合，那么连续两次这么准确地困住树精，就不可能是新手的好运了！

飞羽步游走、掐准时间召唤水精灵、用宠物技能困住树精、再用飞羽步脱离……

罗小罗躲在一边看他打怪，看了整整半分钟，终于发现，队伍里的这个召唤师简直不是一般的厉害！简单的三个技能衔接得行云流水，居然连一次失误都没有！一次都没有！

每次看到树精张牙舞爪地扑过来的时候，罗小罗都忍不住把心提到了嗓子眼。

可是每次，这个召唤师都会恰到好处地用轻功躲过去，再恰到好处地放出自己的小宠物困住树精，准确得就像是电脑计算出来的一样！

就这么心惊胆战地打了十轮，树精的血条终于清空，轰然倒地。

两人的头顶同时弹出“经验 +400”的提示。

罗小罗不敢相信：“这就打死了？”

那只体形庞大的树精在这召唤师的面前似乎变得无比愚蠢，笨头笨脑地挥舞着双臂追了一路，结果却被小小的水精灵宠物给一路风筝死了……

这感觉就像是一只小小的蚂蚁轻轻松松地玩死了一头大象！

罗小罗看着这幅诡异的画面，简直要风中凌乱了。

李沧雨很平静地走过去捡了捡尸体，发现树精掉了一双加攻速的鞋子，他心情愉快地穿上，在队伍频道打字说：“再打下一只吧。你要帮我打，别光站着看戏啊。”

罗小罗被说得脸一红，赶忙屁颠屁颠地跟了上来：“哥们，你真厉害！”

“还行吧。”李沧雨并不谦虚，认真解释说，“我的宠物级别低，控制时间短，不然还能更快一些。”

这已经够快了好吗？不到 1 分钟就解决掉一只高自身 3 级的怪，拿到 400 点奖励经验，这比累死累活跟人抢怪做 10 分钟任务要快上无数倍！

“高手，带我一起吧，我帮你打！”罗小罗兴奋地跟在李沧雨的后面，决定抱紧这位高手的大腿。

有了罗小罗的帮忙，打怪果然顺利很多。

李沧雨准确地控制着树精，让它的注意力一直保持在自己的召唤师身上，因此，作为弓箭手的罗小罗只需要跟在后面远距离射箭就可以了。

两人合力攻击，树精的血量下降速度加快，不到 40 秒就扑倒在地。

这只树精又掉了一双加速度的低级鞋子，李沧雨已经拿到了，就让给了队友。

罗小罗兴奋地穿上鞋子，打来一排“大拇指”：“太棒了！”

李沧雨发去一个握手合作的表情：“继续。”

两人就这样配合着刷树精，等级很快就从 5 级提升到 10 级。

10 级的玩家能到人类城市“伊苏城”开启第一个简单的小队剧情副本，也可以继续留在种族所在区域做主线任务，或者干脆去野外杀怪拿经验。

神迹当中的升级方式很多，玩家们完全可以自由选择。

罗小罗忍不住问道：“高手去打副本不？组几个强力队友，刷副本拿经验最快。”

李沧雨道：“先不去了，我等朋友。”

——等朋友，这是网游里的万金油借口。当你想约人去打竞技场、打副本的时候，别人不愿意跟你一起，就可以用“等朋友”这三个字来搪塞，偏偏你又不知道真假。

高手的大腿既然抱住了就不能轻易撒手，罗小罗想了想，还是决定用“利诱手段”巩固一下两人的关系，快速打字说道：“哥们，你目前还没加公会吧？要不要加入我们公会啊？”

“什么公会？”李沧雨问。

“时光公会！”罗小罗骄傲地挺起胸膛，说，“就是神迹时光战队的下属公会！时光战队你应该听说过吧？上个赛季刚刚拿了冠军。”

“哦。时光战队的队长是谁来着？”

这人估计是从来不看职业联赛的纯网游玩家，居然连上赛季冠军队的队长都不知道，罗小罗很热情地介绍道：“时光战队的队长真名叫谭时天，游戏 ID 十天，是神迹第一吟游诗人！可厉害了！”

“没听过。”李沧雨很诚实地说。

脑残粉罗小罗被堵得心口痛，刚想仔细介绍一下厉害的队长，却见他又打来一行字——

“副队长还是程唯吧？”

罗小罗怔了怔，道：“你知道我们副队？”

“嗯，知道一点。”李沧雨笑着说。

程唯是李沧雨在神迹职业联盟为数不多的朋友之一，当年也算不打不相识，16 岁的小少年由于在擂台输在李沧雨手里，不服气之下非要去竞技场找他约战，结果被李沧雨连虐五局，小程唯不但没有气馁，反而越打越来劲，自那以后，每次闲下来他都要找李沧雨约战，可惜就是赢不了。

——当年那个刚出道的小少年，如今却已是豪门冠军队的副队长了。

至于时光战队大名鼎鼎的现任队长谭时天，李沧雨倒是真没听过，当初他认识程唯的时候，时光的队长还不是谭时天，估计老队长退役后把队长交给了这个年轻人，李沧雨没见过这个人，不熟也是自然。

罗小罗见对方沉默下来，便接着道：“怎么样？既然你是我们唯神的粉丝，干脆加入时光公会吧！我们公会规模超大，以后组人下副本肯定特别容易。而且实话跟你说，这个区的公会虽然很多，可我们公会的实力绝对是数一数二的，我就是负责打广告招人的，帮你引荐肯定没问题啊！”

罗小罗自动把对方归入了“程唯大神粉丝团”，完全不知道他口中的“程唯大神”可是面前这个人的手下败将。

李沧雨笑了笑说：“还是算了吧，我等朋友。”

罗小罗：“……”

你在逗我玩？说了半天你还等朋友？！

事实上，李沧雨特别诚实，他确实在等白轩 10 级后一起进副本。

于是，在罗小罗愤怒的目光中，李沧雨主动退出队伍，很镇定地转身走掉了。

气坏的罗小罗立刻私聊自家会长：“老大，我今天遇见一个厉害的召唤师，他是咱们程副队的粉丝，我想拉他进公会，结果他给拒绝了！要不你亲自出面加他，显得更有诚意一点？”

时光机器发来一个星星眼的表情：“副队的粉丝？厉害的召唤师？是魔族召唤师吗？”

罗小罗说：“不，是精灵族召唤师。”

时光机器发来一个挥手再见的表情："别逗，精灵族召唤师能有多厉害？"

罗小罗不甘心："精灵族召唤师虽然少，可我觉得他确实很厉害啊，难得一见！"

时光机器继续发挥手再见的表情："那只是初期而已，初期精灵召唤师确实有敏捷上的优势，可30级开始其他种族的属性慢慢起来之后，精灵召唤师太脆皮，又没自保技能，基本上就是废物一个。召唤师最厉害的全在风色战队，现在是魔族和血族召唤师的天下，网游里随便玩的那种精灵族召唤师根本不用当真。"

"可是会长……"罗小罗打了四个字，犹豫片刻还是删掉了。

会长说得没错，精灵族召唤师利用飞羽步种族轻功快速走位，在初期会占一点优势，后期其他种族的属性都发展起来之后，精灵族召唤师防御能力太差，几乎一碰就死，很少有人能把这种搭配玩得出彩。

可一想到刚才那个人镇定自若放高级怪风筝的画面，罗小罗的心里还是有种很奇怪的感觉——那个人打怪时的淡定、从容、自信，还有准确无比的计算能力和游刃有余的轻功水平，似乎有种藐视游戏里所有小怪的傲气在里面。

他杀掉高自己3级的树精就像踩死一只蚂蚁一样轻松潇洒，会不会是隐藏在民间的高手之类的？

"别瞎脑补了，网游里哪来那么多奇怪的高手？速度过来刷副本！"会长大人一眼就看穿了自己的想法，罗小罗只好尴尬地挠挠头，操作着自己的精灵弓箭手去伊苏城门口，跟时光公会的大部队会合。

白轩这边升级的速度明显比李沧雨慢了许多。毕竟他玩的是治疗，不组队的话一个人打怪的速度就有些愁人。他正一个人慢吞吞地戳着小怪，李沧雨突然凑过来问："多少级了？"

"7级。"白轩回头看他一眼，惊讶地问道，"你这么快就10级了啊？"

"精灵族任务点人太多，我自己刷怪升的级。"李沧雨把凳子拉过来在白轩旁边坐下，"对了，我姐买了很多水果放冰箱里，你先去吃几个，我帮你做任务吧，到10级咱俩再一起进副本。"

“也行。”白轩没有跟他客气，切了一盘水果端过来。

李沧雨拿起一块切好的苹果塞进嘴里，白轩总算是看清他了：“其实是你自己想吃吧？”

李沧雨笑而不语。

白轩无奈了，回头一看，发现自己的小牧师也迅速地升到了10级，不由赞道：“你升级的速度就跟坐火箭一样，这就10级了，去伊苏城吗？”

“行。”

两人正打算在伊苏城门口会合，李沧雨的QQ突然弹了出来，是一个让他意外的ID发来的视频请求——海纳百川，也就是龙吟俱乐部目前的老板刘川。

前几天刚签完合同，他找自己肯定是关于成立新战队的事情。

李沧雨立刻接了视频邀请，戴上耳麦问道：“老板有什么事吗？”

“我刚回长沙，俱乐部目前的情况我得跟你说说。”刘川见视频接通，便直接说道，“因为龙吟战队几位老选手准备在下个赛季退役，我们的人手也非常紧缺，大部分训练营的新人都要在9月份去打武林职业联赛，剩下的优秀选手并不多，具体还是让泽文跟你说吧。”

刘川说着便把摄像头转了一个角度，李沧雨的电脑屏幕里立刻出现一个戴着黑框眼镜的男人，他看起来非常斯文，一身浓浓的书卷气，不像电竞选手，倒像是搞科研的学术专家——这正是龙吟战队的队长吴泽文。

吴泽文学理科出身，是电竞圈出了名的数据高手，之前打武林联赛的时候，沧澜战队没少输在他手里，不过，过去的事情没必要计较，再说李沧雨并不觉得自己会比吴泽文差，以后，神迹和武林两支战队都属于同一家俱乐部旗下，他们应该是资源共享的合作伙伴才对。

李沧雨笑了笑，主动跟吴泽文打招呼道：“吴队，好久不见。”

“猫神你好。”吴泽文扶了扶眼镜，对着摄像头认真地说，“目前龙吟俱乐部的训练营里天分突出的新人有三个，其中两个已经定了下个赛季跟着我去打武林，还有一个没确定的。刘川当初说要建一支神迹分队，我就让那孩子玩了几个月的神迹，你先看看他的水平，觉得合格的话就交给你吧。”

他说罢就招招手叫来了一个新人，道："小顾，来跟猫神打个招呼。"

小少年立刻乖乖叫道："猫神好！"

这少年长得很可爱，婴儿肥的圆脸，有一双大大的眼睛，睫毛又长又浓密，乌黑的头发软软地垂在耳侧，看起来特别的乖巧听话。

李沧雨看了这乖宝宝一眼，惊讶道："他是电竞选手？"

"不像吧？"坐在旁边的刘川笑着揉了揉小少年的脑袋，说，"他叫顾思明，今年刚满十七岁。别看他长得很乖，打起游戏来绝对是个小疯子。他不只天分高，在训练营也特别努力，进步飞快，是泽文重点培养的对象，基础非常扎实，所以才敢推荐给你。"

小少年被夸得不好意思，腼腆地笑了笑，伸出手挠了挠后脑勺。

李沧雨立刻注意到他的手——少年的十指修长柔韧，确实是一双适合打比赛的手。

"小顾在训练营里练过一些神迹的职业，现在还没有成型，潜力也没全部发掘出来，我想干脆交给你来带带，或许明年神迹开赛的时候他能派上用场。"刘川微笑着解释道，"其他的队员，你先在游戏里招募看看，我这边也会帮你留意着，遇到好苗子我们再随时沟通。"

"没问题。"李沧雨干脆地点了点头。

刘川并不是签完合同就当甩手掌柜的人，他本身就热爱电竞，进军神迹的事情显然也一直在筹备，这是给自己送来了一位非常强力的队友。

龙吟俱乐部的训练营向来要求严格，刘川亲自挑出来的种子选手天分肯定不差。

虽然顾思明看上去像个乖宝宝，不过李沧雨相信，既然刘川敢把他引荐给自己，那么，这个顾思明肯定有什么过人之处。至于如何发掘他的潜力，就交给自己这位新任队长来完成吧。

想到这里，李沧雨便微微笑了笑，说："小顾，你建个账号进神迹，到月光森林服务器找我。"

顾思明双眼一亮，立刻点头如小鸡啄米："好的！"

刘川拍拍小少年的肩膀，凑到他耳边低声说道："猫神是我们龙吟神迹分队的队长，以后神迹这边就由他来管，包括你的训练任务也要听他的安排。他的水平不用我说，你跟着混几天就知道。还有，如果你遇到一个跟他在一起的治疗，那肯定是沧澜的副队长白轩，想方设法把白副队也勾搭过来，明白没？"

顾思明用力点头："明白！"

刘川又抬头朝李沧雨道："猫神，你对神迹比我要了解得多，战队组建的事情就全权交给你来负责吧，小顾适合打什么位置也由你来安排。"

李沧雨点头："好的。"

刘川说："我跟泽文还要去看看武林那边选手的情况，有需要帮忙的尽管找我！"

李沧雨笑道："嗯，你们去忙吧。"

"老板再见！吴队再见！"顾思明礼貌地送走了两人，然后就在凳子上坐了下来，迅速打开电脑里早就安装好的神迹客户端，建立了一个账号，主动加了李沧雨好友。

——玩家［顾名思义］，等级1级，请求加你为好友。

看到这条系统消息时李沧雨还挺惊讶："这就建好了？效率不错嘛。"

"嗯！"顾思明认真地说，"队长，我建了一个兽族的角色。"

"……"李沧雨差点喷了。

小少年看上去挺瘦，个子也不高，还是典型的乖宝宝模样，居然建了个人高马大、全身皮毛的兽族！

反差这么大，他到底怎么想的？

"我很喜欢玩骑士。"顾思明说，"队长，我可以玩主T吗？"

由于视频还开着，李沧雨能从窗口看见他那双清澈的眼睛里满含期待的样子，被他这么满脸期待地看着，就像乖宝宝在说"叔叔我要吃糖，可以给我一颗吗"一样。

李沧雨被他看得心软起来，咳嗽一声，道："好吧，我们队伍正好缺个主T。"

主T也称为肉盾，神迹当中皮糙肉厚的圣骑士，往往是冲在最前方抗住火力保护队友的角色，虽然顾思明这乖顺听话的样子玩圣骑士似乎不太合适，不过李沧雨倒也不急着否定，这少年的实力到底如何，还要慢慢观察才能知道。

李沧雨把白轩和顾思明都拉进队伍里，打字道："一T一奶一输出，副本队至少组起来了。"

白轩有些惊讶地看了他一眼："顾名思义是谁？"

"叫顾思明，一个十七岁的小家伙，"李沧雨由于戴着耳塞，刚才跟刘川等人的对话白轩并没有听完整，便主动朝白轩解释道，"是刘川送来的龙吟训练营种子选手。"

"龙吟训练营出来的？水平应该不差。"白轩顿了顿，"等他到10级再一起进副本吧。"

开着视频太占网速，李沧雨干脆关掉了视频窗口，在游戏里建了个语音房间，把白轩和顾思明都拉进去，顺手加上密码，这才开口问道："小顾，你对神迹这个游戏了解多少？"

耳边很快就传来还没过变声期的柔软的少年音："队长，我是今年年初才到龙吟训练营的，到训练营之后做了好多测试，老板和吴队就安排我玩神迹，我玩了大半年了。"

显然，刘川很早就有进军神迹扩大龙吟俱乐部的野心，所以他早早就开始筹备，这个少年明显是他为神迹这边的新战队所准备的选手。

"你玩过神迹的哪些种族和职业？"李沧雨想先了解一下他的基本情况。

"我目前只玩过兽族的圣骑士、神族的幻术师，还有精灵族的猎人。我自己最喜欢玩圣骑士，不过，战队需要的话我也可以玩别的职业。"

少年回答问题的语气特别认真，软软的声音听着还挺舒服。

李沧雨不由笑了笑，耐心解释道："神迹有6个初始种族，再搭配后期的12种职业，会产生几十种不同的变化。更何况，哪怕同种族同职业的选手也可能因为属性点和技能点的不同而造成打法上的差别。以后到了职业联赛，你遇到的选手五花八门，只玩过三个，你对神迹的了解还有些欠缺。"

他的每句话都很在理，顾思明立刻乖乖点头道："嗯嗯，其实我只知道一些关于神迹的皮毛，神迹这游戏玩法非常丰富，很多职业我根本没有交过手，了解确实不够！”

“没关系，以后慢慢来吧。你既然想玩圣骑士，就先把这个职业玩好了再说。”李沧雨的语气难得温和下来，就像在教导自己的弟弟，他可不想太严肃，把这个十七岁的小家伙给吓跑了。

“好的，我尽快升到 10 级再来副本找你们吧！”顾思明操控着自己的角色“顾名思义”做任务去了。

队伍列表里的“爱吃红烧鱼”和“爱吃回锅肉”一看就是一起建的号，爱吃红烧鱼是猫神的小号，如果没猜错的话，爱吃回锅肉就是猫神最好的搭档——沧澜战队的副队长白轩。

跟两位大神待在一个队伍里，顾思明觉得压力很大，同时又有些小小的激动，做任务的时候手下的速度也快了许多，他可不想让两位大神等他太久！

神迹在 10 级之前升级非常容易，顾思明也有玩过神迹三个职业的经历，所以不到半个小时他就升到了 10 级，走出兽族部落，来到了人类的领域。

——伊苏城，这是人类的聚集地之一，也是神迹最低级的综合型主城，准入等级为 10 级。

来到这里才发现，大街上的玩家们来来往往、非常热闹，六大种族齐全，有背上长着初级白色翅膀的神族，有身手敏捷的俊美精灵，有高大威猛的兽族，还有长着黑翅膀的魔族、肤色苍白的吸血鬼，以及标准容貌的人类。

不少新人会好奇地在主城里转圈观望，而那些升级狂人却不约而同地往伊苏城外的西郊赶去。

因为这里就是神迹中第一个小队副本“伊苏城之夜”的入口。

顾思明跑到入口处，一眼就看见早就等在那里的男精灵玩家“爱吃红烧鱼”和男性神族玩家“爱吃回锅肉”，忍耐着看见这两个 ID 后强烈的饥饿感，顾思明走到两人身边，兴奋地道：“队长，我来了！”

“嗯。”李沧雨简单干脆地打来两个字，“进本。”

CHAPTER 03

伊苏城之夜

神级召唤师

SHENJI ZHAOHUANSHI

伊苏城之夜，这是神迹最低级的六人小队副本。

低级新手副本肯定不能设计得太难，以免让新手们失去继续玩下去的信心。这个副本也被称为“经验本”，只要不是手残，一般都能顺利通关。这里的小怪经验非常高，加上副本都是按队伍独立开启的空间，没有外人的打扰，组队杀小怪升级就会非常快。

——然而这一切都是基于六人小队组满的前提下。

李沧雨的队伍现在只有三人，换成一般玩家，三人进去遇到大批小怪是很可能团灭的，顾思明心里也有一点担忧，可一想到对面的两位都是职业大神，这种担忧很快就被他抛到了脑后。

副本里是光线昏暗的夜景，低级副本地图也比较简单，进门之后只有一条大路通往 Boss 住所，路旁有很多“变异人类”，四人一组来回巡逻，杀掉这些变异人类就可以获得较高的经验。四人一组的变异人类是仇恨联动模式，也就是说，不管攻击哪一只，四只小怪都会同时扑过来。

李沧雨观察了一下副本内的小怪分布，便开口道:“引左边四只，小顾拉住，我来杀。”

“好！”顾思明听话地冲上前去，用骑士最低级的战嚎技能一次性引来左边的四只小怪。

虽是皮糙肉厚的骑士，可被四只小怪同时围攻，掉血的速度还是有点惊人。

白轩立刻给他丢了一个小治疗术，把他的血加起来一点。

李沧雨则挑了一只小怪，用召唤出来的水精灵把小怪困在原地，然后用水精灵的初级技能“水球术”去攻击小怪。

精灵族召唤师在只有水精灵宠物的情况下攻击能力并不强，好在李沧雨一点都不急躁，有条不紊地卡着技能冷却时间慢慢打小怪。

旁边的顾思明压力就大了，一只小怪被李沧雨引走之后，还剩下三只变异人类在疯狂地攻击他，偏偏白轩的加血速度跟不上，眼看自己血条要见底，治疗却没反应，顾思明只好无奈地带着小怪开始游走，一直走到白轩的面前，还在空中蹦跶了两下。

白轩见他在面前蹦跶，这才恩赐一般给他丢了个小治疗术。

“……”顾思明都想哭了。

治疗好半天动都不动，不会是睡着了吧？还是说自己猜错了，这个治疗根本不是沧澜的副队长白轩？

见小少年带着三只变异人类急得团团转，又蹦又跳的，李沧雨倒是笑了起来，回头看了白轩一眼，轻声说道：“你这欺负新人的毛病还是没改啊？”

白轩耸了耸肩：“放心吧，有我在他肯定死不了，正好趁机看看他的走位水平。”

——有我在他肯定死不了。

——敢说出这句话的治疗显然拥有极强的自信。

事实也证明如此。每次顾思明的血量快要见底的时候，白轩都会准确地用治疗术把他的血线给拉回来，这感觉就像在钢丝上跳舞。

顾思明心惊胆战地拖着小怪游走了半天，发现自己好几次血条见底，却始终没有真的挂掉，仔细想了想，他总算明白了——大神这是在考验他呢！

想通这一点的顾思明立刻变得精神抖擞，拖着小怪开始技巧地走位，尽量减轻治疗的负担。

三人都没说话，配合着慢慢杀掉四只小怪，顾思明对这两人的操作还是有些摸不着头脑。

可能是现在技能太少，副本也太简单的缘故？

李沧雨风筝小怪的水平确实挺高，小怪基本上摸不到他的衣角，不过，网游里的很多老手都能做到这一点，光凭这个还看不出他真正的实力。

至于白轩大神，他完全躲在旁边打酱油，只是偶尔施舍一般给自己丢个治疗术，顾思明甚至怀疑他是不是切出去看电影去了……

就这么刷了5分钟，副本小怪全部打完，眼看马上就能打Boss，顾思明热血沸腾地刚要冲过去拉Boss，结果李沧雨却说："出去重来，继续杀小怪。"

顾思明急刹车停下脚步，惊讶地问道："队长，我们不打Boss吗？"

"太浪费时间。"李沧雨说，"等12级学了技能再来。"

"哦！"顾思明也没多问，听话地跟着他出了副本，李沧雨重置副本再进入，里面的小怪果然刷新了，按照刚才的方法再来一遍。

打小怪的过程简单又枯燥，好在李沧雨很有耐心……队长都不说什么，顾思明更不好意思提反对意见。就这么重复打小怪打了20分钟，顾思明都快犯困了，三个人的等级终于达到了12级。

"好了。"李沧雨说，"回主城学技能吧。"

顾思明精神一振，跟着两位大神一起返回了伊苏城。

伊苏城中央的喷泉旁有一栋大楼，里面分布着十二个职业的技能导师，随着楼层的增高技能等级也会升高，目前他们还是12级的新手，只能在一楼学习最初级的技能。

李沧雨找到召唤师技能导师，学习了精灵族召唤师的第二个技能：召唤火精灵。

水、火两大精灵是精灵族召唤师最常用的宠物，水精灵主控制，火精灵主输出。之前只有水精灵，打小怪还可以，打Boss会非常慢，所以李沧雨很理智地选择先升级，等点出火精灵的技能再说。

白轩点出了牧师的"治疗阵"，是牧师第一个范围群体加血的技能。

顾思明则点出了骑士技能"守护之力"，可以生成一个守护罩，增强防御力800%，保护自己或者任意一位指定的队友，持续时间8秒，技能效果就像是一个套在玩家身上的金色护盾。

学好技能后，三人又一次进了副本。

顾思明一进副本，刚想去拉左边的四只小怪，结果李沧雨的动作比他还要快，召出水精灵困住一只，再用火精灵拉走其他三只，一边快速走位，一边用火球术攻击小怪，只见绚丽的火光接二连三地从火精灵的身上射出，简直让人目不暇接。

转眼之间，四只小怪就扑倒在地。这杀怪的速度，让顾思明都没回过神来！

顾思明：“……”

也就是说基本上没他这主 T 什么事儿了，看猫神单挑四只小怪就可以了啊！

顾思明泪流满面。

白轩见队里的骑士呆愣在原地，不由好笑地私聊他道：“跟着猫神，我俩打酱油就行了，他宠物一多，杀几个小怪根本不费事。”

回过神来的顾思明赞同地打下一行字：“是啊！我们俩就跟着打酱油吧！”

刚才只有一只水精灵宠物，李沧雨的发挥受到了极大的限制，根本表现不出他跟其他召唤师的差距。等火精灵一出现，他的水平就立刻显露出来，两只宠物卡着冷却时间准确地切换，宠物技能衔接得无比流畅，让人眼花缭乱，根本看不过来。

才两只宠物就这么厉害，可想而知，后期七只宠物全部成型之后的李沧雨会有多可怕！

顾思明激动地问道：“猫神，你的精灵召唤师移动速度那么快，是走全敏路线吗？”

能看出自己的加点模式，小家伙眼光倒是不差。李沧雨不由笑了笑说：“嗯，我习惯玩全敏。”

——所谓全敏，也就是把所有属性点全都加在“敏捷”上。

李沧雨从 5 级开始每次升级奖励的 5 点属性都加了敏捷，加上精灵族的天生敏捷属性成长就比其他种族要高，到现在 12 级，敏捷属性的优势总算是渐渐显露出来。

敏捷属性一高，不只本身的移动速度会变快，技能的公共冷却时间也会降低。

在这样的前提下，李沧雨才可以快速召唤水、火两只精灵宠物，利用飞羽步轻功游走在小怪之间，在自身几乎不掉血的情况下，以最快的速度秒掉四只小怪。

白、顾两人基本上不用操作，他一个人搞定小怪简直轻松无比。

顾思明以前只听过一些关于猫神玩精灵族召唤师的传言，直到今天亲眼看见李沧雨的操作，他才真正意识到，如果全敏捷加点的精灵族召唤师拥有极高的手速，后期在七只宠物齐全的情况下，会给对手造成多么大的心理压力!

精灵族召唤师本身移动速度就很快，七只宠物的召唤频率又快，加上宠物技能又多，他的对手简直是在 1V8 吧？！

还好自己是他的队友!

顾思明庆幸地想，不然光看他召出的宠物种类就要头晕了，还怎么跟他打啊？

抱紧了猫神的大腿，一路打酱油看他单挑小怪混经验就行，完全不用操作的顾思明一边开心地数着头顶冒出来的经验，一边无聊地跟白轩大神在私聊窗口聊天。

“大神你就是白副队吧？你跟猫神在一块吗？”

“嗯。猜对了。”

“嘿嘿。”顾思明笑着挠挠头，打字问道，“猫神以前玩精灵召唤师的时候是不是特厉害？”

“是的，单挑很少人打得过他。”

“这么强！”顾思明惊叹道，“可现在神迹职业联赛上最常见的召唤师是魔族和血族，精灵族召唤师怎么没人玩啊？”

“精灵族召唤师强就强在快速召唤宠物的打法，对手速的要求非常高，只有爆发手速超过 500 的人才能完成这么复杂的操作，神迹职业联盟爆发手速超过 500 的选手并不多，而且那些选手正好没有人玩精灵族的召唤师。”白轩耐心地打字解释着。

手速，也就是单位时间内手指有效按键的次数，简称 APM。

手速对电竞选手极为重要，但手速并不是评价一个电竞选手的唯一指标，因为不同职业对手速的要求并不一样，比如防御型的骑士 220 手速就够用，治疗 300 够用，输出职业的话一般就要在 300 以上。

李沧雨喜欢快速召唤的极端玩法，所以当他爆发攻击的时候，手速才会突破 500 的极限——因此，当初在神迹打比赛时他还有个外号叫“闪电猫神”，来形容他的手指快如闪电。

顾思明仔细想了想，便恍然大悟道：“这么说来，血族召唤师宠物可以吸血，魔族召唤师生存能力比较强，对手速的要求也没精灵族召唤师那么高，所以联盟目前血族和魔族的召唤师比较流行，对不对？”

白轩发来个微笑的表情：“真聪明。”

顾思明被夸得很开心，双手兴奋地敲打键盘说：“对了，说起手速，神迹联盟目前手速最快的选手是不是凌雪枫啊？”

白轩怔了怔，突然看到这个熟悉的名字，心情一时间有些复杂……

沉默片刻后，白轩才打字道：“看来你对神迹联盟挺了解的，知道凌雪枫？”

顾思明认真打字说：“虽然我是训练营的新人，可将来要打比赛，总该了解一下对手嘛。再说，凌队人气超高，他是风色战队的队长，联盟目前最强的魔族召唤师！”

白轩发去个微笑的表情：“没错，神迹联盟手速最快的选手确实是他，他跟猫神的手速差不多。”

找到共同话题的顾思明更加兴奋了：“我看过很多凌队打比赛的视频，用魔族宠物压制对手的打法特别厉害，压得对手都快喘不过气来！他的单挑胜率超级高，在魔族选手里排第一名，粉丝们都叫他魔王！”

白轩疑惑地问道：“你对他这么了解，难道你也是他的粉丝？”

被戳破心思的顾思明不好意思地抓了抓脑袋，说：“嘿嘿，就是很喜欢他的打法，觉得特别酷！”

“魔族召唤师是很酷，真在赛场遇到他你就该哭了。”白轩开玩笑说。

“那是，我肯定打不过凌队！”转念一想，顾思明又双眼一亮，“猫神能打得过凌队吗？”

“不一定。”白轩难得没有给出肯定的答复，而是说，“他们并没有单独交过手。”

看见这话的顾思明不由愣住了。据他了解，凌雪枫和李沧雨应该是同一时期的选手，李沧雨当初在神迹打过两年比赛，怎么会没跟凌雪枫单独交过手呢？

而且，他俩既然都是玩召唤师的，那么召唤师内战的 1V1 擂台赛应该遇到过才对吧？

顾思明好奇心起，正想追问，就在这时，李沧雨突然在语音频道说道：“你们两个还在聊天呢？该打 Boss 了。”

顾思明的额头顿时流下一滴冷汗！

跟着猫神一路打酱油蹭经验，这都打到了 Boss 面前，两个酱油党还在那里聊天，实在是不应该。

“知道了，队长！”顾思明立刻扛起骑士护盾，积极地冲到了 Boss 的面前。

伊苏城之夜的副本 Boss 名叫依诺德，是副本里这群变异人类的首领。

按照神迹的剧情描述，他原本是伊苏城西郊的一名人族护卫长，被黑魔法影响之后丧失了理智，带着一群同样被黑魔法控制的变异人类，盘踞在这里滥杀无辜。

白轩把鼠标移过去看了眼 Boss 头顶的属性，开口说道：“我看不到他的血量信息，不过 10 级的人族小 Boss 应该不会太难吧？”

顾思明突然听到耳麦里传来另一个声音，一时愣了愣，不过他很快反应过来说话的人是白轩。

如果说李沧雨正直爽朗的声音会让人忍不住尊敬和服从，那么白轩柔和的声线就会让人忍不住产生一种亲切感。两人一个果断干脆，一个温柔亲切，作为正副队长一起管理战队的话倒是十分融洽。

顾思明正想着老板让自己拉白轩大神到龙吟的任务到底该如何完成，就听李沧雨在语音频道说道：“好几年没打神迹副本，我不记得这个 Boss 有什么技能。小顾，你知道吗？”

被点名的顾思明立刻积极地答道："我知道！我前几天练小号的时候刚打过，这 Boss 有一个点名技能和一个群攻技能，点名技能会将指定的玩家封招 3 秒，并且在封招结束时出现一次暴击伤害，群攻技能是面前 120 度扇形范围的群体攻击。"

李沧雨一听，心里便有了底，低头想了想，说道："只有这两个技能的话倒是挺好对付，小顾把 Boss 拉背面，小白看好他的血就行。"

白轩回头看他："能不能别叫我小白？这称呼真的不好听。"

李沧雨笑道："那叫大白吗？"

白轩瞪他："我叫你大猫行吗？"

惹毛治疗的后果是很严重的，李沧雨决定不惹他了，笑着拍拍他的肩膀，认真地说："以后不叫你小白，叫你神奶吧，你是我见过的最牛的治疗，真的。"

这家伙一看情况不对就反过来拍起了马屁，白轩拿他没办法，只好给顾思明身上丢了个增加治疗效果的状态，回头说道："行了，快开吧。"

顾思明打起骑士护盾，走到 Boss 面前鼠标点击跟他对话，Boss 头顶的名字变成了红色，表示 Boss 战正式开启。

吸引了 Boss 的注意力之后，顾思明立刻拉着 Boss 转了个身让 Boss 背对两位队友。这样一来，当 Boss 放出扇形群攻技能时就只有他一个人会被攻击，背后的两人都不受影响。

顾思明拉 Boss 的技术很不错，不出 3 秒就拉好了背对。

李沧雨等他拉稳之后才开始攻击，把火精灵召唤出来，将火球快速丢向 Boss。

——火球术，这是火精灵宠物自带的初级攻击技能，需要主人按键才会启动。

李沧雨手速非常快，卡着技能冷却时间按键盘，连 0.1 秒都不会浪费。

从顾思明的视角看上去，只见一个接一个的小火球以最快的速度朝着 Boss 接二连三地飞过来，就跟放烟花一样绚丽，把副本里的夜空照得如同白昼一般明亮！

——猫神的手法也太华丽了吧！

顾思明正在惊叹，却见Boss一个普通攻击，自己的血条顿时掉下去一大截。

好在白轩的加血手法十分纯熟，一个小治疗术再配合持续回血的治疗阵，在三人打Boss压力如此之大的情况下，顾思明的血量也一直被白轩维持在60%以上。

三人虽是第一次配合，却默契十足，很快就把Boss的血量压到80%。

就在这时，Boss突然双手一挥，面前出现了一个120度扇形范围的白色光圈，随着轰的一声巨响，顾思明的血条瞬间闪起了报警的红光！

这个群攻技能威力强大，一招直接打掉主T将近60%的血！

可想而知，如果脆皮的输出职业站在Boss的面前，说不定会被他一个群攻直接秒杀！

白轩见小顾血条见底，立刻爆起手速给他疯狂刷血。

12级的治疗只有一个初级单体治疗术和一个回血阵，他只能靠迅速单加的手法把血线给拉起来，还好白轩在危急关头加血手速极快，十几个小治疗术丢过去，顾思明的血量迅速回到了安全线以上。

然而雪上加霜的是，就在这时，Boss的头顶突然冒出了一行字，同时伴随着一声怒吼："爱吃红烧鱼，你居然敢杀掉我的同伴！"

吼声惊天动地，几乎要震破三个人的耳膜。

——这显然是点名技能要发动的前兆。

果然，Boss话音刚落，被点名的召唤师"爱吃红烧鱼"身上就出现了一个银色的光圈。

按照小顾的说法，光圈的效果是封招3秒，在接下来的3秒内李沧雨无法进行任何操作，而3秒封招结束后，Boss会对被点名的玩家打出一次暴击伤害。

白轩立刻瞄了眼爱吃红烧鱼的血量，由于一直站在Boss身后并没有受到群攻技能的影响，目前他还是满血状态。可是，召唤师的防御能力非常弱，Boss一旦出暴击伤害，即便满血也不一定能活下来。

刚想开口让小顾给他丢一个护盾，结果还没来得及说话，顾思明就很机智地把骑士的“守护之力”主动套在了召唤师的身上——骑士的“守护之力”丢给队友后可增加队友800%防御并持续8秒，有这个强大的护盾在身，脆皮召唤师安全度过Boss的暴击肯定没什么问题。

白轩不由松了口气，心里不禁对小少年机敏的反应多了一分赞赏。

想起已经解散的沧澜战队的那位主T，心里又忍不住有些酸涩，如果换成是那人，肯定不会有如此快的反应。其实很多时候，队友的配合比个人能力更加重要，李沧雨输出再强，也需要队友的及时保护。

看着自己身上恰到好处的护盾，李沧雨也不禁欣喜，看来刘川送来的这个小少年确实不一般。

有了这次默契的配合，接下来打Boss的过程顿时变得无比顺利。

顾思明年纪虽小反应却非常敏锐，白轩的治疗手法让人安心，李沧雨的攻击速度也很稳定，三人用了10分钟的时间终于将Boss成功击杀！

——恭喜玩家爱吃红烧鱼、爱吃回锅肉、顾名思义完成［击杀·依诺德］成就！

随着系统弹出的成就提示，三个人经验大涨，身上也同时冒起了升级的白色光芒，都13级了。

顾思明兴奋地道：“打一个Boss相当于刷五轮小怪，经验给得真多！就是我们三个人打Boss的速度比较慢啊，只有猫神一个输出。”

“猫神的输出比得上两个输出了。”白轩微笑着夸赞道，“对吧，猫神？”

“那是当然。”被夸奖的李沧雨倒也不谦虚，大大方方地承认了这一点，两步走到Boss的面前打开地上掉落的包裹，说，“先看看奖励是什么。”

屏幕上弹出击杀Boss的随机奖励——是三件蓝色的装备。

神迹的装备从低到高依次是白色、蓝色、紫色、金色四个等级，金色最高级装备必须用各种珍稀材料手工制作出来；紫色装备由大型高难度三十人团队副本的Boss掉落或者由竞技场的积分来换取；六人小队副本一般只掉落普通属性的蓝色装备；商城里卖的各种漂亮衣服则是无属性的白装。

虽然蓝色装备属性较为普通，不过就前期升级而言，已经够用了。

这次副本Boss总共掉了三件蓝装，一双加治疗效果的鞋子和一件加法术防御的衣服，李沧雨都分给了白轩，还有一个加体质的头盔适合骑士用，就分给了小顾。

他自己倒是什么都没拿。

反正有白轩罩着，防御性的装备他并不需要。

——有神奶在身边就是这么任性。

连打了五次副本，每次Boss都会掉三件蓝装，三人身上的蓝装都快凑齐了，装备一好，打起Boss来自然更加容易。

时间接近中午，三人都升到了15级，李沧雨突然意识到一个问题，开口问道："对了小顾，国内现在是不是快12点了啊？"

顾思明一愣，眼睛瞄了瞄电脑右下角，发现不知不觉中果然已经23:45了。

不过，猫神这问法，难道他在国外？

顾思明疑惑地问道："队长，现在是23:45，你不在国内吗？"

"嗯，我跟白轩目前都在美国，这边是中午，有时差呢。"李沧雨道，"你要不要先去睡觉？"

顾思明忙说："没关系，老板说我的训练以后就由队长负责，不用和战队其他人一起。有时差的话我晚上跟你们一起玩吧，白天睡觉也可以。"

李沧雨想了想，还是觉得十七岁的小少年经常熬夜对身体不好，通过这几次副本的观察，他发现小顾的基础挺扎实，龙吟训练营有专业的训练软件，那里训练出来的选手自然不差。

小顾已经算半个职业选手，打副本对他而言用处不大。至于竞技意识的培养，还是要满级以后到竞技场去，多跟其他的职业交手才行，并不急于这一时。

想到这里，李沧雨便说："我跟白轩在线时间也不太固定，你还是按照龙吟战队的作息时间，上线之后找我们，要是我们不在，你就自己看看神迹职业联赛的视频。"

顾思明道："队长，我想跟你们一起玩……"

小家伙的声音居然有点儿被抛弃的委屈，听起来可怜巴巴的。

李沧雨无奈道："我这边还是中午，要到晚上 11 点才睡，你要跟我们熬夜熬到明天 11 点吗？"

顾思明忙说："没问题！我今天下午睡了一觉，现在可精神了，一直玩到明天 11 点也不会困的！"

李沧雨："……"

怪不得刘川说这家伙是个小疯子，果然够拼啊！

白轩打起了圆场："要不这样吧，小顾凌晨 1 点下线睡觉，明早起来再跟我们一起升级，我们休息之后你可以自己升级或者去看比赛视频。"

李沧雨对白轩的办法十分赞同，也就不再纠结，果断地说："就这么办，允许你再玩一个小时。"

带着个 17 岁的小家伙，他感觉就跟带儿子似的，连作息都要操心，唉！

顾思明听队长松口，也就不强求陪他们熬夜了，兴奋地道："那我先去上个厕所，顺便换台电脑，你们等我两分钟啊！"

他的头像暗了下来，大概是机子开太久换电脑去了。

李沧雨回头问道："你怎么看？"

两人多年搭档，白轩自然知道他问的是什么，回答道："反应快，基础扎实，潜力很不错。就是太嫩了，需要磨炼一下心智才能真正上赛场，不然遇到强队的集火他在前排会扛不住。"

"嗯。"李沧雨点头赞同道，"是个好苗子，好好培养肯定能成大器。"

正说着，顾思明已经雷厉风行地上完了厕所，耳麦里也响起小少年没过变声期的清脆声音："队长，我回来了，我们继续吧！"

李沧雨爽快地说："行，还有一个小时，咱们一口气升到 20 级！"

李沧雨带着白轩和顾思明又打了几轮伊苏城副本，三人总算升到 20 级，国内时间也到了凌晨 1 点。

李沧雨问道："小顾该睡觉了吧？"

顾思明依依不舍："我先去转职，转职完了再睡。"

李沧雨严肃地说："别找借口推托，转职完了马上睡，听见没？"

顾思明只好乖乖点头："嗯嗯嗯，听见了！"

小家伙还算听话，李沧雨满意地笑了笑，带着白轩和顾思明一起回到伊苏城中央的大楼。

由于刷副本的速度飞快，他们三人目前的级别已经冲到了服务器前列，二楼的技能导师负责安排转职，这里玩家并不多，李沧雨走到召唤师导师的面前按下了对话键。

"你好，召唤师主要依靠宠物和主人协同作战，可以用不同的宠物实现不同的攻击效果，操作难度七颗星，你确认要成为一名召唤师吗？确认以后不能更改哦！"

李沧雨毫不犹豫地按下了确认。

"恭喜你成为一名召唤师！这是召唤师协会送给你的外装，请查收。"

身上冒起一圈柔和的绿色光效，爱吃红烧鱼的头像旁边总算出现了一枚代表召唤师的图标，鼠标只要一移过去，图标旁边就会显示出他的个人信息。

ID：爱吃红烧鱼

种族：精灵族

职业：召唤师

等级：20 级

——他的精灵族召唤师终于回来了！

李沧雨按捺住激动的心情，继续跟技能导师对话，学习第三个技能。

召唤雷精灵。

雷精灵是精灵族召唤师的第三个宠物，它最强的地方在于群攻。

水精灵的冰冻控制、火精灵快速又强大的单体攻击，加上雷精灵暴力的群攻，精灵族召唤师在拥有这三种宠物的情况下总算是基本成型了。当然，这三种宠物只能应付最简单的战斗，后期还有更加强大的宠物，会涉及状态解除、位移控制之类比较高端的操作。

李沧雨心情愉快地召唤出自己的水、火、雷三只精灵，带着三只可爱的精灵小宠物去找队友。

回头一看，白轩和小顾也成功转职了，队伍列表里三人的头像旁边都有了明显的职业标志。

白轩转职为牧师，身材修长的男人穿上一身洁白的牧师长袍外装，背后又有一双神族天生自带的白色翅膀，看上去如同天使一样圣洁，就是头顶的ID“爱吃回锅肉”破坏了神族牧师形象上的美感。

至于小顾，兽族的身材高大健硕，穿上骑士盔甲也挺威武，可一想到电脑那边操作这角色的是个十七岁的可爱小少年，李沧雨真是感到十足的违和感。

转职成功的小顾在两人面前蹦跳了两下，兴奋地说：“队长，我又可以玩骑士了！”

李沧雨毫不客气地打击他：“睡觉去。”

“……哦。”小顾蔫了下来，不太甘心地关掉电脑跑去睡觉。

等他走后，李沧雨也从包裹里拿出导师给的召唤师外装穿上。

这种外装不加属性，只改变游戏角色的外形，可穿可不穿，算是职业的标志。

神迹的服装设计师非常用心，精灵族召唤师偏向于敏捷，外装就会比较轻便，以精灵族月光森林的银白色调为主，设计得非常简洁利落，便于精灵的快速移动。

白轩看着面前穿好职业装的精灵召唤师，心里忍不住涌起一股酸涩。

当年，李沧雨的精灵族召唤师横扫神迹擂台赛场，联盟很多选手在擂台遇到他都会头痛欲裂求速死。那么强的一个人，为了所谓的兄弟义气，拒绝无数豪门俱乐部的邀请，带着队友们集体转移到武林。

如此壮士割腕一样的果决，可不是那么容易做到的。

当初他为了几个青梅竹马的好朋友放弃了自己的召唤师，如今，他终于能重回神迹，再次操作他最爱的精灵族召唤师……虽然迟了好几年，可白轩相信，以他的能力，一定能在职业联赛的赛场上大放异彩。

只可惜，自己不一定能陪着他走下去。

白轩有些遗憾地想着。

李沧雨回头，发现白轩的脸色不太对劲，忍不住问道：“怎么了？胃不舒服吗？”

“没。”白轩轻声说道，“就是看见你穿上精灵族召唤师的外装，一时有些感慨。”

第一次见他穿上这身装备，还是十七岁那年在网游里的时候，转眼间这么多年过去了……

李沧雨明白对方的意思，爽快地笑了笑，拍拍白轩的肩说：“没事儿，这几年我在武林这边认识了不少朋友，也增长了不少见识，时间没有白费，现在重来也不算晚。”

白轩笑道：“那倒是，现在回去还来得及。”

“对了，你今早做胃镜的时候我私下问了我爸，他建议我们去开些中药，调理肠胃的话中药比西药管用。等过段时间回国，我再陪你去看一下中医，我爸介绍的老中医应该比较靠谱。”李沧雨顿了顿，认真地看着白轩说，“如果你能调理好身体，你愿意明年陪着我一起回神迹吗？”

白轩没有回答，脸色看起来有些纠结。

李沧雨接着说：“你总是为我惋惜，其实你不也一样？以你的水平，放在神迹绝对是一流的治疗选手，跟着我混了这么多年，没拿过一次奖，我也很为你遗憾。反正我们两个这几年积累了不少大赛经验，不如携手杀回神迹，再拼最后一次，这回说不定能拿个冠军回来。”

听他这么一说，白轩不由笑了起来：“拿冠军？你说得倒容易。”

李沧雨认真地道：“我不是空口说大话，龙吟俱乐部能给我们提供最好的平台和资源。队友方面，我们已经有了小顾，这小家伙绝对是天分型选手，很多东西不用我指挥他自己就能领悟，好好培养一下肯定不差。我们只要再找几个高水平的队友，拿冠军也不是没有希望的。”

白轩被他说得有些动心。说什么友谊第一、重在参与，那都是客套的官方话，真到了比赛的时候谁不想赢？谁不想拿冠军？这么多年一个奖杯都没有拿到过，换成谁又能甘心？

如今，沧澜战队解散后李沧雨没有了任何束缚，完全可以按照自己的战术想法去重组一支队伍，加上背后有老板刘川的全力支持，杀回神迹拿奖杯也不是不可能的事。

“怎么样？考虑一下？”李沧雨继续劝说白轩。

白轩本来就很心软，被老搭档这么劝，更是不好意思拒绝，只好笑了笑说：“我……考虑考虑吧。”

——他一松口，李沧雨就知道这事儿肯定十拿九稳！

刚开始没敢留下白轩，是怕白轩病情严重，咨询过老爸之后才知道，白轩这情况大概半年的时间是可以调理好的，李沧雨更不想放他走了。反正以后战队的事情他多操心一点，让小白好好休息、调养，多注意饮食和睡眠，只要精神养好了，小白意识一流，打比赛肯定没问题的。

“我们继续升级吗？”白轩转移话题道，“换副本？还是做主线任务？”

“直接做赏金任务吧。”李沧雨说。

“赏金任务”是神迹前期最好的赚钱途径，20 级转职后开启，35 级结束，能赚钱的同时还能赚经验。

一般来说，赏金任务大多是护送 NPC 到指定地点，任务成功后拿到经验和奖金，可谓钱财、经验双丰收。但赏金任务可以被拦截，不只游戏里会设定一批小怪来拦截 NPC 干扰玩家，路过的其他玩家看见了也可以拦截，如果护送的 NPC 被拦截杀死，那就一点奖励都没有，反而会倒扣经验。

——要想获得高收益，必须承担更高的风险。

由于赏金任务风险较大，失败还要倒扣经验，普通玩家怕被打劫，一般不会去做，大部分是各公会的高手精英团才会去做。

白轩问道：“做赏金的话我们要不要再组几个人？”

“不用。”李沧雨说，“我们俩对付几个打劫的小怪绰绰有余吧？”

“就怕有玩家来拦截。”白轩当年也经常做赏金，因此很清楚游戏里的行情，成功杀死任务 NPC 的玩家就能立刻拿到经验和金币奖励，因此，游戏里有不少专门截赏金的队伍。

白轩不禁有些担心，“我们只有两个人，那些大公会的精英团不拦截才怪吧？”

李沧雨面不改色地道：“怕什么，来一个收拾一个。”

白轩：“……”

说得对啊！

以猫神的水平，还怕几个网游里来打劫的玩家？别说大公会的精英团，哪怕职业联赛的时候他一个人单挑三个职业选手，都能表情淡定地支撑好几秒才死呢。

玩起网游，倒把李沧雨是职业大神给忘了。

白轩忍不住好笑地道：“那走吧，我俩一起做赏金去。”

CHAPTER 04

赏金任务

神级召唤师

SHENJI ZHAOHUANSHI

两人来到发布赏金任务的NPC面前，刚要接任务，李沧雨的屏幕上突然弹出一条组队消息。

——玩家[会开花的树]，等级20，种族人类，职业剑客，请求与你组队。

会开花的树同时在附近频道打字："赏金吗？组队一起。"

白轩说道："组他吧，多一个帮手，万一遇到打劫，可以让他当当炮灰什么的。"

"有道理。"李沧雨便把这人组了进来。

"哟，精灵族的召唤师，难得一见！"会开花的树一进队伍，就打字说道，"全敏玩法吗？"

知道精灵召唤师的全敏玩法，这家伙至少不是个菜鸟。

李沧雨打字说："是的。"

——会开花的树向你发起了挑战，你是否接受？

李沧雨有些惊讶："怎么？"

会开花的树发来一个微笑的表情："切磋切磋。"

既然他主动要求PK，李沧雨自然不会客气，接受申请后立刻召唤出自己的水精灵宠物，一个水球术朝他丢了过去。

白轩本以为这人中招后肯定会被猫神两下秒掉，没料，对方居然一个敏捷的侧翻躲过了李沧雨的起手控制，并且迅速突进到召唤师的身前，手中长剑利落地扬起，一招锁魂直刺对方胸口。

他这身法倒是干净利落！

李沧雨心底有些惊讶，手指却是极稳，左手食指和中指迅速按下，精灵族召唤师一招飞羽步侧滑灵巧地躲过了对方的攻击，同时在原地召出一只火精灵宠物，用火球术一下子打掉他 20% 的血！

躲避的同时还能顺手攻击，不慌不乱，意识一流！

人族剑客察觉到自己遇到了高手，不由得微微眯起眼睛，他倒也不急，第一招打空之后硬吃下火精灵的伤害，迅速后跳拉开距离，然后又是一招加速突击，近身绕到李沧雨的背后，这次直接跟上剑客目前伤害最大的攻击招式：碎骨剑。

召唤师防御很弱，这一招命中的话肯定会大量掉血，李沧雨立刻做出决定，将火精灵召回身边，强行让自己的宠物替主人挡掉了这次伤害。

火精灵被秒杀，会开花的树发来一排大拇指：“厉害！”

李沧雨笑道：“你也厉害。”

会开花的树收起手里的长剑，没有再打下去，而是说道：“走走，做赏金任务去。”

李沧雨和白轩对视一眼，同时从对方的脸上看到了疑惑的表情。

“这人什么来历？”白轩直接问了出来。

“不太清楚。但我能确定，他跟我交手的时候明显有所保留。”李沧雨作为意识顶尖的高手，对方是不是尽了全力他很快就能做出判断，“剑客快速近身、绕背、躲避控制的手法他都玩得炉火纯青，这人放在网游里绝对是一等一的高手。但他既然有所保留，我觉得他不只是网游里的高手那么简单。”

白轩惊讶地看向对方：“难道他是职业选手？”

李沧雨若有所思：“神迹职业联赛目前正在打常规赛，职业选手谁会闲着跑到网游里？”

刚才简单地过了三招，李沧雨对这个人族剑客的真实水平十分怀疑，但也不能肯定他就是职业选手，毕竟国内不想打职业联赛的路人高手也非常多。

反正组队一起做任务，总会找到一些蛛丝马迹，试出他的水平并不急于一时。

想到这里，李沧雨便跟 NPC 对话，接取了赏金任务。

这次任务的目标是护送商人埃尔德到伊苏城外的黑市交易行，距离倒不算远。完成任务的话奖励每人 10000 经验，合计 1000 金币。

赏金任务经验奖励每个人一样，金币奖励却是队友们平分，如果水平够牛你也可以一个人去做，拿的奖励自然最高。但网游里为免任务被劫，大部分玩家都会组满六人小队去做赏金，像李沧雨这样三个人做赏金的少之又少。

接了任务后，被护送的 NPC 埃尔德头顶就出现了“护送中”的字符图标，这么大的指示图标简直就是在给其他玩家一个信号——快来打劫吧！有经验还有钱拿！

三人一起护送埃尔德朝目标点赶去，刚一出城，就有三只系统设定好的小怪来截杀 NPC，会开花的树直接一剑横扫把小怪全给秒了。

剑客是近战当中攻击性最强的职业，20 级时就能学会低级群攻技能，打怪相当给力。会开花的树直接秒小怪并不稀奇，李沧雨也没多说什么，护送着 NPC 继续往前走。

杀完小怪后没走几步，就遇到一支 ID 非常统一的队伍。

对方队长看见 NPC 头顶的护送图标，二话不说直接按下截杀。

为防止 NPC 被几支队伍同时击杀导致任务乱套，赏金任务一旦有人开始截杀，双方队伍和目标 NPC 都会被传送到单独的副本空间，方便双方展开公平的战斗而不被任何外人所打扰。

在副本空间里，护送方必须保护 NPC 的安全，击杀方只需要杀死 NPC 就能直接拿到奖励，可一旦失败，则会倒扣经验和金币累积到最终奖励之中。

赏金任务风险大，也格外刺激，正是各大公会高手们最喜欢的玩法。

被传送到独立副本空间之后，李沧雨目光一扫，很快就判断出来找事的人是谁。

——风轻云淡、风色悠然、风飘飘、风小乖、风华绝代、风花雪月。

全部以“风”字开头的 ID，以及六人头顶整齐统一的公会图标，真是再明显不过！

白轩显然也认出了这一点，不由开口道：“是风色公会的啊！”

李沧雨平静地说：“你加好 NPC 的血，我来解决他们。”

进入副本后，战斗列表上就出现了双方玩家的名字，风色那边六人精英团齐全，李沧雨这边却只有爱吃红烧鱼、爱吃回锅肉、会开花的树三个人！

风色的副会长风轻云淡显然有些惊讶，忍不住在语音频道说："三个人做赏金，胆子也太大了吧！"

说罢，就在附近频道打字道："爱吃红烧鱼，三打六你们还是放弃任务吧，把 NPC 让给我们算了！"

李沧雨看见他这行话，微微笑了笑，说："不好意思，我不习惯放弃。"

风轻云淡道："既然你不识相，那就别怪我们以多欺少哈！"

李沧雨认真地打字说："不怪你，来吧。"

白轩："……"

突然有些同情风色的队伍该怎么办？

很快，风色六人小队就出现在了视野中。李沧雨左手食指迅速按下，找准治疗风小乖，一个水球术准确地丢了过去，直接将她冻在原地！

风色的六人还没反应过来，就发现治疗被冻住了，剩下的五人立刻朝树后扑了过来。

李沧雨开着飞羽步迅速绕圈游走到五人身后，火球术紧接着按下，接二连三的小火球直接砸向队长风轻云淡——召唤师的火精灵单体攻击力极强，三个火球下去，风轻云淡的血条已经掉到了 40% 以下！

"治疗快给我加血！"风轻云淡在语音频道吼，"近战上去打断他啊！别让他放火球行不行！"

"追不上。"两个近战很苦闷地打字说。

——是的，根本追不上！

精灵的行动速度到底有多快？简直可以用"迅疾如风"来形容。更何况李沧雨是全敏捷加点，他的召唤师又是远程，风色队伍里的一个骑士一个狂战士，都是短腿的兽族，怎么可能追得上精灵？

李沧雨再放两个火球术，直接把残血的风轻云淡送走。

——［爱吃红烧鱼］击杀了［风轻云淡］。

副本屏幕中央弹出这行提示，风轻云淡顷刻间扑倒在地。

杀人先断奶，擒贼先擒王。

水精灵封死对面治疗，火精灵强杀对方队长，李沧雨就是这么果断干脆！

队长一死，风色公会的精英团顿时乱了阵脚，扑倒在地的风轻云淡怒道：“黑魔法师上啊！发什么呆？”

两个黑魔法师回过神来，立刻扑上前去给李沧雨叠起了死亡咒术。

魔族的黑魔法师也是远程法术职业，虽然移动速度比精灵慢，可法术攻击力却比精灵要强，死亡咒术一旦叠起来，黑魔法伤害翻倍也是相当可怕的。

可惜，死亡咒术必须无缝衔接才能叠起来，李沧雨看着自己身上的死亡咒术指示，时间快到5秒的那一刻，他突然一个飞羽步瞬移，直接走出了黑魔法师的攻击范围！

“靠，没接上！”按下技能却被系统提示“对方不在范围内”的风华绝代忍不住爆了句粗口。

“搞什么！你们俩打一个脆皮的精灵召唤都打不死吗？”风轻云淡火大地说道。

刚刚被黑魔法咒术打掉40%血量的李沧雨，离开对手攻击范围的同时却进入了白轩的治疗范围，他对距离的掌控向来做得极好。

白轩见他来到附近，立刻贴心地给他丢了一个小治疗术，快速把血回了起来。

对方的指挥这才意识到遇到了高手！

风轻云淡深吸口气让自己冷静，这才说道：“不管召唤师，先杀治疗！”

刚才被打了个措手不及，他的思维有些乱套，可风色的副会长毕竟不是菜鸟，风轻云淡很快就分析出问题的关键——要杀死目标NPC必须先解决掉对方治疗，不然，有治疗一直给NPC加血，他们击杀NPC就不可能成功。

反正现在人数明显占优，即便自己不小心挂了那也是五打三，打死治疗再收拾两个输出！

“杀治疗！骑士、战士近身去干扰治疗加血，两个黑魔法师一起上！小乖你速度摆好治疗阵！”风轻云淡冷静地指挥着。

然而，当两个近战突进到白轩的身边想要控制住他的时候，半路却突然杀出了一个程咬金。

——会开花的树！

——看了一会儿好戏的人族剑客总算动手了。

同为近战冷兵器型职业，剑客的防御不如圣骑士，单次攻击造成的伤害不如狂战士，但好在剑客的综合属性较强，身手敏捷，攻速极快！

会开花的树手中长剑向上一挑，一招锁魂直接把圣骑士定在原地，紧跟着一招碎骨剑刺向狂战士的胸口，剑招刚落，又用灵活的突击步法迅速来到两个黑魔法师面前，直接开了光影回转的范围群攻！

随着一片银白色的剑影在空中飞舞，两个黑魔法师的血量顿时疯狂地往下掉！

——光影回转，剑客的范围性伤害技能，可持续释放，耗蓝量极大，伤害也极高！

尤其是打法术职业的时候，高手剑客的剑光所到之处几乎可以尸横遍野。

李沧雨见他开群攻将对方的全体血量都压了下去，立刻明白了他的意图，毫不犹豫地召出雷精灵，将宠物放在场地中间的位置，手指稳稳地按向设置好的快捷键。

——雷霆之怒！

从天而降的一道紫色雷电“轰”的一声劈向方圆五米范围，直接将范围内的敌人全部劈死！

——［爱吃红烧鱼］击杀了［风色悠然］！

——［爱吃红烧鱼］击杀了［风华绝代］！

——［爱吃红烧鱼］击杀了［风花雪月］！

对方六人瞬间死了四个，哪怕见惯大场面的副会长都有些呆滞。

“咋、咋回事？”副会长问道。

“不知道……我都没回过神来！瞬秒啊！”被杀的狂战士说道。

“是不是出了暴击？！”挂掉的黑魔法师疑惑地问。

李沧雨倒是非常冷静，在队伍频道迅速打字：“你杀治疗，骑士交给我。”

会开花的树：“OK。”

两人心照不宣，近战剑客去打治疗，让治疗头疼得根本放不出加血技能来，远程召唤师去打骑士，行动笨拙的骑士更是毫无还手之力。

很快，风色六人精英团就集体扑倒在地。

——风轻云淡的队伍赏金任务截获失败，每人扣除 300 金币、3000 经验，加入到最终奖励之中。

——本次任务奖励已累积 2800 金币、28000 经验。

——爱吃红烧鱼的队伍赏金任务继续。

系统发出了这样三条提示。

看到这提示消息的白轩总算明白了李沧雨的意图，回头问道：“我说，你是不是故意三个人做赏金，让大公会的精英团以为我们好欺负，吸引他们来打劫？打劫不成功，我们的奖励就可以一直累加了啊！”

李沧雨认真点头：“嗯，他们主动来送经验，多好。”

白轩：“……”

早该习惯李沧雨的腹黑！

以前在比赛场上指挥的时候也是这样，他总爱不动声色地给对手布下一大堆陷阱，所以哪怕沧澜战队的整体实力不强，却没有任何一支战队的队长敢小瞧猫神。

想到这里，白轩不由笑了笑，道：“我突然觉得风色的精英团被你虐得好可怜，六打三打成这样，他们心理上肯定很难接受，那边的队长估计还没回过神来。”

“他们自己找上门来劫任务，又不能怪我。”李沧雨淡定地说着，顿了顿，又道，“对了，你刚才有没有观察这个剑客的操作？”

“有啊，全面压制对方血量的打法很聪明，刚好配合你的雷精灵大招，瞬间秒掉了对面的三个人。”白轩认真地分析着，语气中明显带着赞赏，“群攻技能‘光影回转’放得尤其漂亮，距离把握刚刚好，正好覆盖了对面四个人的站位，这剑客绝对是个高手。水平甚至不输于职业级的选手。”

“看见他的名字你就没联想到一个人吗？”李沧雨问。

“名字？”白轩默念了一遍“会开花的树”这个名字。名字虽然不算特别，但是，一旦结合他人族剑客光影回转的犀利打法，确实很容易联想到一个人！

“你是说……谢树荣？”白轩的心中猛然一惊，“不会这么巧吧？”

“说不定真的这么巧呢。”李沧雨道。

白轩满脸都是吃坏了肚子的郁闷表情。

李沧雨笑着说：“当年他可是你的克星，不过，他早就离开了飞羽战队，陈年旧事你就别放在心上了。”

白轩气道：“你被追着连杀十次会不放在心上？”

李沧雨忙拍拍他的肩膀安慰：“战术需要，立场不同嘛。”

白轩深吸口气，平定了一下心情，回头问道：“如果真的是他，那他跑来新区干什么？”

李沧雨建议道：“要不你私聊他问问看？”

白轩点了点头，直接一条私聊消息发了过去：“谢树荣，你来新区干吗？”

电脑前的某人按向键盘的手一抖，只见屏幕里的人族剑客脚下一滑，“砰”的一声摔进了湖里！

李沧雨见人族剑客掉到湖里，就知道这家伙绝对是谢树荣没错，心里不禁有些激动。

很久不见的老朋友居然能在新区遇到，这也太巧了！

刚才三打六的时候李沧雨一个字都没说，是剑客主动开群攻压低对方的血线进行配合，李沧雨立刻跟上雷精灵的群攻，两个人心有灵犀的合作，居然在短短 20 秒内就把风色的精英团给打了个团灭！

高手在关键时刻下意识的反应很难作假。更何况，谢树荣是国内神迹联盟速度最快的剑客，他的“光影回转”打法能模仿的人少之又少，哪怕他刚才出手时并没有尽全力，李沧雨还是立刻认出了他。

不过，谢树荣离开神迹也有几年了，这次回来又是为什么？

李沧雨十分疑惑，干脆在队伍频道问道："阿树，我是 FTD 战队的老猫，你还记得吗？"

会开花的树："……"

白轩道："别光打省略号，问你话呢！"

会开花的树："……"

白轩看了李沧雨一眼，鄙视地说："你看他，都被吓得智商掉线了。"

李沧雨笑道："估计是太震惊了吧，你别对他这么凶。"

白轩的性格向来温柔，对大部分人都很亲切，可是，谢树荣这家伙绝对是个特例，每次看见他的 ID 白轩就恨得牙痒，很想把他揪过来狠狠地揍一顿。

当年，谢树荣仗着人族剑客身法敏捷、手法凌厉的优势，在赛场上专杀治疗，每次跟飞羽战队交手，他都像跟屁虫一样黏在白轩的身边，打断、打断、反复打断，让白轩一个技能都读不出来。

杀一次……好吧，团战先杀治疗，这想法是没错。

杀两次……走位失误怪自己。

杀三次……白轩已经很郁闷了。

谢树荣居然追着他的小牧师连杀十次！杀父之仇吗这是？

还记得那次比赛 FTD 战队毫无悬念地输给了飞羽，比赛结束后，谢树荣还跑过来站在白轩的面前微笑着伸出手，一向好脾气的白轩手都没跟他握，背着键盘转身就走。

谢树荣一脸疑惑地看李沧雨，李沧雨拍拍他的肩说："小白平常不生气，生气的后果很严重，说不定以后都不会理你了。"

谢树荣："……"

自那以后，神迹联盟所有选手都知道谢树荣惹毛了白副队，脾气最好的白副队居然没跟他握手。

只可惜，那件事后没过多久，FTD 战队解散，李沧雨和白轩一起带着留下的几个队友转移到武林，而谢树荣也因为某些原因离开了飞羽战队，之后他们就再也没有见过。

那些陈年旧事，此刻回想起来还历历在目，只是时间过得飞快，如今的神迹联盟，关于他们的故事早就只剩下传说。

大概是回想起了往事，三人一时都有些感慨。

沉默很久后，谢树荣才打字问道：“猫神、白副队，你们怎么会在神迹新区？我听说你们一起转去武林那边打比赛了，不是吗？”

白轩没好气地道：“战队成绩不好，又解散了。”

谢树荣摸了摸鼻子，打字道：“白副队看见我，是不是还为以前的事生气呢？”

白轩立刻否认：“没有！”

——否认得这么快，还带感叹号，这不明显在生气吗？

谢树荣无奈地笑了笑。他当年只是执行队长“先杀治疗再杀猫神”的战术，连杀白轩十次，也是因为 FTD 战队的队员们根本没有保护好白轩，总是让白轩单独落到他的剑下。

在战局胶着的比赛场上，看到对方落单的治疗，相信谁都不会轻易放过。

或许在白轩的眼里，会觉得谢树荣趁着 FTD 战队实力太弱故意欺负他们？

可谢树荣真没那种想法。

当时虽然年少轻狂，但对猫神和白副队的水平，联盟大部分选手都非常认同，他一个出道不久的年轻选手，不可能去轻视在神迹打了很久比赛的前辈。

他其实挺为猫、白二人惋惜，总觉得这两位大神选手待在 FTD 战队里太过屈才。

不过，这件事并不好解释，再说，过了那么多年，解释起来反倒显得白轩小家子气，还在计较当年赛场上的恩怨。谢树荣便把这个话题略了过去，问道：“两位来神迹新区，是想重新回神迹打联赛吗？”

李沧雨直认不讳：“有这想法。”

谢树荣发来一排佩服的大拇指："厉害。"

这简直是百折不挠的精神啊！战队都解散了两次，他居然还有胆子杀回来，不愧是猫神！

李沧雨打字问："你呢？跑新区干什么？"

谢树荣道："无聊随便玩玩。"

白轩发去一个鄙视的表情："无聊随便玩玩？这种借口也就骗骗三岁小孩吧！"

又是这么多感叹号，看来白副队对他似乎有点成见啊……

谢树荣试图想象一下那个脾气温和的男人发怒的样子，但实在想象不来，估计白副队在跟他开玩笑，谢树荣配合地说道："好了，白副队你先别生气，我老实交代还不行吗？"

白轩："速度交代！"

谢树荣迅速打来一段字解释："其实是这样，我当年离开飞羽战队后到美国的 ICE 俱乐部打了两年半比赛，神迹明年要开展世界大赛，我又是中国人，继续留在这边的话世界大赛就不太好办。我想，不如等合约结束后回国，看看有没有战队愿意收留。国服开新区，我顺手练个小号，没想到居然碰见了你们。"

李沧雨立刻捕捉到他话里的关键，直接问道："你的合约什么时候到期？"

"今年年底。"

"准备回老东家飞羽战队吗？"

"不回飞羽。"谢树荣很果断。

李沧雨微笑起来："那不如来我们战队吧？"

谢树荣惊讶道："你又要组一支新战队？"

"嗯。目前队友还没齐，你若能加盟的话，我对拿冠军又多了几分信心。"李沧雨面不改色地说。

"……"谢树荣对猫神强大的自信心很是无语，"猫神你别开玩笑，国内甲级联赛的那些战队可不是吹出来的，飞羽、风色、时光、鬼灵……那么多强队，你有信心全部干掉？”

“我没开玩笑。”李沧雨自信地说，“国内强队确实很多，但他们再强也是人，人都有弱点，都有可能会输，我并不觉得我会比他们差。”

谢树荣笑了笑，并没有把这句话当真。

自信是好事，但自信的人不一定就能成功。在他看来，李沧雨的个人能力确实一流，但神迹是团队竞技游戏，当年 FTD 战队实力太弱导致无奈解散，很难想象李沧雨这样一位带惯了弱队的队长能再带着一支刚组建的新队直接拿下冠军。

国内神迹联盟高手如云，且不说风色队长凌雪枫是一块超级难啃的硬骨头，飞羽战队的剑客们一个比一个犀利，加上鬼灵的暗杀、时光的风筝……这些传统强队成绩一直很稳定，打法也各有特色，要从中杀出一条血路来，没两把刷子根本不可能。

李沧雨知道他的疑虑，便直截了当地说：“我已经跟龙吟俱乐部签了合约，那边会给我提供最好的平台。至于队友方面，我们白副队的治疗技术你应该不否定吧？目前战队还有一个天才型骑士选手做前排，如果你能加入，人族剑客和兽族圣骑士配合的前排就会非常稳定。”

谢树荣没想到猫神居然是认真的，不由沉默下来，仔细看他打的字。

“这样一支队伍，至少前排的防御和后排的治疗都能得到保证，接下来就是看输出。”李沧雨顿了顿，问道，“我的输出水平，你觉得如何？”

曾经被猫神在擂台虐过的谢树荣，对这个问题不知道该怎么回答。

“阿树，你当年离开飞羽是什么原因我不会问你。但好马不吃回头草，飞羽战队剑客太多，已经没你的位置了，其他战队高手如云，你就算过去也不一定能打上主力，不如给自己一个全新的开始吧。”李沧雨快速打字道，“我非常欢迎你的加入，你要不要好好考虑一下？”

谢树荣沉默片刻，才说：“那我考虑一下再给你答复。”

白轩一直看李沧雨爆手速刷屏说服谢树荣加入战队，等他全部刷完，白轩才忍不住开口道：“你打这些话都不问过我啊？我什么时候答应你当副队长了？”

“你不一直都是吗？”李沧雨回头道，“我已经认定你是副队长了。”

“你真会认定！”白轩无奈地看他一眼，顿了顿，又认真问道，“你把谢树荣拉进来，合适吗？”

“我觉得挺合适。”李沧雨也认真起来，看着白轩说道，“谢树荣的水平你该知道，放在国内绝对是一线选手。大名鼎鼎的联盟三剑客之一。他的个人实力不用我多说，你被他杀过那么多次应该很清楚，加上他还有在国外豪门俱乐部打比赛的经验，在战术方面也能给我提供一些新的思路。”

见白轩还有些纠结，李沧雨不由轻轻拍了拍他的肩膀，道：“谢树荣以前经常在赛场杀你，你不是挺讨厌他的吗？如果他真的加入我们战队，你就可以用副队长的身份天天欺负他了，多好。”

白轩：“……”

天天欺负他吗？

想到这里，白轩也忍不住微笑起来。

当年老是在赛场单杀自己的某树，要是有一天能落在自己的手里，这感觉真是……太棒了啊！

坐在电脑前的谢树荣突然打了个大大的喷嚏。

李沧雨完全没想到居然能在新区遇见谢树荣。他对谢树荣这个人的印象非常深刻。三年前李沧雨刚满二十岁，神迹职业联赛进行到第三赛季，那是FTD战队成绩太差无奈解散的一年，也正是神迹职业联盟人才辈出的一年。

那一年的赛场上涌现了不少天才选手，最佳新人奖颁给了神族白魔法师程唯，最具潜力新秀奖颁给了人族剑客谢树荣，这两个奖项，可以说是联盟对新人选手最大程度的认可。

只不过，程唯当年拿下最佳新人奖后直接被提拔成了时光战队的副队长，谢树荣却在拿下大奖后莫名其妙地离开了飞羽战队，自此下落不明。

飞羽战队当年到底发生了什么，联盟其他选手知道内情的似乎也不多。李沧雨虽然十分疑惑，可涉及别家战队的内幕，倒也不好直接去询问对方。

谢树荣一个人跑来美国ICE俱乐部打比赛，倒是让同在美国的李沧雨给撞了个正着。

“对了，我没记错的话 ICE 是不是在纽约？”李沧雨在队伍频道问道。

“是在纽约。”

“你在这边打比赛还习惯吗？”

“环境和队友都不错，就是伙食不太习惯，天天吃半生不熟的牛排都快吃吐了。”

“我跟白轩目前也在纽约，要不今晚你过来吃晚饭？”李沧雨说罢又补了一句，“我们白副队做的饭菜可好吃了。”

白轩不禁看向李沧雨：“你为了拉他入伙简直不择手段啊！居然让我出卖厨艺？”

“你的厨艺本来就好。”李沧雨回头微笑，“给他做一桌好吃的，说不定他就心动加入了呢？”

白轩问道：“是不是还要顺便给你做一盘红烧鱼？”

李沧雨认真地说：“上午刚吃了红烧鱼，晚上还是清蒸鱼吧。”

白轩：“……”

反正白轩每次做饭都给他做一盘鱼就对了！

谢树荣见猫神打来这句话，再看看爱吃红烧鱼、爱吃回锅肉的 ID，忍不住也嘴馋起来。

“你们在哪？我晚上过去找你们吧，好久没见了，顺便聊聊。”谢树荣不再犹豫，立刻打下这行字，聊聊还是其次，他更想尝尝白副队的手艺，早就听说白副队做得一手好菜。

李沧雨把姐姐家的地址发给了他，问道：“你们训练几点结束？”

“5 点。”

“那晚上 6 点过来吃饭？”

“没问题！”

两人正聊着，游戏里的屏幕上突然弹出一行提示，护送 NPC 的头顶冒起了红光，显然，又有队伍跑来拦截赏金任务！

被传送到赏金任务独立副本，李沧雨扫了一眼战斗列表，发现来拦截的居然是时光公会的精英团。

——时光机器、时光豆、时光海、时光饺子、罗小罗、糖小糖。

其中的罗小罗，李沧雨正好认识，当初在做任务的时候一起组队的那个精灵弓箭手，还把他当成程唯大神的粉丝，发了一大堆消息邀请他加入时光公会。

李沧雨不由笑了笑，在附近频道打字说："时光公会的？"

罗小罗也认出了他，道："红烧鱼，真巧！你们怎么只有三个人啊？"

李沧雨说："组不到人。"

罗小罗道："不如你们一起加入我们公会吧！只要加入我们时光公会，组人别提多方便了，我们公会好多人都在做赏金任务，你在公会频道一喊，瞬间就能组满一个六人精英小队！"

李沧雨："……"

这家伙绝对是超级负责的公会宣传员，三句话不离本行。

李沧雨自然不可能加入时光，发来个微笑的表情，说："还是算了。"

时光公会语音频道。

会长时光机器疑惑地开口问："小罗，这就是你之前跟我说的很厉害的精灵族召唤师？"

"嗯，就是他！"罗小罗说。

队友时光豆看了眼赏金任务的数据，惊讶地道："会长，赏金任务的奖励已经增加了，金币多了1800，经验多了18000，说明他们刚刚灭掉了一个六人队啊！"

赏金任务的刺激之处就在这里，李沧雨他们灭掉了风色的六人队，多了1800金币和18000经验奖励，目前的任务奖励已经累积到2800金币和28000经验，如果时光截获成功，这些奖励就会分给时光公会的精英团，可如果时光公会也截获失败，那么，奖励则会继续累积。

只要做赏金任务的人水平够强，奖励就会跟滚雪球一样越滚越多。

时光机器毕竟是当会长的人，并没有眼馋这点金币和经验，相反，他有种很奇怪的直觉——这个爱吃红烧鱼并不简单。

之前罗小罗说这人是高手的时候他并没有在意，毕竟能把精灵族召唤师玩出彩的人太过少见，但三人队能灭掉六人队，说明爱吃红烧鱼的水平确实不弱。

仔细考虑了一下，时光机器立刻做出指令："大家先原地待命，我问问看。"

说罢，他就在公会管理群的卧底讨论组里迅速发了条消息过去："各家公会的卧底，刚才有哪个公会六人精英队截赏金任务被灭了吗？"

很快就有一个卧底打字道："风色副会长风轻云淡带的队伍被杀了，刚才风色公会刷了频道公告，六人全灭，会长正在问怎么回事，据说杀他们的人叫什么红烧鱼的。"

"……"时光机器心中大惊！

他还以为爱吃红烧鱼队伍灭掉的只是个普通路人小队，没想到居然是风色公会的精英队！

虽然几家大公会彼此不对眼，经常为抢 Boss、打战场之类的活动发生大规模的公会战，可风色公会的实力他还是相当肯定的。

风色精英六人居然被红烧鱼三人给杀了回去，这简直不可思议！

琢磨了一下，时光机器立刻做出决定："我们先撤。"

罗小罗惊讶地道："会长不打了吗？"

时光机器冷静地说："这三人来历不明，暂时不要得罪，小罗你既然认识他，不如想办法拉拢。"

得罪一个高手，还不如拉拢到一个高手来得重要。

时光机器确实很冷静，在不明白对方来历的情况下没有轻易动手，直接带队放弃了截赏金任务，并且在附近频道说道："这次任务就让给你们吧，大家交个朋友，高手有兴趣加入公会的话随时找我。"

——时光机器主动放弃拦截。

——时光机器的队伍每人扣除 100 金币、1000 经验。本次任务已累积 3400 金币、34000 经验。

——爱吃红烧鱼的队伍赏金任务继续。

截赏金任务的时候，如果在开战之前主动放弃，扣的金币和经验会比较少。李沧雨见对面放弃，不由笑了笑，说：“这个时光机器倒是挺聪明。”

白轩说道：“我估计他打听到我们灭了风色的精英团，想观望一下。”

“嗯。”李沧雨道，“没关系，反正我们的任务金币和经验累积了这么多，肯定有人会坐不住的。”

李沧雨猜得没错，很快就有人坐不住了。

三人护送的NPC头顶标记已经变红，代表这位NPC的价值已然翻倍。

走了十几米的距离，果然又遇到一队玩家来截NPC，再次被传送到独立副本之后，李沧雨扫了一眼战斗列表，在队伍频道打字道：“是飞羽公会的。”

会开花的树：“嗯。”

爱吃红烧鱼：“四个剑客不太好打，你保护治疗，我一个一个杀。”

会开花的树：“OK！”

两人做好分工，李沧雨就立刻操作着自己的召唤师躲到了树后。

飞羽公会的人看见对面只有三个人，就像饿狼看到肥肉一般，毫不犹豫地扑了上来！

狂战士打前排，四个剑客紧随其后，众人的目标非常明显，就是杀你治疗！

白轩站在NPC的身后随时准备加血，这么多剑客近身，原地慢慢读条摆出治疗阵基本不可能，白轩一边躲避对方的攻击，一边迅速给自己身上丢治疗术，走位有条不紊。

谢树荣见治疗被围攻，一招锁魂直接定住了冲在最前面的狂战士，紧接着又是一招光影回转！

对方四人为了围杀治疗，正好聚集在一处，谢树荣这一招“光影回转”简直就跟切菜一般，恰到好处地一剑横扫过去，将对面四个剑客的血瞬间打下去一大半！

对方治疗见几个队友集体掉血，赶忙读条想放出治疗阵群加，李沧雨眼明手快，在他放出技能之前一个准确的水精灵召唤，直接将他冻在原地。

冻住治疗后，李沧雨又唤出雷精灵，“雷霆之怒”大招一按，只见紫色的雷电从空中直劈而下，正好将站在一起的四个剑客给劈成了残血！

火精灵召唤，火球术！

他用完技能后瞬间换宠物，单体攻击极强的火球术接二连三地砸向血量最少的剑客，直接将对方秒杀！

谢树荣也不闲着，一招碎骨剑也干掉了面前的残血剑客！

飞羽精英队瞬间挂掉两个剑客，队长一时有些呆愣。不过他很快反应过来，刚才是因为治疗和主 T 被控，四个剑客的站位又太过集中，这才连续中了两个大招群攻。

好在他们四个剑客的攻击力极强，刚才拼命打治疗，目前对方的治疗也是残血状态。

“杀治疗！”队长很快就下了指令。

控制效果结束的牧师迅速给队友刷血，还活着的两个剑客和狂战士也立刻冲到白轩的面前！

四打三，还是很有优势的。

白轩的血量已经不多，虽然依靠娴熟的走位避开了几次重要攻击，可被两个剑客追着围攻，防御低的牧师会很难存活。

就在这时，谢树荣突然冲了过来，起手又是一招锁魂，将那血量少的剑客定在原地，然后噼里啪啦普攻三连击，直接把对方给剁死了。

李沧雨见他扑过去杀近战，立刻用火球术攻击治疗，打断对方治疗的加血。

紧接着，谢树荣又追到另一个干扰白轩的剑客身后，剑招技能在冷却状态，他干脆不用技能，用普通攻击接二连三地砍下去，就跟砍菜一样活活把那人砍成残血，再用一招冷却结束的碎骨剑成功收下人头！

白轩：“……”

这家伙爆起手速来确实可怕，当年白轩在赛场上特别讨厌他，也正因为谢树荣是全联盟攻击速度最快的剑客，他连狂战士都敢砍，更别说是脆皮的治疗了。当他手里拿着剑追着人杀的时候，被追的人简直心惊胆战，连心脏病都要吓出来——遇到谢树荣才知道，剑客的快速攻击到底有多猛！

白轩见谢树荣靠近自己，忍不住迅速后退了几步，躲到谢树荣的攻击范围之外。

谢树荣疑惑地问道：“你躲什么啊？我是来保护你的。”

白轩道：“被你杀习惯了，条件反射地想躲。”

谢树荣：“……”

CHAPTER 05

被团灭的精英团

神级召唤师

SHENJI ZHAOHUANSHI

——飞羽战神的队伍截获赏金任务失败，每人扣除300金币、3000经验。

——本次任务已累积5200金币、52000经验。

——爱吃红烧鱼的队伍赏金任务继续。

随着屏幕上弹出的三条提示，双方都被传送出了副本。

飞羽公会的精英团被杀得一头雾水，带队的副会长直到六人团灭都没反应过来发生了什么。

良久之后，回过神来的飞羽战神才骂道：“我去！对面这剑客什么来历？打人就跟切菜一样啊？”

公会首席治疗妹子飞羽霜霜冷静地开口说道：“老区最强的剑客全在我们公会，新区不太清楚，这剑客大概是个没公会的路人高手。对面的精灵召唤师也很强，我被他控全程，一次治疗阵都没读出来。”

飞羽霜霜顿了顿，又说：“我觉得这三人有些奇怪，副会，我们要不要跟会长汇报一下？”

飞羽战神沉默片刻，才道：“行，我去找老大说下，你们先跟在后面看看情况。”

时光公会那边，卧底群很快发来一条消息：“会长，飞羽的六人队刚刚也被灭了！”

时光机器的额头顿时流下一滴冷汗，突然觉得刚才主动放弃任务的自己真是非常机智！

先是风色公会的精英队被杀，紧接着又是飞羽公会的精英队被灭，爱吃红烧鱼、爱吃回锅肉、会开花的树……这三个人绝不是普通的高手那么简单。

战队公会的大部分玩家都是电竞大神们的粉丝，比如飞羽战队是以剑客为主的近战队伍，不少喜欢玩剑客的玩家就会选择加入飞羽，飞羽公会的剑客自然是全服最强的。

同样，风色公会有最强的黑魔法师和魔族召唤师，时光公会则有最强的精灵弓箭手。

各家公会打了那么久的交道，对彼此的实力都非常清楚，风色公会和飞羽公会的高手玩家水平都不差，连续两支精英队被灭，时光机器在旁边看好戏的同时，心里也忍不住震惊起来。

“小罗，你对这个红烧鱼了解多少？”时光机器在语音频道问道。

“也不算熟吧，当初在月光森林一起组队升级的时候认识的。”罗小罗顿了顿，又说，“他一个人单挑比自己高 3 级的树精，看上去轻松极了。对了，他好像是我们程副队的粉丝。”

时光机器惊讶道：“真是程副队的粉丝？”

罗小罗理所当然地点头：“是啊！我邀请他加入时光公会，他说他不知道我们队长谭时天是谁，但知道我们副队长是程唯，我猜，他应该是程副队的粉丝吧？”

时光机器喜道：“太好了！我这里有程副队的签名，你用这个勾搭他加入我们公会！”

罗小罗忍不住嫉妒起来：“我都没有程副队的签名！”

时光机器说：“别急，下次见到程副队我帮你要一张特签，写上‘TO 罗小罗，祝你考试永不挂科’，你看行吗？”

罗小罗大喜：“行行行，太行了！”

时光机器接着说：“我们公会召唤师很少，要是能把他拉进来，后期打副本肯定能有大作用。你的脸皮比较厚，这件事就交给你来办吧。”

一听说能要到程副队的签名，罗小罗早就激动得找不到北了：“好好！包在我身上！”说完之后又回过神来，忍不住道，“什么叫我的脸皮比较厚啊？”

“咳咳。”说漏嘴的时光机器假装没有听到。

飞羽公会的精英队被灭回去之后，接下来很长时间李沧雨都没有再遇到拦截赏金的队伍。哪怕 NPC 头顶的名字变成了奖励翻三倍的金色，路过的各大公会精英团也没人敢动他。

白轩疑惑地问道："怎么没人截了？"

李沧雨笑了笑说："可能正在推测我们的来历，不想轻易动手吧。"

他猜得没错，风色精英队和飞羽精英队六打三居然没打过，还被团灭回去，这个消息很快就发到了本区各大公会会长的私聊窗口，几个会长都表示非常惊讶。

其他公会的精英队很聪明地不再拦截爱吃红烧鱼的赏金任务，以免被杀了丢人现眼。

不过，大公会不动，不代表路人玩家会放过。

新区也有不少没加公会的路人组在一起做赏金任务的，看见爱吃红烧鱼的队伍护送 NPC 头顶的经验那么高，很多人手痒来拦截，想捡个便宜多拿点奖励。

结果就是……

连续三队路人玩家又被灭了回去。

——本次任务已累积奖励 8800 金币，88000 经验。

李沧雨看着 NPC 头顶的奖励提示，微微一笑，满意地说："收获还不错。"

白轩对这家伙十分无语！

故意组三个人去做赏金任务，让大家误以为三个人比较好杀，吸引其他队伍来打劫，连续灭了五支队伍回去，使得奖励一翻再翻……

这奖励也太可怕了吧！都比得上连续打十次副本 Boss 的经验了，更何况还有那么多金币……

谢树荣也在队伍频道发来个大拇指："猫神想法真棒，这轮任务做完，直接升 2 级都没问题。"

李沧雨说道："我当年玩网游就是这么做赏金的，比副本升级还快。"

白轩忍不住道："原来你年纪很小的时候就这么坏了？"

"这不叫坏，这叫合理利用游戏规则。"李沧雨一脸正直地说，"我又没逼着他们来截杀 NPC，是他们自己送上门的。”

白轩：“……”

说得好有道理！

赏金任务的护送终点还差十几米就要到了，原本以为不会再有队伍找上门来拦截，结果，三人到了终点附近，居然看见一支队伍在终点守株待兔。

——风行天下、风雨同舟、风过无痕、风轻云淡、风起叶落、风华绝代。

六人的 ID 整整齐齐，全是“风”字开头的四字词语。

虽然李沧雨不认识这些人，可这些人头顶的称号却在清楚地告诉他——这是风色公会的管理层出动。

风行天下的头顶写着“风色公会会长”，风过无痕、风雨同舟和风轻云淡的头顶写着“风色公会副会长”，另外两位估计也是精英高手。

也难为他们风色公会的管理层，把带“风”字的词语都快用光了。

李沧雨笑了笑，在附近频道打字道：“会长这是在等我们吗？”

风行天下说：“嗯，截赏金。”

这位会长倒是果断干脆，直接来一句截赏金！

之前副会长带的队伍被李沧雨三人灭回去，风行天下从副会长的描述中知道对面有一个精灵召唤师、一个人族剑客和一个神族牧师，三个人居然能把风色六人队给杀团灭，实在让人不敢相信，所以他决定亲自带队来看看。

这一次，他召集了风色公会最强的六位高手。

——一位魔族召唤师，一位血族召唤师，两位黑魔法师，一位狂战士和一位血族祭祀。

这是效仿风色战队的阵容配置来的。

风色战队最常用的阵容就是双召唤师打控制、双黑魔法师打咒术，加上狂战士的暴力前排和血族祭祀的治疗。这样的队伍攻击力相当可怕，尤其是风色队长凌雪枫作为联盟目前最强的魔族召唤师，对手只要被他控制住，风色其他队员接上后续伤害，基本就是控谁秒谁的节奏。

风色战队在赛场上经常会打出团战碾压局面，也归功于双召唤师控场的强势。

风色公会居然拿出这样豪华的阵容来，显然是被团灭后气不过，跟李沧雨杠上了！

白轩对这群不知死活的家伙忍不住有些同情。

李沧雨在队伍频道打字道："风色的管理全来了，怎么办？"

谢树荣道："奖励累积了这么多，你舍得放弃吗？"

李沧雨毫不犹豫："不舍得。"

"那就杀吧！"谢树荣干脆地道，"几个公会管理而已，又不是凌雪枫亲自来了，还怕他们不成？"

李沧雨平静地说："就算凌雪枫亲自来了我也不怕。"

谢树荣："……"

猫神的自信心真的可以爆棚！

不过，万一凌雪枫亲自带队过来，那被灭的可就是他们三个。3V6 打一下网游里的高手还好说，真遇到风色战队的职业选手，三打六简直是天方夜谭。

这种假设可不好玩。

谢树荣笑了笑，在队伍频道打字说："看来我们要彻底得罪风色公会啊！"

李沧雨认真地说："拦截赏金任务就该做好失败的准备。他们自己团灭了，气不过，会长带队又来送一次团灭，这可不能怪我。"

白轩："……"

猫神每次说话都好有道理！

赏金任务副本里，战斗列表上的双方人数 6:3 形成了鲜明的对比。

"先杀对面的召唤师。"风行天下冷静地指挥道，"待会儿狂战士去控住对面治疗，剩下的四个输出集火召唤师，速度秒了他！"

李沧雨却说："阿树，先把对面召唤师的宠物全杀光。"

谢树荣道："可是我要保护白副队啊！"

白轩果断打字："用不着你。被你保护我反倒不习惯，你一到我身边我就觉得自己要被杀。"

想起当年在赛场上追杀白副队的场景，谢树荣不由得扬起唇角，抬起手中长剑就切入对方后排——猛烈的进攻也是对治疗的保护，既然白副队不喜欢自己在他身边，那就主动出击，迅速灭掉对面的后排好了。

风色的兽族狂战士扑过来想要干扰白轩，但他不知道，白轩可是神级治疗选手，生存能力堪称打不死的小强。刚才被飞羽四个剑客围攻的情况下他都能镇定自若地快速走位，顺便给自己刷血，何况此时只有一个狂战士近身。

狂战士追着治疗砍，发现这治疗灵活地绕来绕去，砍了半天居然还是满血的状态！

这边，谢树荣用两次突进技能直接杀到对方召唤师的面前，对方魔族召唤师和血族召唤师刚刚召出宠物，还没来得及按下技能，谢树荣就连续几招普通攻击把宠物给秒了。

李沧雨自己就是玩召唤的，他很清楚对付召唤师的办法——要么控住主人，要么干脆杀了宠物，没有宠物在手的召唤师根本不足为惧。

谢树荣的手法极快，在不放技能的情况下光是爆手速近身平砍就足以让人心惊胆战。

风行天下召唤出来的宠物还没用技能，就被对方秒杀，气不打一处来，立刻换了只宠物，结果又被谢树荣一剑秒杀。

——这还能不能玩了？

远程打近战最烦的就是被贴身干扰，风行天下立刻说道：“阿舟，你快控一下这个剑客！”

被点名的风雨同舟也很郁闷。

他刚要召唤宠物去控对方，结果背后一个大火球砸来，他的宠物也被砸死。

“我去！”风雨同舟忍不住爆起了粗口，“这个爱吃红烧鱼是不是装了外挂？”

几乎在他召唤出宠物的瞬间，对方的火球就如约而至，就好像自己的想法早已被对方料到了一样，智商被完全碾压，这种感觉真是让人毛骨悚然！

李沧雨和谢树荣配合起来，迅速杀光对面召唤师的宠物，相当于直接废掉了两个召唤师的攻击力。

当然，李沧雨被对面的黑魔法师集火，血量也掉了不少。

不过他并不担心，目前他的血量还剩40%，足以让他收拾掉对面的双召唤。

——火球术、火球术、雷精灵召唤、雷霆之怒！

绚丽的火光就像放烟花一样接二连三地砸过来，紧跟着一道紫色雷电从天而降，"轰"的一声，风行天下和风雨同舟直接扑倒在地！

——［爱吃红烧鱼］击杀了［风行天下］！

——［爱吃红烧鱼］击杀了［风雨同舟］！

风色众人："……"

刚开战，会长和副会长就莫名其妙死了俩，大家都呆了呆，好在风行天下还算冷静，自己死了也不慌乱，立刻说道："他血量不多，速度杀了他！"

李沧雨爆发杀掉对面两人的后果，就是自己也被黑魔法师的集火打成了残血。

血量只剩下15%！

就在这时，谢树荣突然返身折回治疗的面前，一招锁魂又将狂战士控在原地！

白轩之前一直被狂战士贴身干扰，只能做到自保，如今谢树荣把对方控住，腾出手的白轩立刻连续几个小治疗术丢到李沧雨身上，让残血的猫神血量回到了30%！

血量回起来的猫神立刻发挥出精灵族敏捷的优势，开着飞羽步，干脆利落地绕到对方治疗身后，用水精灵冻住她，紧跟着让火精灵连续释放火球直接把她带走。

——［爱吃红烧鱼］击杀了［风起叶落］！

"黑魔法师交给你。"李沧雨杀人的同时还有空在队伍频道打字。

"没问题。"谢树荣也打下三个字，回头开启大招"光影回转"，雪白的剑光在空中旋转飞舞，如同切菜一般，迅速把两个黑魔法师也给切死。

最后只剩下一个可怜巴巴的狂战士，被两人集火，无奈地倒下！

——风行天下的队伍截获赏金任务失败，每人扣除 300 金币、3000 经验。

——本次任务已累积 10600 金币、106000 经验。

——爱吃红烧鱼的队伍赏金任务继续。

屏幕上刷出的这三行消息，让风行天下差点吐出一口血来！

有没有搞错？

他带着风色公会最强的高手来拦截赏金，本来是想好好教训一下这三人。结果被三人团灭了不说，还反过来给对方又送了一堆金币和经验？

众人被传出副本后，李沧雨不想再跟他们啰唆，快步走到目标任务点。

NPC 被成功护送到终点，赏金任务也终于完成！

——恭喜［爱吃红烧鱼］的队伍赏金任务成功！

三人每人获得 106000 经验，身上连续冒起白色的光芒，瞬间升了两级，已经都 22 级了。

金币平分，每人拿到 3533 金币。

李沧雨翻开包裹，看着原本可怜巴巴的 300 金币变成了 3833 金币，心情很好地说："再来一轮吧。"

"好！"白轩和谢树荣都表示同意。

看着三个人扬长而去的背影，周围跟踪围观的不少人都面面相觑。

——这都是谁啊？强得有些逆天了吧？

刚刚摩拳擦掌准备来截任务的飞羽公会会长表情复杂地看了眼被团灭的风色众人，沉默片刻后，才说："撤撤撤，我们先撤！"

飞羽战神一脸疑问："不打了？"

会长飞羽凉山冷静地说："风行天下带了这么多高手还是被杀，你以为爱吃红烧鱼这三人很简单？他们既然敢三个人做赏金，不怕被劫，那就证明他们有不被劫的资本和信心。"

飞羽战神呆了呆，才打字道："有道理！"

飞羽凉山说："所以我们先撤，观望观望再说。"

同是围观党的时光公会，罗小罗很激动地道："我就说了爱吃红烧鱼是高手吧！风色会长带的队又被灭回去了，哈哈哈哈！”

时光机器发来个拍肩的表情：“为了程副队的签名，拉他入会的重任就交给你了。”

罗小罗兴奋地道：“好！”

只有风色公会这边死气沉沉，队伍频道好半天都没有人说话。

副会长带队的精英团被灭，还可以说是一时失手。会长亲自带队过来，一个会长加三个副会长的阵容还是被灭，可不能用失手来解释了。

风行天下紧紧皱起眉头：“这三人什么来历？”

副会长风雨同舟犹豫了片刻，才说：“会不会是某个战队训练营的职业选手？我感觉这三个人都很强，水平不像是常见的网游高手那么简单。”

风行天下立刻否定了他：“不可能，谁家训练营的选手会半夜三更跑到网游里玩？这都快2点了！”

国内时间确实快到凌晨两点，他们几个约好一起熬夜也是因为新区刚开放想趁机冲一下等级榜。职业战队的选手们训练时间有严格规定，没有哪个战队的新人敢胆子肥到瞒着队长半夜跑到网游里搞事。

考虑片刻后，风雨同舟便建议道：“要不明天和秦陌大神说一说，让他来看看？”

风行天下眉头皱得更紧：“为这点破事儿打扰他不好吧？”

风雨同舟说：“我刚才录像了，只看录像的话应该耽误不了几分钟。”

风行天下这才点了点头，道：“那就这么办，明天早上吃完饭我再去找他。”

第二轮赏金任务依旧是护送NPC到指定位置，不过这次各大公会的精英团似乎都学乖了，看见爱吃红烧鱼带队，就不来拦截。只有不明真相的路人队来截了两次，任务完成时的经验和金币奖励比起第一次而言差得非常远。不过，光是这样做赏金，他们升级速度也比打副本要快。

到后来连路人玩家都不来截他们，估计是好多路人队也认识了爱吃红烧鱼、爱吃回锅肉和会开花的树这三个ID，看见这三人，就跟看见Boss一样绕着走。

李沧雨一路畅通无阻地做赏金，拿经验的速度飞快，到下午5点的时候已经升到了 30 级。

此时国内是凌晨 5 点，各大公会的会长们看着等级排行榜上迅速冲到前 30 名的爱吃红烧鱼、爱吃回锅肉和会开花的树，都十分震惊。

“这三人是代练工作室的吗？”

“他们不用睡觉的吗？”

“居然熬通宵啊！”

——没有人想到，这三人是时差党，纽约此时可正是下午。

做完几轮赏金任务，5 点半的时候又升了一级，三人都到 31 级，李沧雨的双手总算舍得离开键盘，回头看看白轩：“五点半，我们是不是该做晚饭了？”

白轩立刻纠正：“是我，不是我们！你这个厨房白痴就别捣乱了吧。”

李沧雨点头：“那就交给你了，说好的清蒸鱼。”

白轩笑道：“知道了，猫先生。”

放下账号后，白轩到厨房手脚麻利地做起了晚饭，很快，香喷喷的炒菜就摆了满满一桌。

6 点钟的时候门铃声准时响起，显然是约好的谢树荣到了，白轩在围裙上擦了擦手，转身跑去开门。

开门一看，白轩不由得愣住了，只见站在门外的男人穿着简单的白色 T 恤和深蓝色的牛仔裤，身材高大修长，容貌帅气俊朗，一双眼睛格外的深邃明亮，见到白轩，他的眼中透出明显的笑意，说道：“白副队，好久不见。”

记忆里的谢树荣明明比自己矮的啊！怎么三年没见长得这么快？而且，他的声音也变得低沉下来，明显成熟了不少，只是眉眼间依稀能分辨出当初那个少年的模样。

白轩有些郁闷地看着这位比自己高出半个头的小帅哥，心理斗争了一会儿，才道：“你长这么高了？”

谢树荣微笑着看向面前的男人：“白副队倒是没怎么变。”

联盟所有人都知道谢树荣得罪了白轩，可谢树荣相信，白轩其实并没有真正地记恨过他。

当年的两人，一个是飞羽战队的新秀，一个是FTD战队的副队长，立场不同，赛场上不是你死就是我亡，竞技项目从来都是这么残酷，谁都不会对谁手下留情。

如果认为白轩会因为赛场被杀而怀恨在心，那也太小看白轩的度量了，他这么说只是开玩笑而已。

时光匆匆而过，转眼间三年过去，如今再次看见他，发现他还是跟记忆里一样，皮肤白皙，容貌清秀，笑起来的时候非常的温柔……

很好的一个人。

对上白轩清澈的眼睛，谢树荣不禁微笑着把手里的东西递到他面前："给你的，就算为当年的事赔罪吧。"

白轩不客气地接过礼物，问道："这是什么？"

"神迹全球限量版纪念书签。"谢树荣答道，"是神族的，跟你的角色一样。"

打开包装精致的木盒，里面果然放着一枚崭新的金属书签，正好是神族男牧师，一身白色带银光点缀的牧师长袍，背后还长了一双洁白的翅膀，跟白轩的游戏形象一模一样。

这款逼真的特别金属书签是神迹运营三周年出的限量版收藏品，全球只有1000份，过了几年已经被炒成了天价。市场上有不少廉价的仿制品，但这个一看就是真品，因为它不仅可以在阳光下随着角度的不同而变换漂亮的色彩，而且盒子里还有神迹官方印制的唯一编码和收藏证书。

没想到谢树荣还挺细心，居然带来这么珍贵的礼物。

白轩忍不住欣喜道："这个我一直想买，可惜是全球限量版，在国内根本买不到。"

"三年前刚到美国的时候偶然间淘到的。"谢树荣说，"我记得你喜欢收藏周边，就顺手带过来了。"

"谢谢！"白轩对这件礼物爱不释手，低头认真地研究起来。

"阿树来了啊？"听到门外动静的李沧雨探出脑袋，"白轩有见面礼拿，我就没礼物吗？"

“猫神当然也有。”谢树荣说罢就从公文包里拿出一份合同，递给李沧雨。

李沧雨疑惑道：“什么意思？”

“我决定加入你的队伍。”谢树荣抬起头来，微笑着说，“我想，这应该是份不错的见面礼吧？”

李沧雨对这个结果非常意外，他本来还准备了一肚子台词打算今晚吃饭的时候劝说谢树荣加入战队，没想到谢树荣的性格也够爽快，一上门就直接说要加入。

从他手里接过合同，虽然一堆英文不能完全看懂，但从一些关键单词可以推断出，这正是谢树荣跟 ICE 俱乐部终止合作的协议，有了这份合同在手，谢树荣就可以恢复自由身。

李沧雨心情很好地拍了拍他的肩膀，道：“先进来吃饭，咱们边吃边说！”

三人在饭桌前坐好，谢树荣看着满桌的美味差点流下口水——清蒸鱼、糖醋排骨、素炒笋片、红烧茄子、麻辣豆腐……他在这边天天吃半生不熟的牛排，都快吃吐了，如今看到白轩亲自做的地道家常菜，感动得都不知道说什么才好。

李沧雨把筷子递给他：“来，尝尝白大厨的手艺，保证你不会后悔加入我们战队。”

白轩道：“别听老猫吹牛，我随便做了几个，也不知道合不合你的口味。”

谢树荣拿起筷子尝了一口，顿时感动地看向白轩：“太好吃了！”

白副队的厨艺果然名不虚传，为了这一桌菜，加入战队也是值得的！

李沧雨目光扫过餐桌，找到目标，迅速把一盘鱼端到自己的面前，不客气地低头开吃，就像有人要跟他抢一样。谢树荣对糖醋排骨更感兴趣，一块接一块吃得嘴都停不下来。

白轩看这俩男人就跟饿死鬼投胎一般埋头拼命吃东西的样子，忍不住无奈地笑了笑，坐在他俩的对面也慢慢吃了起来。

由于白轩做的菜太好吃，谢树荣忙着埋头吃菜，嘴巴都没空说话。

李沧雨玩了一天游戏也很饿，很快就解决掉面前的清蒸鱼，然后又去解决旁边盘子里的红烧茄子。

白轩总觉得以后战队的画风会变得很奇怪……

在李沧雨的带领之下，沧澜战队会不会变成“吃货集中营”？

直到桌上的菜被三个男人横扫一空，谢树荣才感动地擦了擦嘴巴，看着白轩说：“好久没吃到这么好吃的菜了，白副队，我明天还能继续来这里吃晚饭吗？”

李沧雨爽快地道：“来吧，不用客气！”

白轩：“……”

两人就这么做好了约定，白轩对这俩吃货完全没办法，转身又去洗了一盘水果端过来，李沧雨和谢树荣这才依依不舍地离开餐厅，到客厅的沙发上坐下，一边吃水果一边聊了起来。

“对了阿树，你这么快就决定加入我的队伍，有什么特别的原因吗？”李沧雨问道。

“我仔细想了想，觉得猫神说得很对。飞羽战队我不想回去，国内其他强队也不缺剑客，很多队伍都有自己特色的战术风格，我一个剑客很难加入到他们的主力阵容，还不如跟着猫神从头开始。”谢树荣认真地解释道。

李沧雨拍拍他的肩膀，笑着说：“就是这个道理，你能这么快想通实在是太好了。”

谢树荣顿了顿，又说：“猫神离开神迹都快三年了吧？我还以为你快忘了召唤师的玩法，今天跟你们一起做赏金，没想到你的操作依旧很犀利啊！”

李沧雨笑了笑说：“很多东西，不是那么容易忘的。”

谢树荣怔了怔，心里一时也有些感慨。

猫神说得对，有些东西在心里扎了根，不是那么容易就能忘记的。就如自己离开飞羽后宁愿到国外俱乐部继续打比赛也不想放弃自己的剑客一样，李沧雨或许也一直挂念着他的精灵族召唤师。

他们年少的时候都有着共同的梦想。虽然由于种种原因，那些梦想并没能实现，但并不代表他们就会忘记。三年过去，很多东西都变了。

如今的神迹联盟强队如云，高手辈出，他们现在杀回去，看上去确实有些大胆，可是，不尝试又怎么知道一定会失败呢？

对上李沧雨坚定的目光，谢树荣的心情也不由得激动起来。

李沧雨微笑着伸出手："从今天开始，我们就是队友。以后并肩合作，一起杀回神迹。"

他的这句话说得非常平静，就好像在说"今天我们吃米饭"一样。可就是这样平静的语气和毫不犹豫的眼神，让人一眼就能看懂这个男人最坚定的决心。

谢树荣也伸出手，跟他紧紧地握了握："好，队长，咱们一起回去！"

看着两人握手的画面，白轩的心里忍不住有些感动。

抛开谢树荣当年在赛场多次追杀他的往事不谈，谢树荣的水平他还是很认可的。

第三赛季的时候，神迹联盟扩大参赛队伍的规模并且提高了职业选手的待遇，使得大量高手涌入联盟。那一年出道的新秀，如今很多都是各大战队的正副队长或实力大将，而新人奖的评定，完全是神迹联盟资深评委团根据选手各项数据而换算得来的分值排名。

——这个奖项根本做不了假。

在第三赛季涌现的那么多高手中，十八岁的谢树荣能拿下最具潜力新秀大奖，除了冠军队飞羽战队的光环之外，更重要的是他本身的实力确实不弱，擂台和团战击杀率都排在了联盟前五名，势头直逼当年最强势的凌雪枫、李沧雨等人。

加上后来他在美国ICE俱乐部打了几年比赛，经过这段时间的磨炼，当初那个犀利的少年已经变成了面前成熟稳重的青年，他身上的锐气收敛了不少，他的手指更稳了，他手中的剑也变得更加可怕了！

能够招揽到这样一位强力的队友，白轩真的很为李沧雨高兴，也很为自己高兴。

曾经的沧澜太缺这样的队友，有强力队友的感觉真好！

“来，你们两个要不要也握手言和？”李沧雨回头朝谢树荣说道，“以前你总是在赛场追杀我们白副队，以后保护白副队的任务就交给你了，行吗？”

“没问题。”谢树荣抬起头来，微笑着看向白轩，“白副队不生我的气吧？”

“……我没那么小气。”回过神来的白轩笑了笑说，“就是觉得你个子长得很快，当年明明在我的肩膀的，现在居然比我高出了半个头。”

——这真的是记忆里的小树苗瞬间长成了参天大树的感觉。

谢树荣看着白轩困惑的表情，突然觉得这样的白副队有些可爱。

当年不在同一家战队，谢树荣只知道白轩是个脾气温和、手法稳定、长得挺好看的治疗选手。如今近距离接触，才发现记忆里那个形象模糊的选手，渐渐变得有血有肉起来。

他会微笑、会生气、会纠结，也会困惑……

他的脸上原来可以有这么多生动鲜活的表情。

关键是他做的菜超级好吃，简直是战队里最贴心的超级奶爸！

——以后，自己的胃至少有福了。

谢树荣心情很好地想着。

“对了，阿树你陪我们玩了一下午网游，战队那边不用训练的吗？”李沧雨突然意识到这个关键的问题，不由得疑惑道，“美国这边的神迹职业联赛应该也在打常规赛才对吧？”

“这两天正好休赛。”谢树荣解释道，“第一轮比赛刚打完，休息一周才开始第二轮常规赛。”

“原来是这样。”李沧雨顿了顿，又问，“你觉得这边战队的水平跟国内比起来如何？”

“整体实力跟国内的一线强队差不多，但是战术思路差得比较远。”谢树荣顿了顿，又说，“对了，ICE 俱乐部的副队长是血族召唤师杰克·乔希，猫神你听说过这人吗？”

这个人响亮的大名李沧雨自然听过，据说是全世界最强的血族召唤师，但此人真正的实力如何，李沧雨并不清楚，毕竟没有亲自交过手。

在召唤师职业中，名气最大的除了美国的血族召唤师之外，中国也有一位选手登上过世界排行榜，他就是魔族召唤师——风色战队的队长凌雪枫。

想到这里，李沧雨不由得问道："你当年也跟凌雪枫交过手，觉得他们俩比起来如何？"

"跟凌队比吗？"谢树荣摸了摸下巴，想了想，才认真评价道，"他们虽然都是黑暗系召唤师，但凌队的打法很冷静，会给对手极强的压迫感。杰克则非常拼，打法比较热血暴力，两个人的风格完全不一样。"谢树荣顿了顿，又笑着说，"猫神你若回来的话，精灵族召唤师敏捷游走、快速换宠的打法肯定会让人眼前一亮的。"

"那是当然。"李沧雨很坦然地微笑起来。

他相信自己的水平不比那些名声响亮的召唤师差，他也期待着那一天的来临。不过现在说这些还太早，他总不能一口气吃个胖子，直接去打世界大赛……战队都没组起来呢！

白轩听到这里，也忍不住问道："国外的治疗选手跟国内差别大吗？"

"治疗手法差不多，但美国这边玩人族牧师的挺多，国内比较少见吧？"

"嗯，国内的治疗玩神族的更多。"白轩坐到他对面，认真分析起来，"神族牧师的治疗量最高，防御偏弱。人族牧师治疗量中等，防御要强一些，比较适合持久战。但赛场上快速战斗压力很大的情况下，我觉得还是治疗量更加重要，不然加不上血，队友死光了自己活下来也没用。"

看着他一脸认真的样子，谢树荣不由得赞同道："白副队说得对。"

被认可的白轩满意地微笑起来。谢树荣突然发现，这男人微笑起来的时候眼睛弯弯的，温柔的模样真是好看极了，他差点就看呆了……

说起来，白轩也是神迹一流的治疗选手，谢树荣还记得当年在赛场追杀白轩的时候，哪怕白轩已经残血了，也能像打不死的小强一样在自己的剑下闪躲很久，走位非常灵活，没想到有一天居然能成为队友。

猫神、白副队，一个强力远程输出、一个强力牧师治疗，加上自己以快攻为特色的近战剑客——谢树荣很清楚，李沧雨这次组出来的队伍，绝不会像以前的 FTD 战队一样任人宰割。

以后大家可要并肩作战、大杀四方的！

所以，白副队，我们俩也该转换一下角色，至少在赛场上我来保护你的时候，你可千万别条件反射地躲开，那就尴尬了啊！

白轩发现谢树荣盯着自己看，忍不住道：“看什么，想真人 PK 吗？”

谢树荣微笑起来：“不敢，你是副队，我以后会听你的话的。”

白轩这才满意了，指了指桌上的水果盘：“去给我切个橙子来，冰箱里有。”

“哦！”谢树荣立刻积极地端着盘子去切水果。

李沧雨看见这一幕，不由得笑道：“当初阿树在赛场上经常欺负你，现在你终于可以欺负回来了。”

看着谢树荣忙碌的背影，白轩忍不住笑弯了眼睛：“这感觉真不错！”

CHAPTER 06

小太子秦陌

谢树荣一直坐到晚上 9 点才回去，李沧雨喝了杯茶休息了一会儿，便回到电脑前登录游戏。刚登录爱吃红烧鱼的账号，就见左下角的私聊弹窗发来一大堆留言，全部来自罗小罗——

“鱼哥你好，我们会长亲自邀请你加入时光公会，你跟你朋友一起加入吧！”

“这个区的大公会里我们时光公会的实力绝对是数一数二的，以后组副本、打战场都不用怕组不到人，只要你在公会频道一吼，组个队伍简直轻而易举！”

“等满级以后你可以直接加入我们时光公会的精英副本团，保证一个月拿全装备！”

“会长还说，他要到了一张程唯大神的签名，你如果加入公会的话，这张签名也可以送给你！”

李沧雨：“……”

淡定的猫神看到这里，刚喝的一口茶差点喷出来。

——居然用程唯的签名勾搭他加入公会，时光公会的那帮人也是下了血本！

——可惜他们不知道，他们的程唯大神当年一直想要猫神的签名来着。

想到那个追在屁股后面要签名的小少年，李沧雨不由得微微一笑。

程唯和谢树荣是第三赛季一起出道的选手，不过，阿树的风格比较凌厉，身为剑客锐气十足，打法偏向于暴力压制。程唯玩的是白魔法师，远程控制和走位掌握得十分细致，打法非常聪明灵活。

当年这两人一起拿下新人奖，正好时光战队的副队长退役，程唯就被提拔成了副队。

程唯出道的那年十六岁，如今还不到十九岁，正是电竞选手职业生涯的巅峰期，加上这家伙性格活泼开朗，长得很可爱不说，笑起来的时候也非常阳光，在神迹联盟的人气越来越高，拥有一大批忠实粉丝。

——不过，神迹联盟的大部分老选手都知道，程唯其实是猫神的粉丝。

以前打比赛的时候，只要跟猫神见面，程唯都会很热情地请猫神吃饭。

当初 FTD 解散后李沧雨带队离开，程唯跟在李沧雨的屁股后面非要拉着他去时光，被李沧雨一口回绝，小家伙还伤心了很久。

几年过去，当初的阿树成熟不少，小程唯也长大成年了。

李沧雨如今二十三岁的年纪，放在电竞圈里，其实已经算该考虑退役问题的老选手。

现在重来，虽然说为时未晚，可李沧雨很清楚，这将是他最后一次机会。

如果这次还拿不到奖杯，那他这辈子都要跟奖杯无缘了，所以，这次机会他一定要把握住。

“鱼哥上线了啊！”李沧雨正想着，私聊窗口突然发来条消息，又是时光公会的宣传大使罗小罗同学，“考虑得怎么样？加入我们时光吗？签名我给你快递过去，包邮啊！”

李沧雨不由得笑了起来：“程副队的签名你自己留着吧，我不去时光公会。”

罗小罗震惊道：“你不是程唯大神的粉丝吗？”

李沧雨说：“不是。”

罗小罗：“……”

真是一张脸被打得啪啪响！

虽然李沧雨不想加入时光，不过由于程唯的存在，他对时光公会的印象还挺好的，加上之前拦截赏金任务的时候，时光的会长很果断地选择了放弃，机智的做法也让李沧雨十分赞赏。

“跟你们会长说，谢谢你们的盛情邀请，我不去时光，也不会加入别的公会，以后有需要帮忙的地方再找我。”李沧雨打下一行字发给罗小罗。他向来是这个脾气，你对我尊重三分，我自然也会对你尊重三分，你来找死，那我只能杀到你团灭。

罗小罗把爱吃红烧鱼的回复截图发到群里，问道：“会长，怎么办？”

时光机器考虑了一下，很快就做出决定：“既然他不想加，那就不要勉强。我觉得这个人野心挺大，很可能会自己建一个公会，跟他结盟总比敌对要好，咱们继续观望。”

罗小罗有些郁闷：“没想到他居然不是程副队的粉丝。”

时光机器笑道：“联盟优秀的选手那么多，程副队人气是很高，但也有不少黑。这个爱吃红烧鱼可能只是听说过程副队的名字吧。”

罗小罗发来一排星星眼的表情：“那副队的签名可以给我吗？”

时光机器头疼道：“行行行，回头快递给你！”

没过多久，谢树荣回到俱乐部后也登录了游戏，发来条消息：“猫神，继续赏金？”

李沧雨说：“等小顾上线先介绍你们认识一下。”

正说着，左下角一行提示弹了出来——你的好友 [顾名思义] 上线了。

小顾昨晚一点被李沧雨赶去睡觉，大清早八点就兴奋地爬了起来，开电脑登录游戏一看，顿时大惊——爱吃红烧鱼和爱吃回锅肉居然已经 31 级了，自己才 20 级，这就差了 11 级啊！

顾思明发来一排泪流满面的表情：“队长你们升级好快，都不等我！”

李沧雨笑了笑，把他加入到队伍里，说道：“来介绍一下，这位人族剑客是咱们战队的新队友。这位是小顾，今年十七岁，我们队伍的主 T 圣骑士。”

谢树荣打字道：“叫我阿树就行。”

“阿树你好！”顾思明非常震惊，“才一个晚上就多了个新队友，队长真是神速啊！”

谢树荣之前听猫神说起过队伍里有个很有天分的圣骑士选手，没想到居然是个十七岁的小少年，心里忍不住疑惑起来——十七岁的小家伙能靠谱吗？

白轩似乎猜出了他的疑虑，主动发来条私聊消息：“小顾是龙吟训练营里最有天分的新人，虽然没打过比赛还有点嫩，好在很有潜力，人也聪明，好好培养的话肯定能成为强力队友。”

谢树荣这才打消了心底的疑惑。当年他跟程唯一起拿下新人奖的时候，他刚满十八岁，程唯才十六岁，所以不能以年龄来判断一个选手是否靠谱。小顾现在十七岁，明年开赛的时候十八岁，其实也不算小。联盟表现出色的少年选手还是相当多的。

想到这里，谢树荣便给白轩发去一行字：“谢谢副队解释，我大概明白了。”

白轩回：“不客气，应该的。”

谢树荣不由得微笑起来。怪不得以前常听人说白副队温柔又细心，如今看来确实如此，这个男人真的非常体贴，知道自己会质疑小顾的能力，主动解释清楚，这样才能让队友们相处得更加融洽。

在给谢树荣解释的同时，白轩也发了条消息给顾思明：“阿树是个高手，具体来历以后慢慢跟你说。你进队之后先磨合试试，看看你能不能跟上他的节奏。”

高手剑客？哪里来的？

顾思明忍耐住强烈的好奇心，打字说道：“知道了！”

“来，一起做赏金去。”李沧雨在队伍频道说着，顺便把几个队友都拉进了语音房间。

顾思明戴上耳麦开口道：“队长我只有 20 级啊，跟你们一起做赏金会不会拖后腿？”

“不怕，我们罩着你，先把等级升上来。”李沧雨说，“一直做赏金的话，12 点之前你应该能到 27 级左右，等我们睡了之后小顾你再自己升级，明天再见的时候你最好能到 35 级，我们一起换副本。”

“我要一天升 15 级啊？”顾思明表示压力好大。

“嗯，正好考验考验你。”李沧雨说。

顾思明立刻点头：“知道了队长，我一定能完成考验！”

李沧雨笑道：“真乖。”

被猫神表扬的顾思明双眼蓦地亮了起来。

四人一起组队到赏金任务发布点，再次接取护送 NPC 的赏金任务。

在没人拦截的情况下，做赏金任务比打副本 Boss 要顺畅得多，到晚上 8 点半的时候，李沧雨三人都升到 32 级，小顾也升到了 22 级。

大家一边做任务一边聊天，倒也不觉得无聊。

又接了一次赏金，白轩说道："这轮赏金应该还是没人截吧？"

话音刚落，不远处突然出现了一支 ID 十分整齐的队伍，他们等在那里，明显是来者不善。

——居然又是风色公会的会长风行天下所带领的精英团！

谢树荣惊讶道："送了两次团灭，他们还想继续送吗？够有毅力啊！"

李沧雨笑了笑："估计是找到帮手了吧。"

风色战队，公会区办公室。

一个神色冷淡、容貌清秀的少年正坐在电脑前，修长的手指快速敲击鼠标回放一段录像。

看完录像后，少年微微皱了皱眉，道："你们录的第一视角看不太清楚，到底怎么回事？"

会长风行天下尴尬地挠了挠头，说："是这样的，昨晚我们带队去拦截赏金任务，遇到一个三人小队，被团灭了回来，阿舟顺手录了像，就想请秦陌大神过来看看。"

秦陌惊讶地回头："你是说六个人打三个人没打过？还被团灭了？"

"嗯。"风行天下擦了擦汗，"团灭两次……"

秦陌瞪大眼睛："还被团灭两次？！"

周围众人都是一脸尴尬的表情。

说实话，风色精英团六打三没打过，还被团灭两次，这个消息在新区早就传开了，他们一群人脸都不知道往哪里放。找上秦陌，也正因为秦陌是战队里年纪最小的选手，跟公会这边的人混得比较熟，才敢让他来看看。

至于凌队……根本不敢去打扰！也完全没脸说！

秦陌皱眉道："这件事最好别让我师父知道，太给风色丢人了。"

风行天下立刻赞同："是是是，凌队那边最好能瞒着。"

万一凌队知道这事，简直不敢想象后果会如何……

秦陌说："给我一个血族召唤师的账号，我进去看看到底是什么人。"

副会长风雨同舟立刻把自己的电脑让给了他。

游戏里，李沧雨见对面六人一动不动，在附近频道打字道："会长又来截赏金吗？"

风行天下尴尬地看了秦陌一眼。

秦陌倒是很果断，二话不说直接按下 PK 键。

——玩家［风雨同舟］，种族［血族］，职业［召唤师］，等级［32 级］，请求与你切磋。

李沧雨按了同意键。

对面的血族召唤师起手就召出一只血蜘蛛，准确而迅速地朝李沧雨咬了过来！

谢树荣一看这架势，立刻在语音频道说："是秦陌。"

白轩惊讶地问道："风色战队的那个天才少年？"

"嗯。"谢树荣说，"我看过很多风色的比赛，起手召血蜘蛛定人是他的习惯性打法。风色公会既然敢再次找上门来，如猫神所说肯定找了帮手，电脑那边操作血族召唤师的人应该就是秦陌没错。"

李沧雨听两人在那聊天，忍不住疑惑地问道："秦陌是谁？"

顾思明积极地解释起来："队长，秦陌比我还小一岁呢！是风色战队这个赛季刚刚出道的新秀，玩血族召唤师的，他是风色的队长凌雪枫唯一的徒弟！也被叫作风色的小太子！"

李沧雨沉默片刻，才正直地说："既然是凌雪枫的徒弟，也算我的晚辈，跟小孩子没必要计较，我就让让他吧。"

众人："……"

顾思明忍不住在心里为秦陌点上了一排蜡烛。

秦陌召出血蜘蛛的时候还在想，现在可是魔族和血族召唤师的天下，这个叫“爱吃红烧鱼”的家伙不就是个精灵族的召唤师吗？早就过时了的玩法，能有多厉害？

果然，秦陌的血蜘蛛一召出来，对方居然像靶子一样待在原地一动不动，被蜘蛛咬了一口，血量掉下去 10% 不说，还同时被蜘蛛定在原地。

——果然水平不怎么样，连蜘蛛都不会躲！

秦陌心里冷笑着，迅速召出血族的第二种宠物血蛇、第三种宠物死亡骑士。

神迹当中，不同种族的召唤师能召唤的宠物也不一样，比如李沧雨的精灵族召唤师，就能召出水、火、风、雷四大精灵，而血族召唤师则能召出血蜘蛛、血蛇、死亡骑士和吸血蝙蝠。

秦陌的这个账号目前只有 32 级，大招吸血蝙蝠还没学，最多召出前三种宠物。血蜘蛛可将对手定身，血蛇是攻击型宠物，咬一口掉血非常多，死亡骑士皮糙肉厚，是防御型宠物，可以随时保护主人。

血族召唤师不仅有“死亡骑士”这个贴身保镖，所有宠物的攻击还自动附带吸血效果，这也是血族召唤师生存能力极强的原因之一。

同时召出这么多宠物，秦陌的想法很明显——他其实并没有把爱吃红烧鱼放在眼里，所以，他想采用暴力压制的打法，直接将对方秒掉！

用大量宠物秒人的打法非常酷，也非常鼓舞士气，一般高手虐菜鸟就是这么打的。

秦陌手指快速敲击着键盘，同时控制三只宠物对他而言轻而易举，死亡骑士留在身边保护自己，血蜘蛛一直跟在对方的身边干扰对方走位，血蛇紧跟着咬了上去！

然而……

血蛇只咬了对方几口，刚把血量压到 70%，秦陌就发现对方居然从视野中消失了。

——是飞羽步！

扭头一看，爱吃红烧鱼果然用飞羽步瞬移到右侧方 90 度的位置。

秦陌微微皱了皱眉,鼠标迅速右转调整好视角,让自己的血蛇再次咬上去!

眼看血蛇即将咬到对方,没料爱吃红烧鱼又一次用飞羽步瞬移,居然到了左侧方 90 度的位置!

——交替位移?

赛场上有些远程选手,确实会利用轻功技能左右交替位移。一会儿向左、一会儿向右,反复旋转视角,很容易让对手晕头转向。

可秦陌是谁?凌雪枫唯一的徒弟!没点天赋的话凌队怎么可能收他当徒弟?

李沧雨行动够快,秦陌的视角转换也够快,瞬间又对准了精灵召唤师的位置,想让血蛇追着咬过去。

然而,他惊讶地发现,他的蛇居然……

居然被大树给卡住了!

李沧雨在附近频道发来个笑脸:"太激动了吧?不看地形可不好,这里有棵树。"

秦陌:"……"

这行字刚打完,让了小少年几招的李沧雨终于开始动手。

不像秦陌那样起手召唤出三只宠物来压制对方,李沧雨只召了一只宠物出来——正是精灵召唤师最强的群攻宠物:雷精灵。

"雷霆之怒"大招一放,紫色雷电从天而降,正好命中了秦陌和他的血蜘蛛、血蛇以及死亡骑士!

原来,李沧雨刚才那样左右移动着走位,除了利用大树把血蛇卡住之外,还有一个目的,就是要把秦陌的所有宠物全部聚集在一处,好放群攻一起杀!

——不好!

发现所有宠物都被打成残血的秦陌心底一惊,迅速把血蛇给召了回来,结果,李沧雨的目标根本不是血蛇,他用飞羽步侧滑绕到秦陌的身后,瞬间又唤出火精灵,接二连三的火球如同放烟花一样,以极快的速度砸向了死亡骑士!

以为他要杀血蛇的秦陌愣了愣，回头却见自己的死亡骑士被杀，脊背顿时涌起一股寒意！

都说死亡骑士是血族召唤师的第二条命，自己刚才太过大意，只顾压制对方，居然把死亡骑士丢在原地让对方秒掉！

秦陌的眉头越皱越紧。

死亡骑士这个宠物冷却时间最久，被杀之后要过 45 秒才能召得出来，在技能完全没用的情况下被秒，简直就是白白送给了对手。

火大的秦陌立刻转身，一边用召唤师的普通法术攻击对方，一边把血蛇和血蜘蛛归位，然后一左一右放出去，呈包围之势迅速进攻！

李沧雨看见这一幕，心中也不禁赞赏起来。这小少年的双线操作做得很好，主人、两只宠物的三角形走位能把对手彻底堵死，凌雪枫的徒弟倒不是白当的。

——可惜，他今天遇到了对召唤师了解极深的猫神。

李沧雨微微一笑，手指不慌不乱，他并没有躲避对方宠物的围杀，而是利用飞羽步快速移位，带着对方的血蜘蛛和血蛇迅速游走，火精灵却目标明确地一直将火球丢向秦陌。

被火球攻击的秦陌简直不胜其烦，没有死亡骑士保护的血族召唤师其实很脆皮，虽然宠物攻击可以吸血，可是，蜘蛛和蛇追击李沧雨的速度，肯定比不上火精灵攻击秦陌的速度，掉的血没有吸的血多，时间一长肯定会落入劣势。

李沧雨就是利用这一点，打出了一个非常漂亮的血量差。

没过半分钟，李沧雨还剩 45% 的血量，之前明显占优的秦陌却只剩 40% 的血量了！

旁观的谢树荣不禁笑道："秦陌实在太大意，估计他死都不知道怎么死的。"

白轩也微笑起来："敢小看猫神，这小家伙的胆子也太肥了，他师父凌雪枫都不敢小看我们猫神。"

李沧雨道："行了，你们俩别给我戴高帽子，他的死亡骑士冷却时间要到了。"

话音刚落，秦陌就立刻召出了自己的死亡骑士！

45 秒的冷却时间终于结束，刚才被李沧雨杀掉的死亡骑士再次被召唤出来。

死亡骑士的外形设计得高大魁梧，脸上戴着半边银色面具，全身穿着暗红色的漂亮盔甲——这是血族召唤师的宠物之一，作为主人最好的保镖，只要有他存在，主人受到的所有伤害自动减弱 20%，并且他还有一个“护主”的技能，一旦开启，可以在 3 秒内替主人抵挡掉一切伤害。

有死亡骑士在身边保护，秦陌总算松了口气。

李沧雨见防御型宠物出现，立刻召回火精灵，停下攻击秦陌，转移苗头去攻击血蛇。

火球术、火球术、火球术……雷精灵召唤，雷霆之怒！

就是这么简单的技能搭配，冷却时间把握得非常好，结果就是从天而降的一道紫色雷电劈下，秦陌的血蜘蛛和血蛇一起被劈得外焦里嫩。

秦陌：“……”

这回倒好，死亡骑士一出现，他不再攻击自己，反过来把蜘蛛和蛇全给杀了，秦陌简直要崩溃！

今天打得束手束脚，好像每个招式都在对方的预料之内，好像自己每踏出一步都会陷入对方的圈套，这种感觉特别让人烦躁。

秦陌的手指快速按向键盘，干脆用召唤师的普通法术攻击去强杀火精灵。

没有宠物在手，召唤师自身的法术攻击伤害虽然很低，但对方火精灵的血量也不多，杀不掉主人，杀一个宠物还是可以的。

李沧雨见他转移了目标，不由得在附近频道打字说：“你早该杀我的火精灵。”

秦陌呆了呆，一时没反应过来对方是什么意思。

回过神后，电脑前的少年顿时面红耳赤——你是什么玩意儿，居然敢教训我！

风色公会的一群人也面面相觑，没想到对面这个精灵召唤师用飞羽步轻功走位的同时，居然还能腾出双手来快速打字。

秦陌大神都要气得吐血了，他居然还有空打字……打字？！

被气疯的秦陌思维已然乱套，三两下秒掉李沧雨的火精灵，李沧雨立刻召唤出自己的水精灵，用水球术开始慢慢攻击对手。

水精灵可以冻住对方并造成一定的伤害，虽然伤害不高，但定身的效果还是相当给力的，李沧雨要做的就是先冻住秦陌，拖延战局，等雷精灵的群攻大招冷却结束再强杀他和死亡骑士。

秦陌被水精灵缠得都想砸键盘。

血族的移动速度本来就比不上精灵族，被水精灵冻住一次，他根本追不上对方，再说他的蜘蛛和蛇也都在冷却状态，攻击力不足，光有骑士的保护，也不过是慢性死亡罢了。

好不容易盼着蜘蛛和蛇的冷却好了，结果刚一召唤出来……

对面召唤师的火精灵和雷精灵也好了，一堆火球接二连三地砸过来，紧跟着又来一招雷霆之怒！

“轰”的一声，残血的秦陌直接被劈死！

秦陌直到面前的屏幕变成角色死亡的灰色，还没反应过来刚才到底发生了什么。

战局太快，那个召唤师行动起来就像一阵风，一会儿在左边，一会儿在右边，瞬间又到了身后……鬼魅一般变幻莫测的走位，加上对宠物技能的准确把握……

秦陌甚至觉得……自己就像一条笨狗一样被对方给遛死了。

他从出道开始就自带光环——他可是联盟最强的魔族选手凌雪枫的徒弟！

虽然是这个赛季才出道的新秀，可他绝对是这几年来势头最猛的新秀。在赛场上，他用一拨宠物压制对手的方法打爆过不少选手，就连很多战队的队长都说他是难得一见的天才少年。

他从来没有过这么憋屈、这么郁闷的时候。

今天这场召唤师的内战，别说是他打爆对手，反倒是他处处被限制，就好像对面那个召唤师钻进了他的脑袋里，提前预知了他的一切想法。

这种感觉太可怕了。

秦陌只觉得脑仁阵阵发痛，忍不住抱住脑袋烦躁地抓起了头发。

游戏里，杀掉秦陌后，李沧雨认真地私聊他打字道：“你确实很有天分，就是太冲动了。野外跟赛场不是一个概念，在不知道对方实力的情况下贸然召出全部宠物，其实从一开始你就陷入了被动。”

秦陌：“……”

李沧雨接着道：“回头跟你师父多学学吧，你进步的空间还很大。”

秦陌：“……”

小少年的脸色一阵红一阵白，良久之后，他才快速打字问道：“你是什么人？”

李沧雨发来个微笑的表情：“我是什么人并不重要，重要的是你输了，输在大意轻敌。”

他说的似乎有点道理！

完全无法反驳的秦陌差点被气晕过去，扔下键盘转身就走。

风色公会的众人面面相觑，办公室里一时间鸦雀无声。

风色战队训练室。

秦陌耷拉着脑袋默默往里走，差点撞进一个人的怀里。刚要出门的副队长颜瑞文看着小少年一脸被凌虐过的样子，不由得疑惑道：“小秦？怎么了这是？”

秦陌撇撇嘴，没说话，都快哭出来了。

颜瑞文笑着揉了揉他的脑袋：“你师父找你呢，快去吧。”

“哦。”秦陌默默走到训练室的角落里那个最安静的位置，果然看见一个男人正坐在那里，神色专注地盯着电脑屏幕。

男人的面部线条就像是造物主精心雕刻而成的一般，五官组合在一起，英俊中又透出一丝刚毅和果敢。训练室头顶冷色调的灯光投射在他的身上，似乎在周身形成了一层奇怪的光晕，让他整个人如同不可亵渎的神祇。尤其是他的一双眼眸，漆黑深邃，像利剑一样能直击人的心底。

凌雪枫，神迹职业联盟颜值排前五、水平也排前五的超人气选手，魔族选手单挑榜多年位居第一。

联盟各战队的队长脾气各异，但风色的凌队，绝对是最不好惹的队长。

秦陌虽然是他唯一的徒弟，可这个男人天生自带一种很强势的王者气场，哪怕他对队员们并不凶狠，甚至称得上温和，可队员们对他却非常敬畏，在他的面前连大气都不敢出。

见他正在看联盟官网的战队积分榜，秦陌不由得垂下脑袋，小心翼翼地问道：“师父，您找我？”

凌雪枫不说一句废话，直截了当地问：“明天跟时光战队的比赛，你打擂台有没有问题？”

“……”秦陌并没有回答。

凌雪枫疑惑地抬头，发现小少年一脸沮丧，嘴唇苍白，看上去似乎完全丧失了信心。

“怎么回事？”凌雪枫转过身来，低声问道。

秦陌并不敢告诉师父自己居然输在网游里一个毫无名气的精灵族召唤师手里。

他觉得这事儿特别丢脸，作为本赛季刚出道的新秀，他的单挑水平虽然没有师父这么可怕，可面对一般的选手，他的胜算还是相当大的，即便面对其他战队的大神，他也有一战之力。

像今天这样完全被对方压着打的情况，他真的从来都没有体会过。

秦陌直到现在依旧是脑袋很痛、不知所措的迷茫状态，就像做了一场很奇怪的噩梦。他怕师父知道以后会骂他，根本不敢跟师父说明缘由，可心里的憋屈感却一直消散不去，快要把他给憋死！

见小徒弟不说话，脸色一阵青一阵白的，凌雪枫不由得皱眉道：“到底怎么了？”

秦陌回过神来，尴尬地挠了挠头，说：“没、没什么，就是早上吃坏了肚子……”

这么拙劣的借口又怎么可能瞒得过凌雪枫？

面前的少年自尊心很强，而且非常倔强，当初收他做徒弟是看中了他在游戏上的天分，性格方面还需要磨一磨。凌雪枫知道自己徒弟的脾气，也没有追问，回头继续看着联盟战队积分榜，淡淡地说道：“明天跟时光战队的比赛非常重要，我希望你能尽快调整好状态。”

秦陌愣了愣，对师父的信任不禁有些感动：“我……我会的，师父。”

“嗯。”凌雪枫点了点头，接着说道，“擂台赛阶段，颜副队和郭旋会打第一、第二顺位，你最后出场守擂。如果我没猜错，你应该会对上时光战队的副队长程唯或者队长谭时天，这两个人都不好对付，你回去好好准备一下。”

秦陌惊讶地瞪大眼睛：“我……我来守擂？”

“怎么，没有信心？”

作为一个新秀，队长居然把他放在守擂这样重要的位置上，这还是第一次。

秦陌毕竟年轻气盛，很快就热血起来，握了握拳，信誓旦旦地说：“我会好好准备的。”

“去吧。”凌雪枫道，“别让我失望。”

“嗯！”秦陌用力地点了点头，转身回到自己的位置上。

出门倒咖啡的副队长颜瑞文很快就回来了，他走到凌雪枫旁边坐下，端着咖啡一边喝一边说道：“对了，我刚才在门口碰见秦陌，小家伙的脸色不太对啊，出什么事了吗？”

“他似乎有心事。”凌雪枫道，“但他不想跟我说，我也没逼问。”

颜瑞文回头看了秦陌所在的位置一眼，发现小少年已经开着电脑登录了擂台区，不由得担心道：“小秦的状态好像不是很好，明天派他守擂合适吗？”

“我只是想给他一个跟高手对局的机会。”凌雪枫平静地说，“作为一名职业选手，压力越大的时候越要调整好心态，如果他连这一点都做不到，第二轮循环赛就给我坐冷板凳好好反省去吧。”

凌队的脾气向来如此——你如果表现得好，认真努力，我自然会给你更多的机会。你要是开小差、走神、掉链子，那就乖乖去坐冷板凳，反省好了再来。

风色战队整体实力强劲，高水平选手非常多，要驯服这么多的高手，队长没点儿魄力可不行。

凌雪枫不会对任何人偏心，也不会对任何人有偏见，他从来没有当众骂过某位选手，而是以更换阵容的方式让选手们自己意识到自己的失误，然后自己去调整状态。

这样干脆果断却不伤人自尊的处事方式，让凌雪枫在风色战队树立了极高的威信，他不会抹杀任何一个队员的个性，所有队员对他也是打心底里佩服和敬重。

凌雪枫一直觉得，骂人没有多大用处，反而会让某些队员产生逆反心理。队长只需要在大方向上带着大家前进，很多东西还是要靠选手们自己去领悟。

他的这种带队观念，也让风色战队成了全联盟最自由的一支队伍，每个队员的个人素质都很强。

平时训练的时候，凌雪枫也会针对不同队员的特色制定不同的训练方案，训练室里大家各玩各的，看上去就像一盘散沙，可一旦到了赛场，在凌雪枫的指挥之下，风色战队的凝聚力却极为强悍，如同猛兽出笼一般势不可挡。

更可怕的是，队员们都极少发生失误，风色战队也是联盟官方统计中赛场失误率最低的战队。

秦陌的水平其实并不差，但是心理上的问题很大，这少年从刚出道开始就锐气逼人、眼高于顶——有自信是好事，但太过自负却容易栽跟头，才十六岁就这么盛气凌人，将来可不好说。

凌雪枫之所以让他明天顶着压力去守擂，其实也是想磨一磨小少年的心志。

副队长颜瑞文毕竟跟凌雪枫搭档多年，很快就明白了他的想法，问道："那团战阶段怎么安排？"

"按最稳定的阵容来。"凌雪枫说，"对上时光不能大意，谭时天那边肯定也会拿出最强的阵容。"

"明白。"颜瑞文说，"郭旋请假还没回来，等他下午回来了我们再集训吗？"

“嗯，你来安排。”凌雪枫继续回头看向电脑，鼠标一点登入了微博。

微博首页上突然刷出一条转发量极高的消息，是程唯转过来的，来自沧澜战队的官方微博公告，明显是沧澜的总经理写的。

——沧澜战队于今日起正式宣布解散，感谢大家这两年来对沧澜的支持。战队解散无疑让人痛心，幸运的是队员们都找到了更好的归宿，在这里也祝福沧澜战队的队员们今后前程似锦。

很普通的一句官方话，程唯转发的时候却用了一排流泪的表情。

粉丝们看他转这条微博，疑惑地在微博下面评论：

“沧澜是什么战队？怎么没听过？”

“不是神迹联盟的，好像是武林那边的。”有知情人说道。

“武林那边的队伍关程副队什么事啊？程副队你转发这个干吗？”

“有战队解散，程唯大神这是太震惊了吧！”

“唯神快去准备比赛。加油，明天打风色干掉凌雪枫，我们看好你！”

时光战队的副队长程唯性格阳光开朗，又很爱笑，在联盟的人气非常高，随手转了条微博评论瞬间破万，大部分粉丝都在疑惑他为什么管闲事转发武林联盟那边的消息，知道内情的人显然并不多。

然而凌雪枫的眉头却微微皱了起来，鼠标点进沧澜战队官方微博一看，评论里遗憾的、挽留的、冷嘲热讽的、破口大骂的，怎么说的都有——但是沧澜战队的队长李沧雨却一直没有出现。

颜瑞文扭头瞄了眼队长的电脑，看见这条消息，震惊地道：“沧澜？我没记错的话……这是李沧雨带领的那支队伍吧？”

“嗯。”凌雪枫点了点头。

“怎么又解散了？”颜瑞文的语气中带着一丝惋惜，“你说，战队又散了，猫神会去哪呢？”

“回神迹。”凌雪枫很笃定。

“啊？他会回神迹吗？”颜瑞文面带惊讶，“说不定他会转到武林那边的其他战队呢？”

“不会。”凌雪枫看着电脑屏幕，眼中闪过一丝复杂的神色，语气却十分平静，“他身上的担子太重，束缚也太多。当初去武林只是为了他的几个好哥们，他身为队长，必须担起这份责任。如今沧澜散了，正好给他一个重新开始的机会。他一定会再次操控起他的精灵族召唤师。”

“好像有道理。”颜副队不禁感叹道，“还是你最了解他。”

颜瑞文的这句倒是实话。

凌雪枫对李沧雨了解极深，除了两人是极好的朋友之外，更多的原因——他们是最强的对手！

其实，凌队的单挑水平在神迹联盟数一数二，几年来一直占据国内魔族选手排行榜第一名，甚至登上过世界高手排行榜，在全世界的魔族选手中也颇负盛名。

凌雪枫的打法冷静到变态的程度，爆发力十分可怕，赛场遇到他的对手很容易被压制到心理崩溃，加上这个男人容貌英俊，还带着点禁欲系的味道，每次直播的时候粉丝们一边舔屏一边看比赛，人气自然越来越高。

他在联盟算资历最老的一批选手，哪怕其他战队的队长，对他的态度也十分敬重。

但颜瑞文很清楚，凌雪枫的心里，其实有一个没有任何人可以代替的、最强大的对手——玩精灵族召唤师的李沧雨。

同是召唤师，他跟李沧雨谁更强一直是神迹联盟的未解之谜。

当年李沧雨还是 FTD 战队的队长时，擂台阶段纯按血量算的话几乎没有败绩，但神迹的擂台双方各有三位选手出场，选手出场的顺序在比赛之前互不知晓。FTD 和风色战队难得的几次交手，两位队长就像心有灵犀一般，恰好在擂台赛彼此错过。

李沧雨第一位出场的时候凌雪枫就排在第三位出场，要么反过来，凌雪枫打第一位李沧雨打第三位……总之，凌雪枫和李沧雨这两位召唤界的高手，从来没有真正地交过手。

——这也是凌雪枫最大的遗憾之一。

李沧雨肩上的压力太大，打起团战来每次都束手束脚，发挥不出自己的水平。凌雪枫一直觉得他待在 FTD 战队太过可惜，但出于对一位队长的尊重，这些话并不好当面说出来。

后来 FTD 战队解散，李沧雨拒绝了神迹联盟很多豪门战队的高薪邀请，自己带队转移去武林那边打比赛——这个男人果断坚决的魄力，的确让人由衷地佩服。

转眼三年过去，神迹联盟新人辈出，猫神的名字已经被很多人渐渐地遗忘了。

但在凌雪枫的心里，这个名字却是最特别的存在，根本不可能忘掉。

看着队长脸上复杂的神色，颜瑞文想了想，突然双眼一亮，说道："对了，猫神如果要回到神迹的话，我们要不要先下手为强，邀请他加入风色？"

"不用。"凌雪枫立刻否定了颜副队要拉人入伙的想法，"以他的傲气，不可能加入风色战队，否则，他当年也不会无视我们的挽留直接带队离开了。"

颜副队沉默片刻，想到当初李沧雨带队离开神迹时的果决，只好无奈地打消了这个念头。

有些男人虽然屡受挫折，可骨子里的傲气却不会因为一两次的失败而减少分毫，李沧雨就是这样的男人，虽然他带的队伍从来没有拿过奖杯，但他也不会到别的战队去，听从别人的指挥。

想到这里，颜瑞文不由得感慨道："如果他真的回来，神迹这边的选手胜率排行应该会有一次大洗牌吧？"

"那是当然。"凌雪枫点了点头，若有所思地看了一眼神迹职业联盟的个人排行榜。

几年过去，联盟的选手换了一批，如今排在个人积分榜前列的选手，大部分是第三赛季以后出道的新人，这些新人目前大多是二十岁左右的年纪，正是电竞选手状态最好的时候。而二十三岁的猫神，却已经是电竞选手快要退役的年龄。

但凌雪枫知道，再过不久，这个积分榜上，一定会出现一个让所有人都为之震惊的名字。

——李沧雨。

他相信李沧雨的能力，就如他相信自己。

这样毫不怀疑的信心，正是出于对一位旗鼓相当的对手，最大的敬重。

CHAPTER 07

时光战队

同一时间，时光战队训练室内。

平日里阳光开朗很爱笑的副队长程唯，今天的脸色却很不对劲，一直盯着电脑刷微博，眼睛里几乎要冒出火来。

看着微博里的那些评论，程唯都快气死了！

说什么“武林那边的队伍跟你有什么关系”“沧澜解散就解散，你别多管闲事”“转这种无关紧要的微博干什么，还嫌你的黑不够多吗”“专心去准备明天的比赛吧，乖”“李沧雨是谁，完全没听过”……

手指按在键盘上却不知道该怎么回复，气呼呼地关掉微博页面，程唯突然觉得特别难过。

——当年那么强的选手，离开神迹才三年，这就人走茶凉、被大家给遗忘了吗？

但是程唯却忘不掉，当时的他还是刚出道的新人，初生牛犊不怕虎，哪怕李沧雨在神迹单挑胜率极高，他也不怕死地想要挑战一下这位精灵族召唤师。

在时光战队和 FTD 战队的那场常规赛中，程唯在擂台赛第一位出场，正好对上李沧雨，结果毫无意外地输给了猫神，不服气的程唯又约他到网游里打擂台，结果被李沧雨连虐五局。

程唯被虐得面红耳赤，恨不得挖个地缝钻进去把自己埋掉。

然而，李沧雨并没有说任何打击他的话，反而温和地鼓励他道：“你才十六岁，刚出道的新人能把我逼到大招全开，确实很有天分。”

程唯愣了愣，看着电脑屏幕里的字一时说不出话来。

李沧雨问道：“你知道今天输给我的原因是什么吗？”

程唯红着脸道：“是因为我经验不足吗？”

“经验只是其中的一个原因，但不是关键。”李沧雨微笑着打字说，“神族白魔法师，其实你还没有领悟到这种玩法的精髓。”

程唯睁大眼睛，呆呆地看着聊天框里的小字。

“神族是偏向于和平的种族，控制技能比攻击技能多。你的攻击性很强，遇到剑客、狂战士之类的近战职业，利用远程走位的优势迅速进攻胜算自然很大。可一旦遇到精灵弓手、黑魔法师、召唤师这种同样可以远程走位的选手，你这么打基本上就是稳输的局。

“远程职业的对决并不是拼谁的攻击更强，而是看谁更能把握住机会。你刚才跟我单挑的时候，有好几个控制技能完全没有用出来，我建议你去重新设置一下快捷键的位置，以后打远程，先想着怎么控住对手打出高伤害，而不是一开场就拼命进攻压制对方。

“法术系职业很脆皮，耗蓝也很严重，所以，每次攻击最好都用在刀刃上，做到招招见血。手速快是好事，但太快就容易打出无效攻击，技能的衔接你还要多练练，可以在技能冷却的空当期多接一些普攻，这样能更好地掌握按键节奏，并且慢慢积累血量上的优势。”

程唯：“……”

从来没有人跟他说过这些。他自认为天分突出，在时光战队也很受队长徐落的赏识，只不过徐队平时非常忙，要处理战队内外的很多事情，指导新人的时间并不多。大部分时候程唯都是自己研究摸索，并且觉得白魔法师快速进攻的打法非常酷，哪怕偶有失败，他也以为那只是自己的一时失手。

直到今天他才发现，自己对神迹这个游戏的了解是多么肤浅！

如猫神所说，他根本没有领悟到白魔法师的精髓。遇到不同的对手就该调整不同的战术策略，他打近战的时候这么打确实胜率高，可遇到法术攻击很强的黑魔法师和召唤师，他这么打简直就是在找死。

李沧雨对这个游戏了解得非常透彻，简单的几句话，几乎颠覆了程唯对白魔法师的认知。

程唯被李沧雨说得羞愧无比，同时又觉得心里特别的温暖。

猫神并没有瞧不起他，也没有嘲笑他的莽撞，而是以一个前辈的身份耐心地指出他的不足。明明不在一家战队，在赛场上遇到肯定要你死我活，可他却大方地将自己的经验分享给新人，这样一位前辈选手，确实让程唯特别敬重和感动。

“谢谢猫神的指导！”程唯激动地道，“对了，我能认您当师父吗？”

李沧雨笑道：“认师父还是算了吧，以后有不懂的可以随时问我。”

程唯这才反应过来自己又莽撞了，毕竟不是同一家战队的选手，自己如果认了别家战队的队长当师父，时光战队的队长徐落肯定会被人说三道四，而且李沧雨面对徐队的时候也会非常尴尬。

想到这里，程唯便打消了拜师的念头，兴奋地说道：“那猫神以后有空的话，多跟我 PK 几场吧？”

李沧雨微笑着回道：“没问题。”

程唯性格活泼，一点都不怕生，一来二去很快就跟李沧雨熟悉起来。

自那以后，每到不用打比赛的晚上，程唯便偷偷登录自己的小号，叫李沧雨来切磋。李沧雨有空的时候就会接下小程唯的邀请，两个人在擂台过一过招，李沧雨顺手指点一下程唯，也算是比赛之余的放松。

第三赛季，程唯的水平突飞猛进，让所有人瞠目结舌。

在那一年涌现的无数新秀中，十六岁的程唯力拔头筹，获得了年度最佳新人奖。

其实程唯很清楚，他能拿下新人奖，徐队的赏识是一个方面，更多的是因为有猫神这个幕后高手的指导，他天天跟联盟最强的精灵族召唤师 PK，技术自然进步飞快。

只可惜，在最终的颁奖典礼上，碍于不同战队的原因，他连公开感谢李沧雨都不敢，只能在心里默默地感激。

那年的颁奖礼结束之后，FTD 战队解散，李沧雨带着几个留下的队友离开了神迹。

年少的程唯为此还难过了很久，猫神的个人能力那么强，明明可以有更好的发展，可上天对他似乎并不公平，让他承担起一份弱队队长的责任，拿不到一次奖杯，就这么带着遗憾离开了神迹联盟……

虽然程唯并没有正式拜师，可在程唯的心里，李沧雨一直是“亦师亦友”的存在，甚至比发掘他的时光战队老队长徐落还要重要。

在李沧雨带队去武林之后，程唯一直默默关注着那边的赛事，并且希望猫神能取得好成绩。可惜，猫神在武林那边也遭遇了重重挫折。猫神用了一年的时间重新组建沧澜战队，杀进武林联盟，之后的两年职业联赛当中，沧澜最多打进过季后赛八强，还是没能收获好成绩。

如今，沧澜战队又要解散，程唯真是非常难过，总觉得猫神承受的磨难也太多了些！

像自己这样的年轻选手都跟着时光战队拿过好多次奖杯，猫神明明比自己强了那么多，为什么连一次奖都拿不到呢？

程唯正郁闷地垂着脑袋想心事，旁边突然传来一个男人带着笑意的声音：“小唯在想什么呢？该准备明天的比赛了。”

是时光战队的队长谭时天，说话的同时还伸手揉了揉程唯的脑袋。

程唯特别讨厌这家伙！

——我的脑袋是毛球吗？每次说话的时候都要顺手揉一下，烦不烦？

徐队退役后，把队长交给了战队的主力精灵弓箭手谭时天，此人也是徐队亲自带出来的徒弟。

谭时天不像徐队那么稳重，他总爱写各种好玩的小段子，他是名校中文系毕业的，经常在微博发搞笑段子，在神迹联盟也有“段子手大神”的外号。

像徐队那样成熟稳重的人才适合当队长，谭时天整天嬉皮笑脸没个正经，而且，这人是第四赛季出道的选手，比自己出道还要晚，在大赛经验不足的情况下直接被徐队任命为队长，程唯总觉得不靠谱，心里也不太认同他。谭时天目前也是十九岁，比程唯大了半年，是神迹联盟最年轻的队长。

又被谭时天揉脑袋，程唯不由得瞪了他一眼，直接站了起来。

这家伙比自己高出一个头，想干架也干不过他，程唯只好压抑住怒气，抬头说道："我有事想跟你单独聊聊，回宿舍吧。"

谭时天凑过来在程唯耳边说道："单独叫我回宿舍，是要跟我表白吗？我还没做好心理准备。"

程唯："滚！"

所以说这人完全不靠谱啊！整天以气人为乐，简直不想跟他多说一句话。

谭时天看着面前气呼呼的家伙，不由得微笑起来，忍耐着继续揉他脑袋的冲动，说："好吧，我跟你回宿舍就是了。"

两人回到宿舍，程唯顺手关上房门，回头道："沧澜战队宣布解散了。"

"嗯，我看见你微博上转发了这条消息。"谭时天疑惑地问道，"你找我就是为了这件事吗？"

程唯认真地说："我想去找经理，让猫神来我们时光战队。既然沧澜解散，他就可以回来打神迹。"

谭时天："……"

程唯接着说："你出道的时候猫神已经离开了，你可能对他不太熟悉，其实，猫神的水平并不输于凌雪枫，是非常强的精灵族召唤师，就是身边的队友不够强，这些年才没拿过奖杯。如今他恢复自由，不如我们把他争取过来吧。"顿了顿，又补充道，"到时候我把副队长让给他。"

其实程唯更想让谭时天把队长让给他，不过，当面这么说似乎不太好，程唯想了想还是忍住了。

谭时天听到这里，脸上的笑容渐渐褪去，表情也难得严肃下来："这件事我不会同意。"

"为什么不同意？"程唯惊讶地问道，"我都说了他的个人水平特别强，让他加入时光战队，不是让我们战队的实力更上一个台阶吗？"

谭时天耐心解释道："我虽然不认识猫神，可我也看过很多当年的比赛录像，像他这样风格特别鲜明的选手，很难融入我们时光战队的体系中来。我们战队并不需要召唤师。"

程唯不客气地说道："你不会是怕他来了以后抢走你队长的饭碗吧？"

谭时天皱了皱眉："程唯，你就是这么看我的吗？"

"难道不是吗？"程唯生起气来说话就有些不过脑子，瞪着谭时天，语速飞快地道，"你单挑能打得过猫神？恐怕他随便几个宠物就能把你控到死！你怕他来了，队长的位置就会保不住吧？别找那些冠冕堂皇的借口了，连队伍里多一个高手你都容不下，你真该愧对徐队的信任和栽培！"

程唯平日里活泼爱笑，可一旦生起气来战斗力却十分强悍，如同炸毛的动物，骂人的时候语速飞快就像机关枪扫射，真怀疑他的舌头会不会打结。

谭时天等他一口气说完，才笑了笑说："骂完了吗？还是说中场休息，再来第二段？"

程唯瞪着他不说话，眼睛里几乎要冒火，脸颊也气得通红。

还中场休息第二段！你当我说相声呢？这么厚脸皮的人，骂他简直是对牛弹琴！

谭时天觉得小程唯生气的时候脸颊气鼓鼓的特别可爱，不由得微笑着伸手捏了一下程唯的脸，说："让猫神来时光战队，我不会同意的。你年纪也不小了，考虑问题别那么任性。"

程唯："……"

看着谭时天转身离开的背影，程唯气得火冒三丈，恨不得扑过去把他给咬死。

——他肯定是在嫉妒猫神，绝对是的！

在屋里生闷气的程唯，并没有看到转身出门时谭时天无奈的表情。

程唯一直对猫神有种近似于盲目的崇拜，听到猫神的消息就不淡定了。可是，身为时光战队的队长，谭时天要引进一位选手，肯定得综合考虑整个队伍的风格和配置。猫神的召唤师打法跟时光战队的多个精灵弓箭手很难配合起来，召唤师的加入反而会让时光战队变得不伦不类。

所以，哪怕猫神实力很强，谭时天也从来没想过拉他入伙。

沉默片刻后，谭时天才拿出手机拨通了一个电话："叫大家到会议室，明天的比赛需要重新部署。”

李沧雨在网游里虐完秦陌之后，一脸若无其事地组着几个队友继续做赏金任务。

谢树荣不禁感叹道：“这一战，秦陌的自信心严重受挫，一时半会儿估计缓不过来。”

白轩幸灾乐祸：“这就是小看猫神的下场。”

顾思明忍不住问：“要是他回去告诉他师父怎么办啊？请他师父来帮忙收拾我们的话……我是不是就能见到凌队了！”

小顾明显是凌雪枫的粉丝，提到凌队的时候声音都激动了起来。

白轩微微笑了笑，说道：“小顾，明天就是常规赛风色和时光的对决，凌雪枫才没空管网游里的闲事。而且，我听说秦陌这位选手自尊心极强，这么丢脸的事情，他肯定不敢告诉他师父的。”

“哦。”顾思明有些遗憾，顿了顿，又兴奋地说，“对了，明天风色和时光的比赛是上午 9 点，你们要看吗？”

李沧雨问：“纽约这边的话是不是晚上 9 点？”

白轩点头：“没错。”

李沧雨说：“那倒可以看看。”

谢树荣忙说：“明天我们战队放假，我过来跟你们一起看吧。”

“其实是想过来蹭饭吧？”白轩不客气地戳破了他。

谢树荣微笑道：“还是白副队了解我，白副队的厨艺实在太好了，明天还做素炒竹笋和红烧排骨行吗？我再给你带一套神迹纪念版全种族角色明信片！”

白轩：“……”

好吧，看在礼物的分上满足你。

李沧雨跟着说：“明天正好去一趟超市，多买点鱼回来做吧，冰箱里没有了。”

白轩：“……”

好吧！看在你属猫的分上也满足你！

听三人讨论起了饭菜，吃不到的顾思明发来一排泪流满面的表情：“我也想吃！”

白轩笑着说：“隔着半个地球你吃不到，以后回国了做给你吃。”

白副队的声音真是太温柔了，顾思明立刻双眼发亮：“好！我想吃麻婆豆腐、红烧鸡翅！”

谢树荣跟着说：“我想吃烤鸭。”

“咳。”李沧雨决定正回话题，“打住，再说下去又要饿了，我们还是升级去吧。”

四人组队做赏金任务，李沧雨这边已是晚上十一点，李沧雨、白轩和谢树荣都已经升到 35 级，顾思明被三个高手带着，也快速升到了 27 级。

白轩身体不好不能熬夜，李沧雨便催着他休息，谢树荣目前还在 ICE 俱乐部也不能熬太晚，三人先后下了线，顾思明就按照队长的安排一个人去做任务升级。

他之前玩过三个神迹的小号，一个人回到兽族部落做任务升级也算熟门熟路，他这边到了晚上 8 点左右，果然升到了 35 级，而纽约那边，李沧雨等人也睡醒了，大家又集合在一起。

35 级的时候，赏金任务就不能再领取了，但会开启新副本“冰霜神殿”，各大公会的精英团都去打冰霜神殿，一时间大家全都忙着升级，游戏里倒也相安无事。

就这样过了一天，神迹月光森林大区的等级排行榜上，已经有人升到了 40 级。

各大公会的会长们盯着排行榜，发现爱吃红烧鱼这几人下线整整 8 个小时，一时都很困惑——他们这几人的作息是怎么回事？大白天的下线睡觉，大晚上的熬通宵吗？

机智的罗小罗最先反应过来：“他们会不会在国外啊？作息跟我们相反？”

时光机器一拍大腿：“有道理！这个上线时间很可能是国外的时差党！”

大家如同发现新大陆一样兴奋。

可惜，兴奋过后又觉得没什么用，时差党能代表什么吗？对爱吃红烧鱼的身份，时光公会的众人依旧是一头雾水。

李沧雨继续带队进入冰霜神殿副本，这个副本里小怪非常多，前排骑士的压力会很大，正好趁机看看阿树和小顾能不能在前排配合起来。

阿树的风格一直是以快打快，让李沧雨意外的是，小顾居然能跟上他的节奏。

谢树荣也很惊讶，没想到这个十七岁的小家伙拼劲儿十足，打几个小怪，他都能兴奋地到处蹦跶，就跟打了鸡血一样。

白轩回头说道："看来我们低估了小顾的实力，虽然只是打副本，但能跟上谢树荣那么快的节奏，他的走位技术显然非常娴熟。"

李沧雨点头："我发现'小疯子'这个外号真的挺适合他。"

四个人一路碾压副本，升级的过程痛快无比。

小顾虽然年纪小，可玩起圣骑士来却非常强悍，在前面拖着一堆小怪灵活走位丝毫不惧。阿树配合着他在前排压制小怪的血量，猫神在远处群攻杀怪，白轩只需要偶尔给队友加一点血就行。

大部分伤害高的技能他们会自己躲掉，虽然只是简单的副本，可白轩真的很久没有这么轻松的时候了——遇到给力又体贴的队友，治疗的压力真是瞬间就减轻了啊！

次日晚，谢树荣果然又提着礼物上门蹭饭。

他知道白轩喜欢收集神迹官方出的各种好玩的周边，便投其所好地拿周边当饭钱。

白轩今天做的一桌菜比之前还要丰盛，李沧雨和谢树荣埋头吃菜吃得十分愉快，白轩作为主厨，给他俩做饭心情也特别好。

因为谢树荣又带来了一套漂亮的神迹六种族全职业纪念明信片给白轩当礼物，这个也超难买到的。

白轩觉得，如果他每次都能带这种"饭钱"过来，自己天天给他做饭倒是能赚到不少手工费啊！白轩忍不住打起了收集全套周边的小算盘。

三人吃完晚饭后又吃了些水果，小顾那边也睡醒上线了。

小少年一登录游戏就在语音房间喊：“9 点的比赛别忘了啊！”

李沧雨说：“行，我们一起看吧。”

他说着就把笔记本电脑抱到客厅的桌上放下，打开了神迹职业联赛的直播通道。

由于近几年队伍太多，全部一起打比赛的话时间安排不过来，神迹联盟就将比赛分为了甲级联赛和乙级联赛两个等级。

乙级联赛有十六支队伍，每年春节过后开赛，两个月结束。结束时的第一名可以跟甲级联赛上年度的最后一名对决，赢了之后就可以晋级。

甲级联赛会紧跟在乙级联赛的后面展开，这才是水平最强的豪门战队之间的对决，联盟只给甲级联赛保留八个战队名额，每年联赛结束后，成绩最差的队伍就要跟第二年乙级联赛结束时的第一名对决，如果输掉就会降级。

这样“甲级联赛末位淘汰”“乙级联赛首位晋升”的模式无疑给了职业选手们很大的压力，强队的选手都不敢松懈，这也致使国内联赛的队伍整体实力越来越强。

上午 8:45 的时候，比赛直播终于开始。

出现在直播台的解说一个是留着帅气短发、容貌颇有英气的女生，另一个则是戴着眼镜、看起来很斯文的男人，两个人都穿着深蓝色西装，领子处别着银色的名牌。

“观众朋友们大家上午好，这里是神迹职业联赛第六赛季常规赛第一阶段循环赛的最后一场比赛，风色战队与时光战队的对决！我是本次比赛的解说寇宏义。”

旁边的短发妹子朝摄像机点了点头，平静地说道：“大家好，我是解说于冰。”

李沧雨看到这里，不由得惊讶道：“于冰改行当解说了？”

顾思明积极地说：“冰姐从红狐战队退下来后改行当解说，是目前人气最高的神迹官方解说！跟她搭档的寇宏义又叫扣子，扣子和冰姐一般只解说非常重要的赛事！”

李沧雨不认识寇宏义，但对于冰印象很深，毕竟神迹联盟女选手并不多见，于冰是红狐战队的第一任队长，也是她亲手创建了一支纯女子战队。

第二赛季时，红狐战队的出现让全是大老爷们的神迹联盟眼前一亮，不少男选手都在纠结，赛场上到底要不要对女生们手下留情呢？结果稍微一走神，就被红狐战队的女选手们打得哭天喊地、屁滚尿流，一群人这才明白——女生认真起来也是非常可怕的，千万不要小看女选手。

可能有些男选手会觉得输在女生手里特别丢脸，但李沧雨对性别却没有任何偏见，在他看来，不管男的还是女的，都是为共同目标而努力的年轻人，只要是认真努力的对手，那就值得尊重。

也正因为猫神对男人女人一视同仁，把于冰这样的女选手也当作“好哥们”来看，所以他到现在都没有找到女朋友！

——当然这是白轩总结出来的。

退役后改行当解说倒是个不错的出路，于队当年人气挺高，性格也比较冷静，由专业的选手来当比赛解说总比那些外行胡说八道的好。

直播屏幕中，于冰紧接着说道：“第一轮常规赛进行到现在，相信很多朋友都在关注甲级联赛八支战队的排行情况，大家可以先看一下联盟刚刚公布的最新积分榜单。”

导播配合地在屏幕上列出了战队积分排行榜。

目前，飞羽、鬼灵、猎豹排前三，还差一场比赛的风色和时光并列第四，红狐、清沐和终结者战队积分也非常相近。等风色和时光打完今天的比赛，各自拿下不同的积分，这个排行榜肯定又会变动。

谢树荣不禁问道：“猫神，你觉得风色对上时光，哪边会赢？”

李沧雨想了想，说：“我不认识谭时天，所以我押凌雪枫那边赢吧。”

谢树荣说：“那我押时光赢，我跟程唯比较熟。”

白轩微笑着说：“我来当裁判，你俩谁押错了谁去厨房洗碗。”

两个男人顿时一脸后悔的表情——早知道不押了，居然还要洗碗！

CHAPTER 08

常规赛对决

神级召唤师

SHENJI ZHAOHUANSHI

神迹职业联赛常规赛的每场比赛都分为擂台和团战。

擂台采用 KOF 赛制，也就是双方各出场三个人交替对战，哪边选手能站到最后守住擂台哪边就算赢，赢的队伍积 3 分。团战采用 6V6 夺水晶模式，红、蓝、白三颗水晶，夺到一颗算 2 分，共 6 分。这样一来，常规赛每场比赛的总分就是 9 分。

这种擂台加团战的比赛模式从第一赛季起一直沿用至今，是神迹官方规定的统一赛制，所有国家的职业联赛都在采用。

国内甲级联赛的八支队伍在两轮常规赛全部打完后会进行总积分排名，前四名进入季后赛，再两两对局打淘汰赛产生冠、亚、季、殿军。

这回在常规赛相遇的风色和时光，在本赛季的夺冠呼声都很高。

两支都是传统强队，风色那边凌雪枫的个人能力和指挥水平没有人会怀疑，时光这边，虽然老队长退役后由第四赛季出道的新秀谭时天接任了队长，但谭时天的指挥思路非常灵活，反应极快，在新一代的选手中属于领军型人物，实力不可小觑。

“今天的比赛现场座无虚席，相信此刻还有不少观众守在屏幕前，等待着这一场风色和时光的对决。”等排行榜放完，于冰便接着说道，“我们都知道风色的打法是以暗黑系法术控制为主，选手大多是魔族和血族，而时光战队的打法却偏向于光明系，以精灵族和神族选手为主，两支战队确实棋逢对手。”

“是的，如冰姐所说，这两支战队也算是老对手，我想，很多人对今天的比赛都非常期待。”解说寇宏义紧跟着说道，“比赛很快就要开始，队员们已经正式入场，我们先来看一下双方选手的准备情况。”

直播屏幕被切到隔音房，双方选手果然已经入座，队员们全都穿着整齐统一的队服。

风色战队的队服取了魔族和血族的特色，纯黑色 T 恤上有少量红色的点缀，简单的黑红色搭配显得霸气十足。而时光战队这边却是纯白色的队服，加上少量精灵族绿色森林元素的点缀，看起来阳光明朗，跟时光战队的风格十分协调。

一暗一明，两支战队也算是神迹联盟的头号死敌。

导播正好给了双方队长一个高清特写镜头，透过电脑屏幕看见凌雪枫那张英俊的侧脸，李沧雨忍不住笑了起来，开口说道：“这人还是没怎么变啊。”

——跟以前一样的帅气，脸上也依旧没什么表情。

他正坐在电脑前，用修长有力的手指快速敲击着键盘，这是凌雪枫在赛前习惯性的热身动作，他的手速极快，光是热个身，手指就敲得让人眼花缭乱，可想而知，真到了比赛的关键时刻，这个男人爆发起来会有多可怕。

相对而言，谭时天在隔音房里一脸轻松，面带微笑，揉着程唯的脑袋不知道在说些什么，程唯瞪了他一眼，转身到自己的位置坐下没再理他。

一群粉丝激动地在评论区刷屏：“谭队求揉脑袋！”“程副队不给你揉，我给你十个脑袋让你揉！”“我们程副队出道比你早，个头比你小，多不容易啊！你就别欺负他了！”

风色的粉丝却在说：“凌队求碾压！”“凌队求爆发！”“凌队英俊威武，虐翻全场！”“凌队笑一个呗，一直不笑让对手好有心理压力啊！”

比赛还没开始，网络直播评论区就刷了几万条留言，可见，这两支战队人气极高，不仅现场座无虚席，守在网上看直播的观众也非常之多。

终于，时针指向 9 点，导播把镜头切回赛场中央的大屏幕上，屏幕上出现了“神迹官方职业联赛第六赛季 · 常规赛第一轮 · 时光 VS 风色”的字样，现场顿时响起热烈的掌声。

于冰说道：“观众朋友们，风色和时光的比赛马上就要开始，裁判已就位，我们先来看擂台赛……双方队长刚刚提交了出场名单，时光这边第一位出场的选手是副队长程唯，风色第一位出场的是副队长颜瑞文，那么，擂台第一阶段就会是白魔法师和黑魔法师的对决。”

“这倒是巧了。”寇宏义笑着说，“颜副队和程副队在魔法师职业当中都是国内的顶尖选手，黑、白魔法互不兼容，彼此克制非常严重，这场对决肯定会很刺激！”

话音刚落，程唯的账号“唯一专属”和颜瑞文的账号“刻骨铭心”就登入了比赛房间。

“唯一专属”穿着一身白色的神族装备，手中法杖尖端是象征和平的三层圆环，中心闪着银白色的耀眼光芒。而“刻骨铭心”却是一身纯黑色的法师长袍，手中法杖有紫色藤蔓缠绕，尖端是类似眼睛的形状，冒着一丝慑人的黑色气焰。

“我们可以看到，两位选手所选用的武器分别是神族的‘光明之心’和魔族的‘死神之眼’，武器的数据非常接近，都是魔法伤害加到了最大。”寇宏义兴奋地说，“颜副队和程副队的交手，应该是黑魔法和白魔法的终极对决，就看谁能把握住机会！”

比赛正式开始。

常规赛的擂台地图很简单，是一个非常宽阔的正方形大广场，地面铺着浅色大理石地砖，中间有一个圆形的喷泉供选手走位绕路，这样的地形对双方选手都很公平。

寇宏义刚说完，屏幕中，两位选手就在中央喷泉相遇。

颜瑞文起手就是一招“死亡咒术”套在程唯身上，程唯瞬间用“净化”解掉，紧跟着一招“神之封印”反击颜瑞文，却被后者用灵活的走位躲开。

于冰冷静地说：“双方水平相差不大，起手明显在互相试探，这场对局可能会打得比较慢……”

她还没说完，颜瑞文突然一招“灵魂诅咒”黑魔法命中，直接打下去程唯20% 的血量！

“呃……”于冰愣了愣，很快就反应过来，说道，“颜副队的攻击的确出人意料。灵魂诅咒虽然是瞬发技能，但不锁定目标，反应快的话可以走位躲开，小唯刚才……是不是走神了？”

颜瑞文其实也挺惊讶，他这一招依旧是试探为主，没想到居然能命中对手。

小程唯的状态好像不太对啊？

颜瑞文立刻把握住机会，手指快速敲击键盘，紧跟着一招“黑暗恐惧”放了出来。

“又命中了！”寇宏义的语气十分惊讶，“被黑魔法恐惧 3 秒，程唯估计会很不好受！”

被恐惧的选手无法放出任何技能，这里又是擂台单挑，没有队友帮忙解除负面状态，程唯只能依靠走位来躲避对手的攻击。

然而颜瑞文不是傻子，恐惧命中之后，立刻接上黑魔法终极二连招——暗影缠绕，地狱烈焰！

两个大连招放下去，程唯的血量直接掉到 50% ！

看比赛的观众们都很疑惑——程唯跟颜瑞文水平差不多，照理说这些指向性技能应该能躲开，这才刚开场，他就莫名其妙被打掉半血是怎么回事？期待中的高手对决在哪里？今天的程唯怎么像是在神游？

被打掉半血的程唯似乎终于回过神来，直接开启“神圣光明”提高自身法术防御力，同时一招“战斗之声”攻向颜瑞文，对走位的成功预判，致使颜瑞文中招掉血 15%——这才是程唯该有的水平！

于冰总算松了口气，道：“刚才的开局有些意外，但接下来还有机会，就看程唯怎么扳回劣势。”

双方开始你来我往地魔法交战，黑魔法的技能偏向于攻击性极强的咒术，白魔法技能偏向于软控制的法术，一明一暗，两人交起手来倒也十分精彩。

只是，程唯一开始走神吃了太大的亏，虽然后来努力想要扳回局面，但颜瑞文毕竟是风色战队的副队长，打法非常冷静，加上水平跟他差不多，不可能白送给他这样的机会。

10分钟后，程唯终于无奈地倒下，颜瑞文以40%的血量进入擂台第二阶段。

风色这边，同是黑魔法师的郭旋坐在观战位，看到这里不由得疑惑道：“程副队是不是没睡醒啊？”

凌雪枫微微皱了皱眉：“或许是状态没调整好。”

他一看就知道，程唯是被沧澜解散的消息影响到了情绪。凌雪枫很清楚李沧雨和程唯的关系，也知道程唯心里其实把猫神当师父看。这家伙肯定是昨晚没睡好，今天大清早赶来比赛现场，估计还在梦游呢。颜瑞文把握机会赢下他也很正常，高手对决本来就在一念之间。

擂台第二阶段，时光那边派出的选手是陆逍，这也是时光战队的主力精灵弓箭手，颜瑞文 40% 血量迎战陆逍，打掉对方差不多半血后下场，圆满完成了任务。

看副队朝这边走来，凌雪枫并没有开口夸他，只是用赞赏的目光看了他一眼。

颜瑞文笑了笑，坐下来说：“小程唯今天发挥失常。”

凌雪枫点头：“看得出来。”

颜瑞文拍拍旁边郭旋的肩膀：“上吧小郭，该你了。”

“好，看我的！”郭旋立刻走向擂台赛的位置坐好。

郭旋 VS 陆逍，也是双方战队的实力型大将对决。

郭旋满血，陆逍却被颜瑞文打掉半血，胜负几乎没有悬念。两个人稳扎稳打，郭旋成功送走陆逍，颜瑞文打出的半血优势被带入第三阶段——也就是说，半血的郭旋即将迎战时光战队最后出场的守擂高手。

于冰皱眉道：“时光战队连续折损两员大将，而风色这边第二位选手郭旋还剩下 50% 血量，第三位选手并没有出场，如果第三位是凌队亲自上，时光这边就会非常难打。”

她的说法已经很客气了，如果第三位凌雪枫亲自上，在郭旋稍微打下一点优势的情况下，凌雪枫单挑联盟任何守擂选手，几乎都是稳赢的局。

“我们看到，时光战队的守擂选手是全联盟最年轻的队长，谭时天！”寇宏义的声音有些激动，“谭队会不会反败为胜呢？就让我们拭目以待！”

李沧雨看到这里，忍不住问道：“这就是谭时天？”

直播屏幕的下方会出现选手的头像，坐在擂台位的年轻男人表情看上去非常轻松，嘴角还带着微笑，似乎并没有因为前面两位选手打出的劣势而受到影响。

李沧雨虽然不认识这个人，但是，光看他的这份淡定从容，还有面对劣势时良好的心态，就知道徐队当年退役后把时光战队的队长交给谭时天是很正确的决定，他比程唯要成熟得多。

果然，谭时天并没有被劣势局面影响，打得非常冷静。

在“弓箭手”这个职业当中，谭时天出道虽晚但名气最响，他的打法相当潇洒飘逸，走位灵活多变，充分发挥了精灵族迅疾如风的敏捷优势，拿着弓箭在远处风筝对手的胜率非常高。很快，50% 血量的郭旋被送下场。时光战队的队长谭时天此时还剩下 70% 血量，相当于一次性追回来 20% 的血，当队长的人实力果然不一般。

李沧雨不由得赞道：“谭时天打得不错。”

能做出这样的评价，说明猫神已经认可了谭时天这位选手的实力。

白轩忍不住看了他一眼，道：“就算谭时天消耗对手，扳回一点局面，但他现在已经残血，蓝量也耗费不少，对上凌雪枫还是必死的局。”

李沧雨说：“他不一定对上凌雪枫。”

话音刚落，风色战队就派出了最后一位选手——ID 牧羊人的血族召唤师秦陌！

全场观众哗然。

猜对的李沧雨不由得微笑起来。

白轩无奈道：“你果然了解凌雪枫！”

“嗯。”李沧雨坦然地承认了这一点，接着说道，“以我对他的了解，既然派秦陌上了擂台，团战就是他跟小许打双控，颜副队和郭旋两位黑魔法师打输出，加上狂战士前排和血族祭祀治疗。”

——这还在打擂台呢，他居然把团战的六人阵容都猜到了。

白轩笑道："跟你一起看风色的比赛，每次都会被提前剧透。"

李沧雨摸了摸下巴："接着看吧，我只是猜测，还不一定猜对。"

虽然李沧雨这么说，但白轩知道他猜对的概率几乎是100%。

李沧雨对凌雪枫非常了解，每次猜凌雪枫跟其他战队比赛的阵容都会猜得特别准，可每次他俩彼此遇到的时候就会互相猜错，大概是因为凌雪枫也同样了解李沧雨的缘故？

反正他俩之间有种很神奇的外人无法体会的互相了解。

第一赛季到第三赛季，风色和FTD在常规赛交手共计六次，两位队长互相猜来猜去，结果每次都互相猜错——擂台阶段从来没有交过手，他俩也真是神了！

李沧雨知道，如果凌雪枫亲自出场守擂，那么风色在擂台赛的这3分肯定能够拿下，但他却把这次机会让给了本赛季刚出道的新人秦陌，这明显是要磨炼小徒弟的心志。

身为队长，有时候不光要考虑战队的成绩，还要考虑每个队员的状态。

秦陌是凌雪枫的徒弟，出道自带光环，加上年纪小，打了几次胜仗很容易找不准自己的定位，凌雪枫在这个时候把他放在擂台第三位对上时光战队的守擂高手谭时天，估计已经做好了输掉3分的准备。

有时候，光靠嘴上说绝对没有亲身体验的那么深刻，凌雪枫经常用这样残酷却有效的方式让队员彻底醒悟——他是全联盟废话最少、做事最为有效的队长。

想到这里，李沧雨不由得在心底轻叹口气。

凌雪枫这些年肩上的压力并不比自己小多少，自己是弱队的队长，虽然打比赛很难赢，可比赛成绩差的时候也没人会骂，心态上比较轻松。但风色一直是豪门俱乐部，每输一次比赛，凌雪枫都要被网上的黑们轮着骂一遍，拿不到冠军还要面临赞助经费、广告商等多方面的压力，强队的队长可不是那么好当的。

不过凌雪枫这家伙也是块硬骨头，风色战队每次遇到麻烦都是他一人扛下责任，这也使得风色的队员们对他有种无条件的信服。不管擂台派谁出场，只要是凌队下的命令，其他队员都不会多说一句话。

但粉丝们却没那么理智，见守擂阶段居然不是凌队而是小徒弟秦陌，不少人在评论区发出质疑的声音："小秦表现不错，可大赛经验不足，对上谭队可能被翻盘。""我承认小徒弟有潜力，但这么嫩的新人放守擂位置，凌队还是太大胆了吧？""凌队怎么不亲自上？亲自上稳赢啊！"

风色的粉丝们心情忐忑，时光的粉丝却看到了希望，在评论区疯狂刷屏说："谭队加油翻盘！""虐死小秦陌不要客气！"

赛场上，见风色居然派出新秀秦陌，谭时天的表情并没有什么变化。

不管对手是谁，战局如何，他打比赛的时候一直是这样轻松愉快的神色，似乎把每一次比赛都当成了一种享受。谭时天的打法李沧雨并不太了解，但他这样的心态其实非常难得。

相对而言，秦陌却显得很是激动，按在键盘上的手指甚至在微微发抖。

这是他第一次跟谭时天交手，他一定要打好这一局，不辜负师父的信任，也证明自己的实力。目前，自己是满血满蓝的状态，谭时天却只剩下 70% 血量和 75% 蓝量，优势还是相当大的！

秦陌深吸口气，刚想召出自己的四只血族宠物打一次爆发围攻，突然，一个人的话莫名其妙地跳进了脑子里："在不知对手实力的情况下，贸然召出全部宠物，其实从一开始你就落入了劣势。"

发送者:爱吃红烧鱼。

秦陌愣了愣，想起那天在网游里跟爱吃红烧鱼交手之后他私聊自己说的这段话，手指不由得略一迟疑。

贸然召出四只宠物，似乎不太合适？秦陌想了想，干脆召唤出自己的死亡骑士，想稳妥一点，先提高防御力，再抓机会打防守反攻。

然而，谭时天却不会给对方防守反攻的机会。见秦陌召唤出死亡骑士，他毫不客气地拉起手中弓箭，连续五箭精确无比地射过来，瞬间就秒掉了秦陌的防御宠物！

“谭时天是弓箭手，弓箭属于冷兵器，正好会破掉脆皮法术系职业的防御。秦陌这么打不太理智，在弓箭手面前召出死亡骑士来防御，根本就不可能防得住。”于冰对秦陌的做法很不赞同，但她还是卖小少年个面子，委婉地道，“不过，新人选手对上谭队，秦陌想保守一点先防御也情有可原。”

秦陌那天跟李沧雨对战，两人都是法术系召唤师，可他今天对上的谭时天却是使用冷兵器的弓箭手，打法思路完全不一样，秦陌又一次走入了思维上的误区。

李沧雨不由得微微皱了皱眉，道：“秦陌这样打是在找死。”

谢树荣道：“他被你虐了一次，还没缓过来，明显是心态上出了问题。”

李沧雨点了点头：“看来凌雪枫磨一磨他是对的，我那天虐他的时候还没尽全力呢。”

谢树荣：“……”

秦陌要是听到这话，估计能被猫神气哭过去！

赛场上，死亡骑士被秒杀，秦陌想起那天在网游里被爱吃红烧鱼压制的画面，心里不由得紧张起来。

谭时天却不会紧张，作为联盟最年轻的队长，他资历虽浅却实力一流，把握机会的能力极强，几乎就在秦陌走神的那一瞬间，密密麻麻的弓箭立刻从天而降！

——死亡箭雨！

“谭队直接开大了！”寇宏义忍不住惊叹道，“弓箭手伤害最高的终极大招，真是说开就开，毫不客气啊！他抓准了秦陌宠物被秒的空当，这个终极大招下去，直接打掉了秦陌 35% 的血量！”

是的，谭时天只用不到 5 秒的时间，就把之前风色战队擂台选手辛苦打下来的优势成功逆转。

比赛现场响起了热烈的掌声，显然是时光战队的粉丝们在为队长的果断出手喝彩。

之前的优势瞬间全没了……

秦陌的手指开始发抖，他突然觉得自己的大脑好像变得一片空白，脑子里原本记得很清楚的键位一时间居然有些模糊，他甚至不知道自己下一步该干什么。

到底怎么打才不会被压制？

想到这个问题，秦陌只觉得头痛欲裂。

——震荡射击！

——急速射击！

——夺命射击！

谭时天手中的利箭激射而出，连续三招再次命中了秦陌！

而秦陌居然像个靶子一样，傻站在那里被谭时天连续三招直接把血量强压到 40%！

这简直就是高手在虐菜。

风色战队的选手哪怕是个新人，也不至于被谭时天完全压制到毫无还手之力吧？

看比赛的网友们大皱眉头，于冰看到这里都有些看不下去了，皱眉道："今天这场对决，可能是早晨 9 点比赛时间太早的缘故，有些选手没睡醒吗？"

她也是忍太久实在忍不住了，说话就有些毒舌起来。

大清早飞过来当解说，你们就给我看这个？

这场比赛大失水准，程唯一开场梦游被莫名其妙打掉半血，秦陌更是灵魂出窍了一样傻站在原地当靶子被谭时天完虐，于冰甚至怀疑自己是不是走错了片场？

这是风色和时光的豪门对决吗？怎么打得就像三流弱队啊？

擂台阶段，谭时天就这样毫无压力地直接将秦陌虐杀。秦陌满血对上 70% 血量的谭时天，而他死掉的时候，面前依旧是 70% 血量的谭时天。

——他居然没有打掉谭队的一滴血。

看着面前角色死亡时变成灰色的屏幕，秦陌的脸苍白得毫无血色，表情都快哭了。

谭时天虽然神色轻松地走下擂台位，心里却充满疑惑:怎么回事？凌队的徒弟弱成这样，不应该啊？

风色战队选手隔音房内。

见秦陌走了过来，凌雪枫并没有多说什么，只是表情平静地道：“准备接下来的团战。”

不需要上团战的秦陌只好安静地走去角落里坐下，生怕别人注意到他一样低垂着脑袋。

中场休息五分钟，团战正式开始。

神迹的团战地图非常多，每张地图的水晶刷新点都不一样，但职业选手们对常规赛的地图库早已烂熟于心，不会出现陌生地图不会打的情况。

常规赛阶段双方会交换主场和客场各选一次地图，今天这场正好是时光战队主场，由谭时天选图。

团战开始，谭时天很快就坐在指挥位上，鼠标迅速翻过地图库，从中选定了一张图。

冰霜神殿。

解说寇宏义微笑着道：“这张地图是游戏里的副本改良而成的，网游玩家们应该比较熟悉吧？”

顾思明很积极地回答道：“是啊是啊，我们正在刷这个副本！”

白轩无语：“你回答他也听不见……”

小顾挠了挠头，笑着说：“冰霜神殿的三块水晶刷新位置非常接近，两支战队不管去抢哪一块，肯定都会发生大规模的团战！”

李沧雨不由得问道：“小顾，你对联赛地图很熟？”

顾思明点头：“嗯嗯，所有地图我都研究过，水晶的位置大概都知道。”

李沧雨赞道：“功课做得不错。”

有些比赛地图，水晶会刷新在十二点、六点这样对角线的位置，双方很可能会彼此错过。

但像冰霜神殿这样近距离连续三个房间刷新水晶的地图，那就代表着不管你要争夺哪一块水晶，都有可能遇到对手，团战绝对无法避免。

“冰霜神殿是一个圆形地图，红、蓝、白水晶分别刷新在一点、两点、三点方位的房间里，中间只隔着一道墙。看来，谭时天已经做好了跟风色正面开团的准备。”

于冰话音刚落，双方选手的出场名单就打在了大屏幕上。

时光这边是一个兽族圣骑士做前排，三个精灵族弓箭手远程输出，神族白魔法师程唯主打控制，神族牧师治疗来进行配合。

风色这边，阵容则是凌雪枫的魔族召唤师和许非凡的血族召唤师打双控，颜瑞文和郭旋的黑魔法师打输出，兽族狂战士前排，和血族祭祀治疗。

白轩看了李沧雨一眼，忍不住竖起大拇指：“风色果然出这套阵容，你又猜中了凌雪枫的布置。”

李沧雨道：“巧合而已。”

——这样的巧合也太多了些。

比赛很快就要开始，白轩也没时间跟他讨论巧合的问题，扭头继续看向直播屏幕。

游戏当中的冰霜神殿坐落在神界，是神族供奉光明神的地方，冰蓝色的建筑高耸入云端，整个宫殿足以容纳万人，看上去非常宏伟壮观。

比赛时的冰霜神殿按比例缩小了面积，并且去掉游戏中所有的神族守卫，将这里完全腾空，找出三个临近的房间刷新红、蓝、白三块水晶供双方战队争夺。

近位水晶是最不好打的情况，谭时天选这张图，说明他对时光战队正面开团的能力信心十足。

随着裁判按下指示灯，团战终于正式开始！

如果把冰霜神殿的地图当成是一面钟，那么，正上方的12点位置是风色战队的出生点，1点位置是红水晶刷新点，2点方位是白水晶刷新点，3点方位是蓝水晶刷新点，4点方位是时光战队出生点——也就是说，五个位置正好呈扇形展开，三颗水晶就夹在双方的出生点之间，距离非常之近。

神迹职业联赛中，三颗水晶的刷新规律是比赛开始后30秒红、蓝水晶同时刷新，等红、蓝两颗都被夺走之后，白水晶才会在最后以Boss的形式刷新。

其中红水晶、蓝水晶争夺起来比较容易，攻击它的选手只会掉血或掉蓝。白水晶则比较麻烦，攻击它的人身上会中很多的随机负面状态，比如虚弱、恐惧、混乱，等等。

比赛一开始，风色战队就在队长凌雪枫的带领下来到2点方位的巨大神柱后面等待，凌雪枫的思路很清晰，输掉擂台的风色目前已经0:3落入劣势，团战必须争取到更多的比分。

谭时天如果去距离最近的房间拿蓝水晶，那他们运送水晶回家的过程中肯定会路过这个岔路口，凌雪枫提前埋伏，显然是想直接在中途拦截。

没错，神迹的水晶需要搬回出生点的泉水里安置好才能得分，搬到半路被拦截的，就跟赏金任务中途被截一样，白白辛苦一场。

谭时天的想法比较简单，在3:0占优的局面下只要拿下最近的蓝水晶，至少可以保证本场比赛不输比分。于是，他带着时光战队全员走向3点方位蓝水晶的刷新点。

上帝视角看比赛的于冰忍不住说道："风色埋伏的位置，正好避开了时光这边的视野，看来待会儿的团战不可避免。"

"这样的地图，如果风色去拿红水晶、时光去拿蓝水晶，两边就可以相安无事先各自拿走2分。"寇宏义顿了顿，"但凌队的做法……难道他想6分全拿？"

"也有这个可能。"于冰平静地说，"凌队的风格向来是以进攻作为防守，哪怕目前的比分暂时处于劣势，他也不会打得太保守，毕竟现在才常规赛第一轮，即便输了影响也不大。"

6分全拿，这在团战当中其实非常困难。

神迹比赛当中，大部分对局都是红、蓝水晶双方各拿下一块，在最终

Boss 白水晶刷新的时候才开始激烈争夺。想一口气拿下三颗水晶，除了战术上的精心布置之外，还要靠一些运气。

风色今天运气还不错，至少他们埋伏的位置并没有被谭时天的侦查发现。

时光战队的人心安理得地攻击蓝水晶。

时间过得很快，大家一起爆手速，没到 1 分钟就把蓝水晶打成了空血。蓝水晶变成了“可运送”的状态，众人的面前出现一辆漂亮的神界风格白色货运车，装载在上面的蓝水晶闪闪发亮，只要点击跟货车对话，就可以将它运送到己方出生点的泉水当中。

时光战队的众人护送着蓝水晶刚一出门，迎面而来的一大群黑乌鸦直接让众人目瞪口呆！

“凌队出手非常果断！”寇宏义激动地说，“遮天蔽日，这是魔族召唤师召唤出黑乌鸦的大招，空中飞行宠物的大面积干扰，导致时光战队的选手集体失去了视野！”

魔族召唤师黑乌鸦技能“遮天蔽日”，李沧雨最讨厌的技能，没有之一。

李沧雨看到这一幕，不禁露出嫌弃的表情：“一群黑乌鸦爬满电脑屏幕，很容易让人反胃。”

白轩也笑着说：“联盟很多选手对凌队都是敢怒不敢言啊，魔族的黑乌鸦确实很烦。”

“没错。”谢树荣立刻点头赞同。

顾思明却激动地说：“黑乌鸦多帅啊！凌队这样打很酷的！”

——脑残粉果然是可怕的生物，白轩忍不住想。

时光战队的众人此时都挺无语，黑乌鸦的攻击力虽然不高，但烦就烦在它们会遮挡视野。如技能“遮天蔽日”所描述的一样，一大群魔族乌鸦飞过来，大家的眼前真是一片黑。

更烦人的是，风色战队不只有魔族的黑乌鸦……还有血族蝙蝠。

紧跟着凌雪枫控制系大招的，正是风色选手许非凡的攻击性大招“蝙蝠血祭”！

一大群吸血蝙蝠铺天盖地飞过来，群攻大招一开，时光战队的众人集体开始血崩。

吸血蝙蝠附带的血崩负面状态非常可怕，如果治疗跟不上群加，全体被打残就会相当危险。

时光这边的治疗选手刚想开治疗阵，凌雪枫突然召唤出魔族的宠物女妖，一招魅术丢过去，直接将对方治疗给引了过来！

——魅术，来自魔族女妖的迷惑性法术，可强制对方走向自己。

等把对手成功引到自己身边之后，凌雪枫又唤出魔族宠物骷髅步兵，一招“死亡禁锢”，将对方彻底封死在风色战队的包围圈中。

风色其他选手都不是傻子，队长把治疗强行带过来，大家立刻颇有默契地围攻治疗，四个输出的攻击全部砸在治疗身上，不出意外的话治疗很快就会被杀。

于冰看到这里也忍不住感叹：“凌队出手真是又快又狠！召乌鸦群攻控制住视野，召女妖拉走对面的治疗，再换骷髅步兵封死对方治疗的退路……短短5秒时间，他就换了三种宠物、完成了三次精确的操作，这样的手速，在联盟确实是数一数二的！只有……”

说到这里，于冰突然停了下来。

——只有李沧雨的手速能跟他一战。

——只是那个人，早已在多年前离开了神迹联盟。

当年的赛场上，凌雪枫的魔族召唤师用乌鸦、女妖、骷髅步兵、魔神这四种宠物对战李沧雨召唤师的水、火、风、雷四大精灵，一个猛烈进攻，一个迅速游走，虽然他们并没有单独交过手，可每次FTD战队和风色战队的团战交锋，光看他俩换宠物都能看得人眼花缭乱。

他俩才是国内神迹圈里当之无愧的召唤师巅峰水准！

那个时候于冰还是红狐战队的队长，风色在第二赛季拿下了冠军，FTD战队却连前四名都没打进去，但她一直觉得，凌雪枫最强的对手，应该就是同为召唤师的李沧雨，都是召唤师，他们对彼此最为了解，宠物技能非常平衡，打起来也最为精彩。要是他俩拼手速来次单独的对决，那一定会成为国内神迹圈……不，应该是世界神迹圈的经典战局。

于冰略一走神，赛场上，风色战队的众人已经瞬间集火秒掉了对方的治疗。

乌鸦的视野控制结束，时光这边，谭时天立刻下令：“撤退！”

倒不是他没信心跟风色开战，而是在被埋伏突袭、刚开局就死了治疗的情况下，时光打风色几乎没有赢面，如果送一次团灭，后面就会更加难打。

众人听从谭队的指示迅速撤退。

然而，程唯似乎没有听清谭时天的话，还在那里继续攻击，凌雪枫立刻逮到机会，一招骷髅步兵的“死亡禁锢”定住程唯，许非凡马上放出血族召唤师的血蛇去咬程唯，颜瑞文紧跟黑魔法技能“暗影缠身”，郭旋不甘落后，一招“地狱烈焰”也朝程唯甩了过去！

“这就是风色战队恐怖的集火能力！”寇宏义忍不住感叹起来。

凌雪枫并不需要开口指挥，风色其他三位输出就会立刻跟上节奏。这是风色战队四位选手长期比赛所培养的默契，队长只要控住谁，大家就会心有灵犀地集火秒掉那个人。

程唯被杀的那一刻，谭时天的心里突然有种不太好的预感。

小唯今天的情绪一直不对，擂台开场的时候走神被砍掉了半血，好在风色那边秦陌也跟着掉链子，自己亲自守擂才保住了擂台的 3 分，但是刚才，小唯显然没专心听指挥，被凌队逮了个正着。谭时天回头看了身边的人一眼，发现程唯的脸色似乎有些不自然的苍白。

谭时天忍耐住问他的冲动，冷静地下令道：“到出生点回一下血蓝，再去 1 号点拿红水晶。”

蓝水晶保不住，被风色半路拦截，他们只能等待机会再夺红水晶，然而，程唯这边失误，凌雪枫却不会失误。

作为全联盟赛场失误率最低的战队，风色战队不论面对什么情况，只要抓准了反击的机会，就能一口气将局面完全逆转！

红水晶争夺战，双方再次开团，凌雪枫抓住程唯的走位漏洞，直接用女妖将他强行拉过去秒掉！

连拿三个人头的凌雪枫，脚下已经冒起了攻击加成 15% 的光效。

在顺利夺下红水晶后，最终的白水晶争夺战，有攻击加成的凌雪枫简直就跟开了挂一样控一个死一个！

——［不死魔灵］击杀了［唯一专属］，四杀！

——［不死魔灵］击杀了［逍遥自在］，五杀！

——［不死魔灵］击杀了［十天］，六杀！

……

凌雪枫就是这样一位冷静到可怕的选手。赛场上，不管优势局还是劣势局，只要对方稍有不慎，他就可以将这微小的失误作为一个突破口，直接撕开对手的阵形，击溃对手的全部防线！这也是风色的战队粉最多的原因，看风色的比赛相当过瘾，说不定前面一直输，最后 10 秒给你翻盘，简直刺激人的心脏。

今天这局又上演了一次精彩的翻盘战，在擂台输掉 3 分的情况下，团战居然连拿 6 分！

于冰都有些不敢相信地说："时光和风色实力差距不大，团战被剃光头确实出人意料。不过，凌队打了六个赛季的比赛，大赛经验肯定比谭队丰富一些，在战术上会有更多的想法。谭队这边的思路其实并没有错，只不过，队友们一时没跟上，被凌队反抓了机会……"

看到选手席上脸色苍白的程唯，于冰还是忍住没说出来。

这一场团战失利的关键点就在于程唯，是他没有跟上谭时天的节奏，被风色连抓两次，把凌雪枫给养了起来。神迹赛场上，每杀一人就会有 5% 属性加成，在连杀三人的情况下，有了 15% 属性加成的凌雪枫绝对会毫不客气地打爆对手。

谭时天也挺无奈，其实第一回合蓝水晶团战程唯走神的时候他就有种不妙的预感，双方实力相当，这边小程唯在走神，风色趁机打得时光团灭也是很正常的结果。

虽然心里有点生气，可看到小家伙脸色苍白的样子……还是不舍得骂他。

谭时天轻轻叹了口气，伸手揉了揉程唯的脑袋，微笑着说：“没事的，一场常规赛而已，输掉几分影响不大，今天拿下 3 分，我们时光在积分榜还排在前三呢。”

如谭时天所说，这场比赛风色 6∶3 赢了时光，积分榜即时更新，目前风色跃居总积分第一名，飞羽战队排第二名，时光排到了第三名。

虽然谭时天努力想让气氛轻松一点，可程唯似乎并不买账，还在对着电脑发呆。

片刻后，双方队长签名让裁判确认比分，风色战队的人在凌雪枫的带领之下过来这边握手。

谭时天很有礼貌地站了起来，微笑着伸出手说：“凌队，今天打得不错。”

凌雪枫跟他握了握手：“谭队客气了。”

毕竟凌雪枫是第一赛季就出道的前辈，谭时天作为第四赛季出道、第五赛季刚刚接手时光的新一代队长，对凌队该有的敬重还是要有的。

队长很有礼貌地站起来握手，副队长程唯却坐在那里不说话。

凌雪枫走到程唯的面前，用只有彼此能听到的音量低声说道：“是因为沧澜解散的事吧？”

虽是问句，却是肯定的语气。

程唯霍然抬起头来，眸中满是复杂的神色。

凌雪枫轻轻拍了拍程唯的肩膀，平静地说：“有些人摔倒了，并不需要你去帮忙扶起来，你应该相信他的能力。经历了这次挫折，他一定会变得更加强大。”

程唯愣了愣，回过神时，凌雪枫已经转身离开了，男人的身材高大挺拔，脊背笔直得如同茫茫风雪中傲立的苍松。

他一向表情冷漠、行事果断，过了这么些年脾气一点都没变。就是他，用自己的脊梁撑起了神迹联盟最可怕的风色战队。今天不过是一次走位上的失误，就被他准确地抓住机会，瞬间将时光战队全线打崩……

虽然输了，但程唯输得心服口服。

程唯把猫神当师父看，跟猫神的关系很亲，可对和猫神同期的选手凌雪枫却非常敬畏。

这个男人拥有一双锐利的眼睛，一眼就能看穿别人的想法。

他刚才所说的话，是不是在告诉自己——李沧雨会变得更强，并不需要担心太多？

常规赛最后一轮风色和时光的对决，最终以出人意料的比分收尾。

战队积分榜排名定格，国内神迹联盟也会例行放假一周，给选手们几天调整状态的休息时间。

时光战队虽然输掉了比赛，但队长谭时天脸上的表情却非常轻松，对队员们微笑着说："快点把自己的东西收拾好，中午出去聚餐，我请客。"

在谭队的影响下，时光战队其他队员也没有露出输掉比赛的沮丧表情，反而兴奋地问道："联盟明天开始放假，谭队，要不要吃完饭后出去唱 K 啊？"

谭时天问："你们想去 KTV 吗？"

"当然。"有队员嬉皮笑脸地说，"谭队即兴发挥，洗洗我们的耳朵吧！"

谭时天微笑道："行，那我订个包间，今晚唱通宵。"

众人一片欢呼声，程唯却垂着头闷闷不乐："你们去吧，唱 K 我就不去了，我又不会唱。"

程唯唱歌跑调，这在神迹联盟并不是秘密。

那还是第三赛季结束时的聚会，拿下最佳新人奖的程唯被大家鼓动着唱歌，程唯笑着拿起话筒，唱了一首大家很熟悉的《外婆的澎湖湾》，所有队长都是一脸无法言说的表情。

时光老队长徐落私下对程唯唱歌的评价是："歌词听着熟悉，曲调是小唯自己改编的。"

可见这家伙跑调跑得有多远——那是根本不在调上。

相反，谭时天唱歌在联盟属于一绝，低沉温和的音色很好听不说，还弹得一手好吉他，抱着吉他即兴发挥甚至不亚于专业级歌手，每次大聚会的时候，谭队都会被推上台去给大家洗耳朵。

以前时光战队去KTV，程唯哪怕唱歌跑调也会很积极地跟着大家一起去玩，他本来就是活泼开朗爱热闹的人，自己唱歌跑调也不介意别人笑话，先拿着话筒来个几首过过嘴瘾。

今天他不想去，绝对不是“不会唱”的原因，显然是心情不好。

谭时天见他垂着脑袋往外走，忍不住轻轻拉住他的手腕，柔声说道：“小唯，比赛有输有赢都很正常，你别往心里去。”

程唯停下脚步，心情一时有些复杂。

今天时光输掉团战完全怪自己，程唯其实很清楚这一点。没想到，谭时天并没有责怪他，反而安慰他……还不如骂他一顿，那样他的心里还能好受一点。

想起凌雪枫说的话，程唯的脑子里一时有些混乱。

凌队说“有些人摔倒了并不需要帮忙扶”，是叫自己不要多管闲事去帮猫神的意思吗？难道自己就该站在旁边眼睁睁地看着猫神承受那么多的波折？还有，谭时天也不同意让猫神来时光战队，为什么在猫神有难的时候他们都这么冷漠？

程唯有些想不明白，他只觉得脑袋疼得厉害，就像一根尖锐的针在脑子里面乱搅。

昨晚本来就胡思乱想一夜没睡，今早起来的时候走路都觉得脚底像是踩着棉花，比赛的时候很难集中精神，战队聚会他实在不想去。

回头对上谭时天担心的目光，程唯轻轻甩开他的手说：“我不舒服，先回战队了。”

说罢，便不顾队员们疑惑的眼神，背着键盘包转身离开。

看着他垂着头离开的背影，谭时天不由微微皱了皱眉。

陆逍疑惑地问道：“副队今天怎么了？输一次比赛不至于吧？”

时光又不是没输过，以前每次输掉的时候程唯虽然气鼓鼓的，但从来不会情绪低落，反而信誓旦旦地握着拳说：“下次我一定会干掉他！下次肯定能赢！”今天却像霜打的茄子一样彻底蔫掉，垂着脑袋一脸郁闷的样子，这不像是程副队的性格啊？

队员们都十分怀疑地看向队长，知道内情的谭时天微微笑了笑说："都别八卦，副队昨晚没睡好，感冒了身体不舒服，唱K的事推到后天吧，今天我先请大家吃饭。"

爱热闹的程副队不在，聚会确实没意思，众人立刻同意了谭时天的建议。

谭时天把队员们带到赛场附近的餐厅吃午饭，吃完后又专门打包了一份程唯爱吃的菜带了回来，当他回到战队时，一进俱乐部就跟一个男人差点撞上——正是华夏俱乐部武林分部的队长梁海滨。

"梁队。"谭时天叫住了他，"正好请教你一个问题。"

作为华夏俱乐部在武林和神迹两个分部的队长，谭时天跟梁海滨算是平起平坐，两支队伍的训练室隔着一道墙，中午吃饭的时候大家经常会在餐厅遇见，偶尔也会交流一些战术思路，彼此十分熟悉。

年长一些的梁海滨疑惑地回头看他："小谭，什么事？"

"对李沧雨这个人你了解多少？"谭时天问道。

"猫神？"梁海滨想了想，认真地说，"沧澜战队在武林这边不算一流队伍，连续好几届联赛都在季后赛第一轮被刷。不过，猫神的个人能力很强，单挑胜率非常高。我也是昨天刚听说沧澜解散的消息，黎经理想让猫神加入我们华夏战队，奇怪的是，武林联盟那边说，猫神的资料已经被秘密转走了。"

"资料被秘密转走？"谭时天有些惊讶，"知道转去哪个战队了吗？"

"对方要求保密，暂时还打听不到。"梁海滨顿了顿，又说，"但我猜，最大的可能应该是转去了龙吟，这很像刘川的风格。他在电竞联盟，转选手的资料非常方便，何况他一直很欣赏猫神，猫神的打法风格也比较符合龙吟的阵容体系。"

"有道理。"谭时天若有所思，"这么说，猫神还会继续打武林联赛？"

"或许吧。"梁海滨忍不住疑惑起来，"你怎么突然打听起这个人？"

"其实是小唯的原因。"谭时天笑着说，"他跟猫神有些渊源。"

"哦。"梁海滨了然地点点头，"说起小唯，我刚看见他一个人回来，脸色不太好，是怎么回事？"

“可能身体不舒服吧，我去看看他，梁队你先忙。”谭时天告别梁海滨，便转身往宿舍走去。

华夏俱乐部的经理黎辉非常热爱电竞，在武林那边经营几年后赚了不少钱，接着又组建神迹分队，招揽了不少有才华的选手。由于他的经营理念非常成熟，时光战队在第一赛季就顺利拿下了冠军，这些年，时光战队也一直跻身于神迹联盟一流强队的行列，成绩十分稳定。华夏也是国内第一家跨越武林和神迹两个游戏发展的综合型俱乐部。

黎经理为人虽然严肃了些，但对选手却很好，薪资待遇挺高，奖金也给得很大方，战队的住宿、饮食、训练室条件都属一流，俱乐部的宿舍全是小公寓式的双人间，有专人负责打扫。

谭时天只比程唯大了半年，从出道开始就和程唯住在一间宿舍，他拿出钥匙开门进了宿舍，发现客厅里空无一人，倒是程唯卧室的门紧紧关着。

以前程唯每次比完赛回来都会兴奋地待在客厅里看比赛录像回放，或者坐在沙发上刷刷微博、玩玩手游，像今天这样直接回卧室还是第一次。

谭时天走过去推开卧室的门，果然见程唯已经睡了。这家伙把被子紧紧地裹起来，身体就像是一个大粽子，只露出一颗毛茸茸的脑袋。

谭时天微微一笑，走过去在床边坐下，轻轻摸了摸程唯的头：“这是装呢，还是真的不舒服？”

程唯挪开脑袋，声音有些沙哑：“别烦我，让我睡会儿。”

“声音变成这样，不会是哭过吧？”谭时天笑着把“大粽子程唯”翻了个身，发现小家伙的脸色异常苍白，眉头紧紧皱着，似乎很难受的样子。

伸出手一探，顿时被他额头上的热度给吓了一大跳！

“烧得这么厉害！”谭时天立刻起身去找来退烧药，顺手倒了杯温水过来，把程唯扶起来靠在自己胸前，喂他吃了药，接着又拿来冰毛巾敷在程唯的额头上。

程唯迷迷糊糊中，只觉得自己被一个人很温柔地照顾着，额头上冰冰凉凉的感觉让他觉得舒服，不由得把脑袋往谭时天的怀里轻轻地蹭了蹭。

谭时天顿时心软下来，拿来一块干净的毛巾，动作温柔地帮程唯擦掉脸上的汗。

虽说程唯是第三赛季就出道的选手，可谭时天总觉得他并没有真正地长大成熟起来。作为时光的副队长，战队的事程唯其实并不太管，他还是小孩儿心性，直肠子通到底，想到什么就说什么，也不会考虑太多。每天都开开心心地训练、比赛，脸上常常带着明朗的笑容，生气的时候脸颊鼓鼓的，口齿伶俐，骂人的语速飞快，可气头过了，他又笑嘻嘻地凑过来跟你称兄道弟，很单纯的一个人。跟神迹联盟那些满腹坏水的副队长们比起来，程唯简直就是单纯的小白兔。

副队长爱玩，队长只能担起全部责任。

也正因为如此，谭时天在上个赛季接任队长之后成长得极为迅速。

徐队当年把队长交给他时就曾叮嘱过："小唯虽然出道比你早，但他一向没心没肺，不太会管理战队，以后你身上的责任会很重，有什么不懂的多跟前辈们交流。你是神迹联盟目前最年轻的队长，别高傲，态度一定放谦虚些，你在联盟才会有立足之地。"

谭时天谨遵师父的教诲，自接任队长以来一直以微笑示人，主动活跃战队气氛，对队友们温和亲切从来不摆架子，对前辈选手以礼相待十分敬重，不管比赛输赢，他的情绪都很轻松淡定。

虽然出道不久，但他为人谦虚幽默，加上精灵弓手的打法很有特色，指挥方面进步飞快，还经常在微博写好玩的小段子，有了"段子手大神"外号的谭时天很快就笼络了时光战队粉丝们的心，也得到了联盟其他队长们的认可。

只是，谭时天很清楚，程唯的心里其实是不认同他的。

且不说他比程唯晚一年出道，光是跟徐队、猫神这些程唯心中的偶像相比，他的带队风格就大相径庭，程唯不认可他这样的队长也是情有可原。

想到这里，谭时天不由得轻叹口气，低声说道："小唯，我知道你并不认同我这个队长，比起徐队还有你的偶像猫神，我确实差得很远。但是，我一直在努力带好时光战队。我不是心胸狭窄容不下高手的人，更不会毁掉师父辛苦奠定的根基。相信我，好吗？”

程唯听不清谭时天在说些什么，高烧让他的意识变得模糊起来，但他似乎捕捉到了谭时天话里的关键字，忍不住迷迷糊糊地开口叫道：“师父……”

谭时天怔了怔，知道程唯所叫的师父并不是时光的老队长，而是他心目中的师父李沧雨。

虽然程唯平时很少提到猫神，可在一个宿舍住了两年，谭时天总能捕捉到一些蛛丝马迹，也渐渐知道了程唯当年跟李沧雨的渊源。

谭时天无奈地揉了揉程唯的脑袋，柔声说道：“猫神很可能转去了龙吟俱乐部，如果真是这样，那他一定会有更好的发展，你就别为他担心了。”

谭时天顺手拿起已经变烫的毛巾，去洗手间用凉水洗了一遍，又拿回床边敷在程唯的额头上，被照顾得很舒服的程唯，终于沉沉地睡了过去。

CHAPTER 09

宿命的相遇

风色战队这次客场作战，全员飞到了时光战队所在的北京。

客场很难拿分，这场比赛6:3赢得相当漂亮，凌雪枫心情不错，带着大家到附近的餐厅点了一桌丰盛的菜，很豪爽地用战队经费刷卡埋单。

平时风色战队聚会的时候，虽然凌雪枫不太爱说话，但副队长颜瑞文很会活跃气氛，主力选手郭旋、许非凡等人也爱热闹，大家聊起天来气氛非常轻松。

不过，今天的情况明显有些不对——因为秦陌自始至终脸色苍白，就像天要塌下来一样。

秦陌满血单挑谭时天却被完全压制虐杀，刚出道的新秀，这次遭受的打击估计太严重，所以直到吃饭的时候他的情绪还没调整过来。几个老选手怕他难过，主动给他夹菜，他也是一副很尴尬的表情。

对秦陌今天的表现，凌雪枫自始至终都没有评价一个字。他知道这个徒弟自尊心极强，这时候，当师父的不管说什么，秦陌心理上都会受伤，所以，最好的办法还是让秦陌自己去想明白。

饭局结束后，大家一起坐车回酒店。比赛时间在早上，风色的领队订了当天下午的机票回上海，凌雪枫让大家先睡个午觉，下午两点再到大厅集合。

众人各自回房休息，秦陌每次外出比赛都跟玩血族召唤师的选手许非凡住在一起，这是凌雪枫的安排，两个同职业的选手正好可以交流一下心得。

往常，秦陌遇到问题会主动请教这位前辈，可今天，他一进房间就转身去了浴室。

刚打算睡觉的许非凡突然收到凌队的一条短信："秦陌有心事，你想办法套他的话，看看他发挥失常是什么原因。"

“知道了，凌队。”许非凡接受任务，开始愁眉苦脸地酝酿台词。

片刻后，秦陌洗完澡出来，小少年今年才十六岁，身体还没长开，瘦瘦小小的家伙一脸苍白的样子，看着倒是挺让人心疼。这家伙心性太过高傲，以为自己是凌雪枫的徒弟就非常了不起，许非凡早就觉得他这么下去总有一天会栽跟头，没想到这次会栽得这么狠。

在擂台当着那么多人的面被完虐，年轻的选手很容易因此而产生心理阴影甚至失去自信。竞技比赛向来是残酷的，如果被打趴之后不及时爬起来，会有无数比你更优秀的选手踩着你的脊梁走过去。

许非凡意识到问题的严重性，琢磨了一会儿台词，回头一看，发现洗完澡的秦陌居然已经埋头睡了。

许非凡纠结片刻，走到他床边坐下，小声问道：“小秦，睡了没？”

“没。”被子里传来小少年闷闷的声音。

许非凡咳嗽两声清了清喉咙，才慢慢说道：“我是第三赛季才出道的选手，你应该知道，在我之前，联盟最出色的血族召唤师是风色的前任副队长袁少哲，袁副队退役后，我才开始跟凌队打配合。”

“嗯，我听说过。”秦陌轻声回答道。

他知道前任副队袁少哲年纪比凌雪枫大 3 岁，退役得也比较早。虽然他没见过那个人，但风色现役主力选手许非凡的血族召唤师打法据说就是继承了袁副队的风格。

“我们风色战队从建队之初，就是把双召唤师的控制打法作为战术核心，凌队的召唤师你也清楚，放在全世界都是数一数二的水平。但是，凌队年纪不小了，打不了多久比赛，总有一天他也会退役的。”说到这里，许非凡顿了顿，声音变得更加温和，“他收你当徒弟，让我一起教你召唤师的打法，还经常让你看血族召唤师打比赛的视频，这是为了什么，你知道吗？”

秦陌怔了怔，心里顿时涌起一股强烈的酸楚。

是的，他知道。

凌队这么做，是为风色的将来考虑，这明显是给风色战队培养接班人。

作为凌队的徒弟，他从出道的那天开始，就比其他的同龄选手多了更多的机会，遇到一些不太重要的比赛，凌队总是毫不吝啬地让他出场练手，哪怕今天遇到时光这样的一流强队，师父也顶着压力将他放在了守擂这样关键的位置上。

然而他做了些什么？

他在赛场发呆！他满血对战谭时天，却没有打掉谭队的一滴血就被送下场。他彻底辜负了师父对他的信任，他对不起师父对他的器重和栽培。想到这些，秦陌只觉得心痛如绞，裹紧被子，眼眶瞬间就红了起来，热泪像是拧开的水龙头一样，再也控制不住地汹涌而出。

见小少年裹着被子微微发抖，许非凡就知道这家伙肯定哭了。毕竟才十六岁，还是个没长大的孩子，也不能要求他像老选手那样被虐之后还能镇定从容。

遇到今天这样的局面，他心里难过，哭出来也是好事。

许非凡叹口气，轻轻拍了拍秦陌的被子，说道："小秦，凌队其实对你很好，虽然嘴上很少关心你，但他所做的一切都是为了让你尽快变得强大起来。今天的擂台你输了，其实没关系，他派你守擂不是为了赢，而是为了让你从谭时天那里学到一些经验，你明白吗？"

秦陌愣了愣，从被窝里钻出来看向许非凡。

不是为了赢？而是为了学到一些经验？

许非凡的这句话，就如醍醐灌顶，瞬间浇醒了秦陌。

是的，他一个新秀选手，对上时光的队长谭时天肯定没多少赢面，师父应该早就猜到了结果，派他去打谭时天，只是为了让他多一些跟高手对局的经验，从中学到些东西。

其实他只要认真对待这局比赛，好好发挥出自己的水平就够了。而他却只想着赢，脑子里乱糟糟的，结果走神被虐不说，还彻底浪费掉了这个难得的机会。

风色的这 3 分可以说丢得完全没了价值……

许非凡见小少年一脸悔悟的表情，忍不住伸手拍了拍小秦陌的肩膀："凌队从来不会介意比分的得失，他更介意的是你发挥失常的原因。小秦，你回头好好想想，我觉得你该主动给你师父一个解释。”

秦陌愣神很久，终于用力点了点头，道：“谢谢许哥，我会跟师父说的。”

“嗯，好好睡一觉，下午回上海之后再去找队长吧。”许非凡酝酿了大半天台词，开启邻家大哥哥温馨教育模式，口干舌燥终于成功说服秦陌，立刻心情愉快地躺平睡觉。

秦陌却脑袋混乱完全没了睡意，关于爱吃红烧鱼的事情，他也要好好酝酿一下台词才行。

下午 4 点，风色战队的众人集体回到了上海。

风色俱乐部作为神迹联盟成立最早的俱乐部之一，人气一直很高，尤其是在主场城市上海，拥有无数忠实粉丝，哪怕在常规赛阶段，风色的主场也是次次满座。

众人一到机场，为了避免被守株待兔的电竞记者们围堵，大家在凌雪枫带领下快步走向停车场，直接上了风色战队派来接他们的车子。

到达战队后，凌雪枫便朝队员们说道：“联盟从明天开始放假一周，想出去散心或者回家看望亲人的都跟颜副队说一声，记得 17 号之前必须回战队集合。”

难得放假，凌雪枫也不想把大家强留在队里训练，目前风色名列战队积分榜榜首，第二轮常规赛只要不是集体掉链子，今年打进季后赛肯定没什么问题。

“太好了！”对于队长的这个决定，大家显然都很高兴。

凌雪枫做好假期安排，这才转身回到宿舍，把行李一放，到客厅里打开了电脑，正要看网上风色和时光比赛的视频回放，外面突然响起了敲门声，弱弱的声音一听就是小秦陌。

凌雪枫起身开门，就见秦陌耷拉着脑袋站在门口，小声叫道：“师父……”

“嗯。”凌雪枫淡淡地看了他一眼，“找我有事要说？”

秦陌点了点头，小心翼翼地组织好语言，轻声说道：“对不起，师父，我今天比赛的时候脑子里特别乱，所以没有发挥好。”

“不用道歉，说说你没发挥好的原因。”凌雪枫道。

“呃……是这样的，昨天风色公会的会长跟我说，他们在网游里六人队被三人队团灭了，我好奇之下去网游看了看，结果遇到一个很强的精灵族召唤师，我跟他单挑没打过他，还被他训了一顿……”

说到这里，秦陌心里委屈极了，声音不由得哽咽起来：“他说，我输给他是太过大意，还说我不该起手就召唤出那么多宠物，那样会陷入被动。我……我觉得他说得好像有点道理……昨天晚上想了一整夜，早上精神不太好，打擂台的时候脑子里特别茫然，不知道该怎么办。”

凌雪枫一直等他说完，这才低声问出了关键：“你是说，精灵族的召唤师？”

“嗯。”秦陌点了点头，“好像很厉害，我没遇到过精灵族召唤师，不太懂要怎么跟他打。”

“他叫什么名字？”

“爱吃红烧鱼。”

“……”凌雪枫立刻转身往外走去，“你该早点告诉我。”

“师父！”秦陌赶忙快步跟了上来，“您去哪？”

“去公会。”凌雪枫平静地说。

风色公会办公室。

会长风行天下和副会长风雨同舟正在网游里刷冰霜神殿副本，一边打Boss一边讨论。

风行天下说：“今天风色和时光的比赛打得太帅了，我们凌队就是霸气。”

“是啊，0:3劣势的局面下居然连拿6分翻盘，看得超过瘾！”风雨同舟附和道。

正说着，突然听到身后传来一阵脚步声，两人回头一看，顿时震惊地站了起来。

游戏里的风行天下和风雨同舟一起中了Boss大招，瞬间被秒杀。然而，他们已经完全顾不上了，因为他们见到了一个平时极难见到的人——凌雪枫！

凌队基本不管公会这边的事，都是颜副队在管，今天圣驾突然降临，真是一点心理准备都没有啊！

对上凌雪枫深邃的目光，几个管理都忍不住心虚起来。

风行天下立刻挤出个笑脸，干笑着说："凌队怎么有空过来？哈哈，我去给凌队倒杯茶吧。"

刚转身要走，凌雪枫却道："不用了。"

风行天下擦了擦额头的冷汗，偷偷看了秦陌一眼，心想是不是秦陌把网游里的事情告诉了队长？只不过，秦陌小少年脸色苍白低垂着脑袋，也看不出什么端倪。风行天下只好忐忑地挠了挠头，回头看向队长，小声问道："凌队来这里是……视察工作？"

"来看看新区的情况。"凌雪枫径直走到会长的电脑前坐下，发现屏幕里的风行天下已经被 Boss 大招给秒了，右上角显示的地图是冰霜神殿副本，"这么快就 40 级了？"

风行天下立刻说道："是的，新区都在拼命升级呢。"

凌雪枫问道："爱吃红烧鱼这个人你们认识吗？"

风行天下的脊背蓦地一凉，顿觉大事不妙！

凌队主动找上门来，还提起爱吃红烧鱼，那么，关于爱吃红烧鱼的事他肯定已经了解得差不多了，在凌队的面前说谎无异于自掘坟墓，还不如坦白从宽、老实交代！

想到这里，风行天下立刻乖乖说道："认识……爱吃红烧鱼是新区出现的一个很厉害的精灵召唤师高手，我们公会在拦截赏金任务的时候正好碰到他的三人小队，结果被……团灭了……团灭了两次。"

说到这里都恨不得抽自己两个大嘴巴，真是太给风色丢人！

风行天下偷偷看了眼队长的脸色，发现凌雪枫神色平静，似乎不像是发怒的样子，便硬着头皮继续说道："咳，我本想跟凌队汇报来着，这两天不是正好有比赛吗，怕影响到战队的成绩，就暂时没敢说。我找了秦陌来看看，秦陌在网游里跟他 PK 了一次……"

"结果输了？"凌雪枫的语气不带任何情绪。

风行天下和秦陌尴尬地对视一眼。

凌雪枫回头看向两人："你们觉得，秦陌输给网游里的高手正常吗？"

两个人大气都不敢出。

"秦陌是职业选手，稳定手速超过300，在风色战队训练营里专业训练了半年时间，这个赛季才有资格正式出道。神迹职业联盟对职业选手的要求非常高，如果职业选手随随便便就输给网游里的高手，那神迹联盟官方联赛岂不成了笑话？"

凌雪枫说话的声音很平静，但听到这里，风色的管理们却羞愧无比，整整齐齐地垂下了脑袋。

"空降一个从没听过的精灵族召唤师高手，你们就没想过，这个人的来历可能不简单吗？"

众人愣了愣，都从彼此的眼中看到惊讶的情绪。

凌队说得对啊！

秦陌就算是这个赛季刚出道的新人，可毕竟是职业选手，有过半年时间的正规训练，而且还是很有天分的种子型新秀。平时大家闲下来也经常切磋，秦陌虐他们这些公会管理别提有多轻松，怎么会莫名其妙地输给网游里的高手？

只有一个可能——爱吃红烧鱼的来历并不简单。

当时风色被连灭两次，大家怒火攻心，居然忘记了如此重要的关键！

风行天下这时候才回过神来，讪讪地挠了挠后脑勺，有些不好意思面对凌雪枫。

凌雪枫倒是没有责怪他，回头看向电脑屏幕，问道："爱吃红烧鱼在哪？"

副会长风雨同舟立刻积极地跑到隔壁坐下，在风色的Q群里打字问："速报爱吃红烧鱼的坐标！"

很快有人回道："副会，这人不在线，上午11点的时候他就下线了，下午一直没再登录过。"

风雨同舟又切到卧底群里："其他公会的卧底，有没有知道爱吃红烧鱼的来历或者下落的？"

有人跳出来说："飞羽公会正在查，还没结果。"

"时光在查他，也没结果。"又有卧底跳了出来，"不过，我听说时光想拉他入会，被拒绝了，时光的会长推理出这个人是国外的时差党，跟我们的在线时间正好相反。我们这边是下午，他那边应该是凌晨，这时间可能在睡觉呢。"

有人好奇地问："副会，这人是什么来头？怎么惊动了三家公会在查他？"

风雨同舟尴尬地道："我不也正在查吗……"

凌雪枫看到这些聊天记录，不由得微微皱了皱眉头。

——或许，这正是他挂念了整整三年的那个人。

握住鼠标的手指微微收紧，凌雪枫从座位上站了起来，说道："既然他不在线，那就算了，你们派人随时关注他的动向，等他上线，不管什么时候，立刻通知我。"

"知道了，凌队。"

空降的凌雪枫就这么走了，秦陌也像小跟屁虫一样跟着师父走了。

几个公会管理面面相觑，好半天才回过神来！

这个爱吃红烧鱼到底是什么人？居然被好几家公会同时盯上！飞羽那边倒是说得过去，因为飞羽跟风色一样悲剧，拦截赏金任务被灭队。时光怎么也对他很感兴趣？难道他真是来历神秘的高手？总感觉有大事要发生的样子！

风行天下摸了摸下巴，坐回电脑前继续刷起冰霜神殿副本，却始终有点心神不宁。

"老大，刚才风色公会的卧底群里，副会长风雨同舟突然问起了爱吃红烧鱼的来历。"

正在打冰霜神殿副本的飞羽凉山收到这条消息，立刻回复道："他们怎么说？"

"他们那边反应超级迟钝，过了两三天终于想明白爱吃红烧鱼的来历不简单，这才开始调查。"卧底认真地汇报着，"还有件事，我怀疑昨天跟爱吃红烧鱼 PK 的那个血族召唤师可能是秦陌。"

飞羽凉山震惊地道："你是说凌队的徒弟秦陌？他来过网游？"

"嗯，当时风色的副会长说请来了高手，要教训爱吃红烧鱼。我想，风色公会的高手咱们基本都认识，不认识的那就是战队那边的职业大神，当时他们围堵爱吃红烧鱼的时候我也凑热闹去看了，感觉那个血族召唤师的风格很像是秦陌。"

飞羽凉山看到这里也不由得心惊。

——好险啊！

当初飞羽跟风色一样被团灭，也跟风色做出了一样的选择，会长飞羽凉山带了一批管理层高手，组了一个豪华精英队，想去教训一下爱吃红烧鱼。

结果风色公会抢了先，被爱吃红烧鱼团灭回去，飞羽凉山立刻机智地选择撤退，要是当时不撤退，说不定现在倒霉的人就是飞羽了。

飞羽这边的卧底比其他公会厉害，关键是会长飞羽凉山经常看谍战片，对这方面比较有心得，所有卧底都是跟他单线联系，卧底之间彼此不认识，这样就能做到消息的绝对保密，不像风色和时光那样开个卧底群，卧底里还夹着别人家的卧底，很多消息就容易流传出来。

想到这里，飞羽凉山自豪的同时又觉得心累，玩个网游就跟玩谍战片一样……都快玩出精神病了！

卧底继续认真地私聊他道："会长，我觉得这件事有蹊跷，如果风色的那个血族召唤师真是秦陌的话，秦陌输给网游里的高手不应该吧？而且，爱吃红烧鱼不仅自己是高手，他身边那个剑客和治疗也特别厉害。这么多路人高手聚在一块，在网游里真不常见。"

向来冷静的会长自然早就意识到了这一点，所以才想查清楚爱吃红烧鱼的来历。

照理说，网游里高手确实也有，毕竟中国那么大，不可能所有高水平的人都去打职业联赛。国内有不少由于"家长不同意""年纪不合适"等原因无法打联赛的高手，选择在网游里自娱自乐，但是，那些路人高手大多在各大公会坐镇，偶尔有单玩的也在国服排行榜上，每个 ID 说出去都是大名鼎鼎。

——爱吃红烧鱼？爱吃回锅肉？会开花的树？

这都什么乱七八糟的名字？完全没有听过，会不会是职业选手的小号？

想到这里，飞羽凉山立刻回道："风色那边你继续跟进，我们先按兵不动。我会让大家多注意一下，先别招惹这个爱吃红烧鱼。"

"知道了会长。"

飞羽凉山摸了摸下巴，突然抬头在办公室问道："战神，你知道苏队在哪儿吗？"

坐在对面的飞羽战神立刻抬起头来："啊？叫我？"

这家伙刚刚正在带队打副本，估计没听清楚。

飞羽凉山接着问道："我前两天不在战队，队长人去哪了？怎么好几天没见到他？"

"哦！"飞羽战神回答道，"这几天咱们战队没比赛，加上第一轮循环赛之后联盟会放假一周，队长干脆凑了十天长假，带着副队一起到内蒙古旅游去了。"

飞羽凉山："……"

爱旅游的队长每次有假期都要出门。

既然苏队跑去内蒙古看大草原，那就等他回来了再说吧。

反正爱吃红烧鱼撑死也就三个人，还能把他们飞羽公会搅得天翻地覆不成？

美国纽约。

李沧雨、白轩和谢树荣看完比赛之后，谢树荣正准备回去，白轩却笑着说："刚才你俩打赌，好像有人押错了要洗碗，是谁来着？"

李沧雨不客气地指向谢树荣："是阿树。"

谢树荣顿时一脸痛苦的表情。

白轩的心情颇为愉快，又能找到借口欺负某树，这感觉真棒。

"阿树，去洗碗。"白轩微笑着指了指厨房。

被赶去厨房洗碗的谢树荣，一脸奔赴刑场的模样，戴着塑胶手套把碗筷放进水池里，苦着脸问道：“白副队，接下来要怎么做？”

白轩说：“洗干净。”

谢树荣讨好地笑着说：“怎么洗啊？”

白轩说：“用水洗。”

谢树荣：“……”

用水洗这些油腻的玩意儿弄了满手还是洗不净！

谢树荣这才反应过来要倒一些洗洁精，找来找去没找到，又狗腿地凑了过来，笑着问道：“洗洁精呢？”

白轩指了指他头顶的柜子：“上面。”

“哦。”谢树荣总算拿到正确攻略，找出洗洁精，倒进水池里，开始艰难地洗盘子。

白轩看他埋头认真洗碗的模样，心里不禁好笑。

这家伙跟李沧雨一样也是厨房白痴，估计平时只顾着打比赛和研究战术，基本不进厨房。趁机整他一下，也算让他多学一点生活技能。白轩抱着胳膊笑眯眯地看他洗碗。

别说，谢树荣这家伙长大以后比以前帅多了，第三赛季他刚出道的时候白轩记得他的个子只有一米七左右，比自己稍矮一点点，打起比赛来相当凶狠，就像发疯的狼一样追着治疗猛砍。

三年过去，谢树荣长高了十几厘米不说，人也成熟不少，估计是背井离乡在美国打比赛的经历让他比以前更加稳重了。

就是不知道他当年为什么要离开飞羽。

白轩对此十分好奇。

第三赛季飞羽的老队长退役，将队长交给苏广漠。飞羽战队有三位人族剑客选手师出同门，第三赛季时，神迹联盟大名鼎鼎的“三剑客”说的正是他们三个师兄弟。也正是这三位高水平剑客的联手，将飞羽战队直接送上了第三赛季冠军的宝座。

飞羽现任队长苏广漠是谢树荣的大师兄，在白轩印象里，他们感情似乎挺好的啊……

白轩正疑惑着，成功洗完盘子的谢树荣突然回过头来，微笑着问道：“洗碗任务完成，白副队有没有奖励？”

白轩瞪他一眼：“让你蹭饭就不错了，还想要奖励？”

谢树荣无奈道：“以后我每次吃完饭就负责洗碗，你看怎么样？”

白轩微笑：“这还差不多。”

谢树荣道：“那我明天继续来蹭饭行吗？”

白轩不忘叮嘱他：“饭钱记得带！”

谢树荣微笑起来：“知道了，不会让你白忙活的。”

次日早晨，李沧雨和白轩照例在 8 点钟准时起床，两人一起吃了早饭，差不多 8 点半的时候就坐回电脑前，登录了神迹月光森林大区。

小顾很积极地等在那里，一上线就主动发来组队消息。只是谢树荣还没上线，队友不齐，李沧雨也不急着刷副本，在语音频道跟小顾聊了起来。

同一时间，风色公会。

会长风行天下的私聊弹窗立刻有人发来消息：“爱吃红烧鱼上线了，坐标冰霜神殿副本西边的入口！”

风行天下精神一振，立刻带着一群管理集体来到战队训练室，激动地说道：“凌队！红烧鱼上线了！”

凌队并不在训练室里，倒是副队长颜瑞文、主力选手郭旋和许非凡由于机票都订在明天，还留在战队训练室里随便看视频。

听到这话，颜瑞文一脸的疑惑：“什么意思？饭堂做了红烧鱼吗？”

风行天下：“……”

知道真相的秦陌立刻说道：“我去叫师父。”

颜瑞文、郭旋等人依旧一脸茫然，风行天下只好挠着头给他们仔细解释了一遍。

“没搞错吧？六个人被三个人打团灭？”颜瑞文惊讶地说，“这人什么来历啊？”

风行天下道：“具体不清楚，凌队说红烧鱼一上线就告诉他。”

很快，凌雪枫被秦陌叫了过来，表情平静地说：“给我一个新区魔族召唤师的账号。”

颜瑞文在旁边坐下：“我也去看看。”

郭旋、许非凡和秦陌则自觉地站到了他们的身后。

“凌队、颜副队，直接用我们的号吧。”风行天下说罢就立刻输入会长和副会长的账号密码登入游戏。

“坐标？”凌雪枫问。

“冰霜神殿副本西面入口。”

凌雪枫操作着风行天下的魔族召唤师朝入口处赶去，颜瑞文紧随其后。

网游里，李沧雨和小顾聊了几句，谢树荣正好上线，四个人组在一起刚要进冰霜神殿副本，突然有两个熟悉的ID跃入眼帘，整齐地朝这边走来。

风行天下、风雨同舟……风色公会的正副会长！

谢树荣看见这一幕，忍不住惊讶地道：“风色的会长精神可嘉，又来送死吗？”

白轩笑着说：“或许是巧合？他们也要打冰霜神殿副本？”

毕竟这里是副本门口，遇到风色的会长也不奇怪，白轩的说法还是非常靠谱的，只可惜，话音刚落，李沧雨这边的屏幕上就弹出来一条消息。

——玩家［风行天下］，种族［魔族］，职业［召唤师］，等级［40级］，请求与你切磋。

白轩无奈道：“看来是我想多了，他们还真是冲着你来的。”

李沧雨笑了笑，在附近频道发去条消息：“怎么回事？一个个都来找我切磋，我惹你们了啊？”

站在凌雪枫背后，看见电脑屏幕里弹出这句话的风行天下简直一脸血！

你没惹我们？你团灭了我们两次！

可是仔细想想，又觉得他说得很有道理。团灭两次……咳咳，赏金任务是自己送上门的。秦陌被虐……咳，还是自己送上门的！

所以，风色公会的管理们真是有气说不出口，这种“自己送上门找虐”的感觉实在太糟糕了。

凌雪枫看到这句话，表情倒是依旧平静，继续给他发过去一行切磋邀请。

——玩家［风行天下］，种族［魔族］，职业［召唤师］，等级［40级］，请求与你切磋。

——［爱吃红烧鱼］拒绝了你的切磋邀请。

不接？很好，那我只能来强的。

——［风行天下］对［爱吃红烧鱼］开启了屠杀模式，倒计时3、2、1！

真正的风行天下此刻正站在凌队身后，一脸惊呆了的表情。

凌雪枫就是这么果断干脆的个性，他想跟爱吃红烧鱼切磋几招以确定对方到底是不是那个人，对方既然不接，他只好开屠杀模式强来。

李沧雨对此有些意外，无奈地说：“风色公会这是要跟我杠上了吗？”

顾思明兴奋地道：“虐他虐他！猫神虐死他们！”

正说着，屠杀模式倒计时结束，李沧雨的屏幕边缘出现象征自由杀戮的红色，而面前的魔族召唤师也迅速召唤出他的女妖，一招魅术准确无误地丢向李沧雨！

飞羽步！

几乎是对方出手的瞬间，李沧雨也同时出手。

多年的大赛经验加上他对召唤师职业极深的了解，他的手指总能在第一时间跟上他的思路，巧妙的轻功位移，恰到好处地躲掉了凌雪枫的起手强拉技能。

凌雪枫的手指变得更快，紧跟着召唤出骷髅步兵，想将对方强行禁锢在原地！但是李沧雨却在移动的同时召出自己的水精灵宠物，抢先一步冻住了魔族的骷髅步兵！

凌雪枫立刻唤出黑乌鸦，用“遮天蔽日”控制对方视野。然而，就像是心有灵犀一般，李沧雨也召唤出自己的雷精灵，一个“雷霆之怒”的大招，直接将黑乌鸦全部劈死！

凌雪枫放出乌鸦就是为了逼对方雷精灵的大招，见对方大招已放，凌雪枫毫不犹豫地回头爆手速用召唤师的攻击迅速秒掉了李沧雨的水精灵！

被冻住的骷髅步兵解放，魔族骷髅一分为二，朝着不远处的召唤师猛扑过去！

李沧雨对付魔族的骷髅步兵自然也有自己的心得，唤出火精灵连续四个大火球不客气地左右砸来，魔族的宠物瞬间变成一堆飞灰。

围观群众都看呆了。

刚刚只是一眨眼的工夫，凌队和对面的精灵族召唤师就连续换了三种宠物——控制、杀宠、走位、反控、群攻、反杀——流畅无比的操作，你来我往，就像是一场最华丽的表演！

凌雪枫没有再行动，原地停了下来。

李沧雨也没有再动手。

那一刻，魔族召唤师和精灵族召唤师在冰霜神殿的门口对峙，周围的一切好像都安静了下来，游戏里来来往往的玩家，身后围观的风色战队选手和公会管理们全都目瞪口呆……

高手对决，就像世界只剩下彼此，一切外界的干扰在他们心里都已经不复存在。

沉默了良久后，凌雪枫才心情复杂地在私聊频道敲过去几个字：“真的是你？”

李沧雨也发来个握手的表情：“好久不见。”

——他们对彼此太过了解。

——他们认出彼此，只需要不到 10 秒的时间。

——宠物交换，技能交锋，熟悉的打法，熟悉的风格，还有那个最熟悉的名字。

——李沧雨。

——凌雪枫。

CHAPTER 10

往事

神级召唤师

SHENJI ZHAOHUANSHI

李沧雨第一次见到凌雪枫，还是十七岁那年在网游里的时候。

当时神迹中国区刚开放，李沧雨跟几个好哥们一起去了神迹第一大区“魔法学院”，他们几个好兄弟是从小一起玩到大的发小，感情就跟亲兄弟一样好。

五个人一起组队在新区升级，并肩走出新手村，走到第一座主城，打过第一个副本，刷到第一件装备，一路开开心心地升到 35 级，虽然磕磕碰碰的经常团灭，可过程却充满了乐趣。

35 级会开启神迹当中比较有难度的副本“冰霜神殿”，当时还是菜鸟的五个人，试着打了三个小时还是打不过Boss，无奈之下只好在世界频道喊人来。

“冰霜神殿来个暴力输出！就差一个！”

就在这时，一个名叫 LXF 的魔族召唤师迅速加入了队伍。

那人穿着一身帅气的黑色魔族套装，背上还有双黑色的翅膀，翅膀上泛着光，看上去有点儿厉害。

李沧雨好奇地问道：“LXF，这三个字母是不是你名字的拼音缩写？”

“嗯。”凌雪枫也不掩饰，回道，“随手取的。”

那你也够懒！李沧雨心里吐槽着，打字道：“加个好友，一起刷副本吧。”

凌雪枫问：“你会打？”

李沧雨很诚实：“不会。”

凌雪枫果断地道：“那跟我走吧，我会。”

六人组队一起打副本，让李沧雨意外的是，这个魔族召唤师的水平非常高，对打 Boss 颇有心得，带着他们几个人非常顺利地一次就打通了冰霜神殿副本。

拿到不少装备的几人立刻激动地在队伍频道刷屏：“高手啊！”

接着其他人纷纷加了凌雪枫好友。

魔法学院是国服开放的第一个新区，大部分人都是第一次打冰霜神殿副本，他这么熟悉 Boss 的打法，明显不是刚玩神迹。

李沧雨疑惑地私聊他道：“你以前玩过这个游戏？”

对方回道：“在美服玩过几个月。”

李沧雨恍然大悟：“美服确实比国服早了半年，你在美服的号升到满级了吗？”

“嗯。”

“那你能不能带带我们？我们几个刚开始玩，都不是很懂。”

“没问题。”

既然是玩过神迹的高手，作为菜鸟的李沧雨自然对他多了些好感。

他每次回复的字都很少，似乎不喜欢说话，可难得的是他并没有摆架子，也不轻视还是菜鸟的李沧雨。

大家组队连续刷了几次副本，彼此熟悉了些，李沧雨觉得认识一个玩过神迹的老手挺好，有些问题忍不住就想请教他：“对了，我想玩精灵族召唤师，但论坛上的攻略都说精灵族最适合玩弓箭手，我觉得精灵召唤也会很强，利用敏捷的优势快速切换宠物来打控制，敏捷加高，后期暴击率就会升上去，正好弥补了宠物在攻击上的不足。”

“你是说全敏加点走暴击路线的精灵召唤？”凌雪枫是网游老手，对这种玩法自然不会陌生。

“嗯，我是这么想的。”李沧雨认真地说，“我昨天在论坛上问了问，所有人都说这种打法不可能实现，你既然在美服玩过，我就想问一下你，这么打可行不？”

作为小菜鸟的李沧雨虚心求教高手，凌雪枫并没有像其他人一样立刻否定他，而是鼓励道：“现在神迹刚开服，很多玩法都在摸索阶段。玩精灵召唤师全敏加点的人不多，但原理上并没有错。不用听别人怎么说，你有这样的想法，可以大胆一点去试试看。”

“好。”李沧雨本来就不打算放弃这种想法，被老手肯定，李沧雨觉得很高兴，也更加坚定了自己尝试精灵族召唤师的信念。

后来六个人经常一起打副本升级，熟悉之后才知道，凌雪枫在这个区建了一个风色公会，他居然就是风色公会的会长。

一区当时公会众多，但风色公会实力强劲、高手如云，拿下了不少世界Boss，名气最为响亮。

凌雪枫曾邀请李沧雨他们五个人加入风色公会，李沧雨却笑着说：“我们几个的水平比较菜，而且都自由惯了，大公会的活动不太想参与。”

凌雪枫便没有勉强他。

当会长肯定很忙，满级以后各种各样的公会任务开放，凌雪枫要带着公会的人做任务，跟李沧雨几人的交流便渐渐少了起来。

只是一到闲暇时间，他还是会在好友列表里找出那个ID叫“老猫”的家伙，问问对方的近况。

“召唤师的装备拿得怎么样了？”

李沧雨回复：“还差一个加法攻的项链。”

“今天打副本正好拿到多的，给你吧，伊苏城东门见。”凌雪枫拿着装备送过来给李沧雨。

“谢谢啊！”拿全装备的李沧雨十分高兴。

“来PK试试？”凌雪枫发去个切磋申请，李沧雨接受，两人在伊苏城东门前的大广场过起招来。

李沧雨自己琢磨了挺久的精灵族召唤师，渐渐研究出利用飞羽步走位，同时快速召唤宠物的打法，只不过，他目前运用得还不够熟练，不出半分钟就倒在凌雪枫的猛烈进攻之下。

被打趴的李沧雨倒也不气馁，爬起来说：“厉害！”

凌雪枫说：“看来你对精灵族召唤师的玩法已经有了些心得？”

李沧雨毫不避讳地说：“是啊，我这几天一直在研究，想法有了，但操作还不太熟练。”

“再来一局练手？”

“好。”有高手当陪练，李沧雨当然非常兴奋，立刻发过去一个切磋邀请。

两人就这么你来我去地打了一个多小时，一直到凌晨，才依依不舍地睡下。

从那天开始，每天晚上做完公会任务之后，凌雪枫都会来伊苏城的东门找李沧雨 PK。

其实当时的李沧雨第一次玩神迹，水平真的挺菜，凌雪枫有在国外服务器玩了半年神迹的经验，自然比李沧雨厉害些，两人交手，基本是打十次李沧雨能输十次。

不过，凌雪枫很清楚，对方现在输，那是因为经验不足、操作还不熟练，即使这样也能把自己逼到大招全开，再过一段时间，这个人肯定能跻身于高手行列。

两人经常在一起讨论召唤师的打法，比如，宠物要在什么时候召唤出来，要怎么操作才能让宠物用最短的时间移动到准确的位置，宠物的技能又该怎么搭配……魔族和精灵族的宠物虽然不同，但召唤师的打法原理其实是非常相似的。

互相交流的结果就是两人都在以飞快的速度进步，李沧雨总觉得每次交流都能从对方的身上学到不少东西，而凌雪枫也觉得老猫的思路非常新颖，能给自己不少启发。

因此，身为会长的凌雪枫哪怕再忙，每天晚上都会在固定的时间来伊苏城东门找老猫，而老猫也总是风雨无阻地等在那里，每次两人一见面，二话不说就互相发切磋邀请——他们之间，是真正的以武会友。

虽然两人没有在嘴上约定过，但每天晚上 10 点，一区很多玩家都会看见一个魔族召唤师和一个精灵召唤师准时在伊苏城东门外的大广场上切磋，一打就打到凌晨。

这天，连打五局之后，凌雪枫忍不住问道：“对了，老猫，能不能问问你多少岁了？”

“十七岁了。”李沧雨回复，“你呢？”

“比你大一岁。”凌雪枫说。

李沧雨心想，原来是同龄人，怪不得交流起来没有障碍。

凌雪枫却有些意外，“老猫”这个 ID 很容易让人联想到三十多岁的大叔，没想到居然是个十七岁的小少年，这明明是只装深沉的“小猫”吧！

想到这里，凌雪枫不由得回道：“你才十七岁，怎么叫老猫？”

李沧雨认真道：“听起来比较厉害。”

凌雪枫：“……”

沉默片刻后，凌雪枫说：“你年纪比我还小，不叫你老猫了，以后叫你猫猫。”

“随便吧。”李沧雨道，“说不定以后我会变成猫神，到时候送你一张亲笔签名哦！”

向来不苟言笑的凌雪枫，被少年自信又直率的话逗得不由得扬起了唇角。

他觉得这个家伙很有意思，年纪还这么小，想法新颖，思路开阔，进步飞快，关键是自信满满，还有种百折不挠的精神，被自己虐了那么多局却丝毫不知道气馁。他有种预感，这位名叫老猫的少年，如果能专注于神迹这款游戏，将来肯定有大成就。

知道对方的年纪跟自己差不多，两个人自然越来越熟，渐渐地成了无话不谈的朋友，一闲下来就在伊苏城东门前的大广场上等对方，交流心得、彼此切磋。

菜鸟李沧雨老是输在高手凌雪枫的手里，但他并不觉得挫败，他才刚开始玩神迹，凌雪枫能教他很多知识，每次被打趴之后他都会立刻爬起来继续打，每天都在为自己的进步而欣喜。

“这次我在你的手里活了 65 秒，比上次进步了 5 秒。”

“你进步很快，我也被你打成了残血。”

李沧雨认真地说：“下次说不定就能赢你。”

凌雪枫道：“加油。”

总有一天，他会反过来把凌雪枫打趴下的。李沧雨一直这样坚信着。

然而，没等到这一天，中国区神迹联盟就成立，神迹官网也公布了正式开展职业联赛的消息。

为了吸引优秀的人才加入职业联盟，神迹第一赛季的奖金开得非常高，官方甚至承诺，所有打进季后赛的队伍都会给予经费支持，让选手们可以免除后顾之忧。

听说很多地方都在组建神迹战队，李沧雨从小就经常看各种电竞比赛，加上他特别喜爱神迹召唤师的玩法，就想着去参加这次联赛试试。

正好白轩和另外三个发小对职业联赛也很感兴趣，几个人经过网游里这段时间的磨炼，也都成了一区出名的高手。五个人一合计，立刻去网吧包了个包间，兴奋地讨论起组队的可能性。

“队长就让李哥来当吧！”有人提议道。

“没问题。”李沧雨也没客气，反正在这群发小当中他一直担任着保护大家的老大的角色，想了想，便说，“我们先把队名给定下来。”

一群人各抒己见，什么征服战队、傲视天下之类，想了半天还是没有合适的。

最后还是英文很好的白轩说出来一个名字：“不如叫 FTD ？ For The Dream 的英文缩写。”

李沧雨觉得这个名字挺特别，而且寓意深刻，便拍板定了下来：“行！就叫 FTD 战队！”

“太棒了！ FTD 战队！”

“加油，这个赛季的冠军就是我们的了！”

“几十万大奖等着我们啊！”

一群热血少年激动无比，就好像自己已经站在了颁奖台上，即将捧起冠军的奖杯一样。

还是白轩比较冷静，说道：“按照官方网站的公告，神迹联赛的擂台赛要三个人，你们三个输出上的话正好够。但团战是 6V6 夺水晶的模式，我们五个人……还差一个，要不要把那个 LXF 拉过来？”

旁边的哥们附和道：“对啊！说不定他也想打职业联赛呢？”

白轩回头看向李沧雨：“你觉得呢？”

李沧雨说：“等我问问他吧。”

让凌雪枫加入队伍，这是白轩的提议，其实李沧雨也有这个想法。

跟凌雪枫认识的时间虽然不长，可很奇怪，每次跟凌雪枫交流的时候他都有种遇到知己的感觉。凌雪枫虽然话不多，但每句话的含金量都很高，他比自己大了一岁，想法上比自己要成熟，可能是他在美服玩过一段时间的缘故，对神迹也比自己更加了解。

如果能把这样强力的人拉进队伍里，FTD 战队肯定会实力大增。

李沧雨正想着怎么开口，结果，次日早晨，他刚睡醒就接到了一个电话。

由于网游里经常一起刷副本，还经常在伊苏城广场 PK，他跟凌雪枫之前就留下了彼此的手机号方便联系。来电显示正是凌雪枫的号码，李沧雨疑惑地接起来问道："喂？大清早找我怎么了？"

电话那头传来一个少年冷静的声音："你今天有空没？我正好在杭州，出来见见吧。"

之前聊天的时候李沧雨说起过自己正在杭州读书，没想到凌雪枫会过来，真是说曹操曹操到。

李沧雨立刻说道："好，你定个地方，我这就出来。"

片刻后，李沧雨到达约定好的地方，推开包间的门一看，却惊讶地发现屋里居然坐着三个人。

虽然以前并没有见过面，可李沧雨却在第一眼就认出了凌雪枫，站在中间的少年穿着雪白的衬衫和浅蓝色的牛仔裤，身材挺拔而修长，容貌英俊，一双眼睛漆黑深邃，脸上的表情透着一丝难以接近的冷淡，很像凌雪枫在网游里的个性。

在他旁边的两个男人，一个戴了副银框眼镜，一副职场精英的模样，另一个穿着格子 T 恤和休闲裤，比凌雪枫要年长一些，年龄应该超过二十岁，对李沧雨露出一个温和的笑容。

中间的少年主动伸出手说："你好，我是凌雪枫。还不知道你的名字？"

"我叫李沧雨。"李沧雨跟他握了握手，疑惑地道，"这两位是？"

凌雪枫并没有多说废话，直截了当地道："戴眼镜这位是风色战队的经理朱平，右边这位是风色战队的主力队员袁少哲，今天我们一起过来，是想正式邀请你加入风色战队。”

李沧雨：“……”

没想到居然是这样的结果，他还想邀请凌雪枫加入FTD战队来着！

凌雪枫的语气很认真：“我当初回国就是为了组建战队，风色公会管理层的不少高手都是我们物色的种子选手，风色战队目前已经正式注册成立，队员、赞助、训练室、宿舍全部到位，现在还缺一个副队长，如果你愿意，我想请你来担任风色战队的副队长，跟我一起去打神迹职业联赛。”

李沧雨沉默下来，心情有些纠结。

袁少哲见他没反应，便笑眯眯地说道：“我是小凌的表哥，经常听他提起你，说你玩召唤师的想法非常新颖，有天分而且进步飞快，是难得一见的电竞天才。所以，我们今天是非常有诚意地想要邀请你加入风色战队。我跟经理亲自过来，合同都带了，你同意的话我们就可以当场签约。”

旁边的经理朱平也跟着说：“风色战队虽然有很多高手，但雪枫坚持要把副队长的位置留给你，我相信他的眼光，也相信你的潜力。这是给你的合约，希望你好好考虑一下。”

李沧雨接过合同仔细看了看。

风色给他开出的条件确实不错，可是，如果他加入风色的话，白轩他们怎么办呢？

昨天晚上刚刚商量好要建一支队伍，小白还给队伍取了个很特别的名字，For The Dream，FTD战队。当时的大家那么高兴，充满了希望，还把自己选为战队的队长，自己又怎么能丢下他们一个人走掉？！

这样的事情，李沧雨做不出来。

所以，哪怕风色给他开出的薪资待遇非常之高，他依旧很果断地把合同递了回去，看了凌雪枫一眼，说道：“谢谢你们对我的赏识，但很抱歉，我不能去风色战队。”

朱经理有些惊讶：“是待遇不够好吗？”

“不是待遇的问题。”李沧雨认真地说，“我想自己建立一支队伍。”

听到他这句话，三人脸上的表情都有些复杂。

沉默片刻后，袁少哲才笑着说：“有志气是好事，不过，小李啊，自己建队可没你想的那么简单，人手、资金、战队宿舍、训练室，很多东西都要准备，还要跟联盟提交申请。”

“我知道。”李沧雨的态度很坚决，“这些困难，我会跟几个朋友一起去解决。”

“你别把事情想那么简单。”凌雪枫突然说道，“目前除了风色，神迹联盟正式注册的战队已经超过八支，其中还有飞羽、时光这样的强队。如果你加入风色，我们联手，我有信心拿下总冠军。而你自己建队，你很可能连季后赛都打不进去，更别说是拿到奖杯。”

“那又怎么样？”李沧雨抬头迎上凌雪枫的目光，从这少年的眼中看到了同样的坚决和信心。

他知道凌雪枫的邀请是诚心诚意的，但他不能就这样丢下自己的四个发小加入风色战队。他不是那种自私自利、不顾承诺的人。既然已经决定跟白轩他们一起组队，已经答应要当 FTD 战队的队长，他就应该担起这份责任，不辜负起几个好哥们共同的期望。

李沧雨用同样平静的语气，对凌雪枫说道：“就算拿不到奖杯，我也不会后悔。”

三人：“……”

袁少哲简直无语，这么倔强的少年，真是没见过啊！直接过来当副队长不好吗？

现成的战队宿舍、现成的训练室、现成的强力队友甚至还有高薪待遇！非要钻牛角尖自己去建队伍，你以为自己建队是那么容易的？

可是，对上李沧雨坚定的目光，袁少哲却有些心惊。才十几岁的少年，就有这样果断坚决的魄力，无视钱财和奖杯的诱惑，坚持自己的想法——这个李沧雨，以后肯定了不得！

袁少哲回头看了眼表弟凌雪枫，发现他的脸上明显闪过一丝失望。

小弟其实很喜欢这个李沧雨，当时战队经理完全不相信一个精灵族召唤师能有多厉害，是凌雪枫力排众议，非常坚定地推荐李沧雨，并且以自己队长的身份作为担保，经理才肯专程跟着跑一趟。

合约方面，凌雪枫也跟经理谈判很久，尽量给李沧雨开出了最高的薪酬待遇。

没想到居然是这样的结果……

对上凌雪枫深邃的目光，李沧雨主动伸出手说："谢谢你，凌雪枫，我知道你肯定费了不少工夫，还特意留副队长的位置给我。但是……很抱歉，我已经答应了几个朋友要自己建队伍，或许我们注定没办法变成队友，以后只能赛场见了。"

面前的少年，一双眼睛里乌黑清澈得没有一丝杂质，凌雪枫知道，自己不论说些什么，都不可能再动摇他的决心。

他们其实是一样的人，只要认定了目标，就会很坚定地走下去，哪怕撞得头破血流，也不会轻易弯下自己的脊梁。

"那就祝你建队顺利。"凌雪枫终于伸出手来，看着李沧雨的眼睛，一字一句地说，"既然没办法变成队友，希望有朝一日，你能成为我最强的对手。"

"我期待那一天。"李沧雨说。

"赛场见。"凌雪枫说。

那一年的杭州，两个少年的手紧紧地握在一起，用这个简单的动作来表达对彼此最纯粹的欣赏。

当时的他们并不知道以后的职业联盟会发展成什么样子，凌雪枫没有料到第一赛季突然杀出的时光战队会击碎他的冠军梦，李沧雨也没有料到 FTD 建队之后会经历那么多的波折。

那时候的他们，只是在网游里认识的好友，交流心得、彼此切磋、慢慢摸索、一起进步。

他们同样怀揣着梦想，同样期待着将来的某一天能亲手捧起金色的冠军奖杯。

后来发生了很多事，FTD 战队解散、转移、重组、又解散……经历过那么多挫折的李沧雨，个人水平已经成了世界级的一流高手，心境也不像当初的少年那样单纯。

李沧雨习惯了绞尽脑汁在赛场上谋得一线生机，也渐渐变成了心思缜密、精于算计的队长。但对他而言，凌雪枫这个名字，依旧是心里最柔软的存在。他始终记得年少时代里凌雪枫跟他说过的话。

——不用管别人怎么说，你有这样的想法，可以大胆一点，去试试看。

——既然没办法变成队友，希望有朝一日，你能成为我最强的对手。

没想到凌雪枫当年一语成谶，后来，李沧雨坚持自己的想法将精灵族的召唤师玩得炉火纯青。再后来，李沧雨也果然成了凌雪枫在赛场上的死敌。

就像命中注定的一般，他们或许没法并肩作战，但他们却是彼此心里最强的对手和最欣赏的知己。

回想起年少时的那些往事，李沧雨和凌雪枫一时都沉默下来。

良久之后，凌雪枫才打字问道："你果然又玩起了精灵族召唤师，是准备回归神迹吗？"

李沧雨道："当然，我还没拿过冠军，有点不甘心！"

经历了这么多，这家伙还是跟以前一样自信。

电脑那边的凌雪枫看到这句话，唇角不由得微微扬起了一个似乎在笑的弧度，目光中也渐渐浮起了一丝难得的温柔。

他用曾经在赛场虐过无数人的双手，在键盘上快速打字道："加油。我等你回家。"

——三年，李沧雨，你终于要回来了。

去武林只能算是短暂的远行，神迹联盟才是你真正的家。

这几年，风色战队在神迹职业联盟所向披靡，凌雪枫在擂台单挑场上更是鲜逢敌手。

同期的选手大多退役，年轻一代的选手对他满是敬重，照理说，凌雪枫已经算是一位成功者，可他的心底深处却有一个始终无法填满的缺口，那正是他留给李沧雨的位置。

他们相逢于网游里，十七岁的李沧雨和十八岁的凌雪枫，单纯的少年、简单的时光以及最纯粹的友情。虽然因为各自的理想没能变成队友，反而走上了互相敌对的位置，但他们的互相欣赏却始终没有变过。

为他战队解散、历经磨难而心疼。

却也为他自信依旧、再次回归而欣慰。

——李沧雨，我相信你一定会向所有人证明自己的实力。

——我在神迹，等你回家。

CHAPTER 11

凌雪枫

神级召唤师

SHENJI ZHAOHUANSHI

风色战队的所有围观党，此时都有种做梦一样的不真实感。

——因为凌队居然笑了。

凌队在微笑？说出去都不会有人信的！

凌雪枫平时总是神色冷淡，说话斩钉截铁，给人的感觉是很强势、很果断的一个人，队员们几乎没怎么见他笑过，哪怕风色战队拿下冠军的时候，他面对记者也是一副严肃的模样，然而现在，他不仅唇角带着一丝微笑，眼中还明显流露出一种温柔的情绪。

众人：“……”

我们一定在做梦。

一群公会管理和战队队员们都是一脸茫然的表情。

小徒弟秦陌最为茫然，他本来还期待着师父能好好虐一下爱吃红烧鱼给自己报仇，正常剧本不应该是这样的吗？徒弟被欺负了，师父出面报仇出气，把爱吃红烧鱼打到求饶？

结果，师父跟爱吃红烧鱼聊了起来，似乎很熟的样子，完全把自己丢到了脑后……

秦陌有些纳闷，但他也不敢在师父面前说什么，只能默默地旁观。

倒是知道点内情的颜瑞文最先回过神来，震惊道：“凌队，这人是李沧雨吗？”

凌雪枫表情平静：“嗯。”

精灵族召唤师，10 秒内连换三个宠物，跟凌队打成平手一点亏都没吃，果然是李沧雨！

颜瑞文一脸被雷精灵大招劈中了的表情：“他真的回了神迹！可他在新区

干什么？”

“应该是在重新组队物色队友。”凌雪枫道。

“怪不得。”颜瑞文恍然大悟道。

跟凌雪枫搭档多年，颜瑞文很清楚李沧雨在队长心中的地位，怪不得他连表情都变得柔和下来，原来，这个爱吃红烧鱼真是他挂念了三年的李沧雨……

凌雪枫转了一下转椅，回头淡淡地道：“会长，风色公会那边，以后遇到爱吃红烧鱼不要再去主动招惹，他要是来杀你们，你们就避开。”

风行天下：“……”

说好听点是避开，说难听点就是逃跑，这似乎不符合风色公会的作风？

颜瑞文笑道：“跑得掉算你好运，这人可是大神。”

风行天下疑惑道：“大神？职业级的吗？”

颜瑞文说：“跟凌队水平差不多的。”

风行天下：“……”

天啊！这是多大的一尊神！居然跟凌队的水平差不多？！他们六个人被灭真是太活该了。

秦陌听到这里，也疑惑地抬起头来：“副队，你说他的水平跟我师父差不多？”

“嗯。”颜瑞文看了凌雪枫一眼，笑着说，“他是凌队最强的对手，当年FTD战队的队长，老猫。”

众人：“……”

猫神的大名，或许其他战队的人早就忘了，但风色的人绝对不会忘。

当年，光是猫神和凌队谁是第一召唤师的问题，神迹官网的召唤师论坛就血雨腥风地掐过几十个帖子，加上李沧雨和凌雪枫经常在擂台赛彼此错过，这个问题也就成了神迹联盟的未解之谜，经常被粉丝们拎出来讨论。后来李沧雨带队转移，在神迹的人气下跌，凌雪枫就成了很多召唤迷心目中的最强者。可风色的人都知道，队长最认可的职业选手，其实正是这位猫神。

自己居然不知死活地组队去杀猫神！

知道真相的风行天下不由得擦了擦额头的冷汗。

被灭两次是猫神手下留情，他要是真计较起来，风色公会会被杀得鸡犬不宁吧？

凌雪枫目光平静地看了大家一眼，接着说道："这件事暂时保密，不要让其他公会或者战队的人知道，免得影响他在游戏里的发展。"

众人立刻点头如捣蒜："知道了，队长！"

凌雪枫看向一脸震惊的小徒弟："那天单挑的时候录像了吗？"

"录了！"风行天下当时正好录了像，神迹当中的录像可以保存在账号里面在线观看。听队长一问，风行天下立刻积极地走上前来，打开录像列表中被命名为"秦陌单挑红烧鱼"的文件。

凌雪枫仔细看完录像，回头朝秦陌说："看在你是我徒弟的分上，他让了你 30% 的血。"

秦陌："……"

原来他还让了自己？这个真相实在太打击人了……

凌雪枫拍了拍徒弟的肩膀，接着说："第三赛季之前，神迹联盟很少有人单挑能赢他，后来他带队去武林那边，又学会了很多新的战术，他现在的实力只会比当年更强。你输给他很正常，没必要失去信心。"

被安慰的秦陌心里总算是好受了些。

爱吃红烧鱼居然是如此厉害的职业大神？而且水平跟师父相差无几？自己一个刚出道的新人，被他虐一次，似乎也不算丢脸。

想到这里，秦陌的心情终于阴转晴，看着凌雪枫说道："师父，这位猫神在新区练级，是想组队回神迹打联赛的意思吗？"

凌雪枫点头："嗯。"

颜瑞文突然想到个问题："这已经是他第三次组队了，这次的队伍应该会比前两次要强吧？"

"那是自然。"凌雪枫对此毫不怀疑，"沧澜解散，他没了照顾那些好兄弟的压力，就可以按自己的想法组一支全新的队伍。以他的战术素养，组出来的队伍绝对不会是弱队。"

颜瑞文若有所思地摸了摸下巴："这么看来，明年甲级联赛的八支战队恐怕要大换血了。"

凌雪枫对此也非常期待。

一想到那个男人回归到赛场之后神采奕奕的样子，凌雪枫就按捺不住激动的心情。

又能在赛场见到他了，真好！

游戏里，白轩也很快认出了风行天下背后的操作者，忍不住轻声问："是不是凌雪枫？"

李沧雨点头道："没错，还是不可避免地惊动了他。"

当初杀秦陌，李沧雨只是想给嚣张的小少年一个教训，但他并不了解秦陌的个性，也没想到傲娇秦陌小少年居然遭受严重打击后玻璃心碎裂，在赛场上走神，导致风色输掉了比分。

昨天看比赛的时候李沧雨就有种不妙的预感，秦陌发挥失常，凌雪枫肯定会找到原因出面干涉，没想到今天一大早，凌雪枫就在电脑前等着自己。

不过，很久不见的老朋友再次遇见，李沧雨倒也倍感亲切。

神迹职业联盟第一赛季出道的老选手大多数都已经退役了，他跟凌雪枫相识于年少时，又同是召唤师，总觉得两人之间的共同语言最多。

尤其是凌雪枫打来的那句"我等你回家"，让李沧雨的心里非常温暖。

李沧雨混了这么多年，虽然没混到过任何奖杯，但神迹这边还是有人记挂着他的，还是有人在等着他回来，这样的人不需要太多，一个就足够了。

"话说，你徒弟没事吧？"李沧雨想到赛场上脸色苍白的秦陌小朋友，忍不住有些担心，十六岁的小秦陌似乎还是凌雪枫重点培养的种子选手，可别把人虐出心理阴影了吧？

"没事。"凌雪枫回道，"他年纪还小，你教训他也是应该。"

被欺负的秦陌什么都不敢说，只能默默站在师父的后面垂下了脑袋。

凌雪枫回头道："小秦，你坐到颜副队的位置上，用副会长的血族召唤师账号再跟猫神切磋看看。"说着又私聊李沧雨，"这孩子潜力不错，就是心态不够稳定，你再教训教训他？”

李沧雨不干了：“让我帮你教徒弟？想得倒美。要是把他教成大神，以后在赛场遇到岂不是自讨苦吃？”

凌雪枫道：“有学费。”

李沧雨好奇地问：“什么学费？”

凌雪枫道：“你不是最爱吃鱼吗？回国后我给你做酸菜鱼吃。”

李沧雨沉默了片刻，回头问白轩：“你会做酸菜鱼吗？”

白轩说：“不会，我只会做红烧鱼和清蒸鱼。”

李沧雨立刻在游戏里回道：“成交。”

白轩忍无可忍，不由得瞪着他说：“你为了一条鱼，连原则都不要了啊？”

李沧雨认真地说：“鱼可以吃，原则不能吃。”

白轩：“……”

好吧，他说得也有道理。

风色这边，看队长用酸菜鱼跟猫神讨价还价，众人都是一脸风中凌乱的表情，总觉得队长遇到猫神之后哪里不对！还有，队长会下厨？简直无法想象他一脸冷淡地穿着围裙做酸菜鱼的样子！

秦陌也是表情复杂，师父把自己送去给猫神虐，还要给猫神做酸菜鱼当学费，这买卖真的划算吗？

不管怎样，师父的话他从来不敢违抗，只好操作着风雨同舟的账号走到对方面前。

凌雪枫说道：“静下心来仔细学。”

“嗯。”秦陌深吸口气，却见屏幕上弹出爱吃红烧鱼发来的组队邀请。

看到这条消息的凌雪枫不禁私聊问：“组他干什么？”

李沧雨道：“周围有不少公会在围观，这里 PK 目标太明显，进副本吧。”

“有道理。”还是猫猫更细心。凌雪枫这么想着，也顺手发去个申请入队的请求。

李沧雨开启了冰霜神殿副本，把队伍里的六个人集体传送到副本当中，这样一来，就算副本里面闹翻天，外面的人也看不见。

——玩家［爱吃红烧鱼］，种族［精灵族］，职业［召唤师］，等级［40 级］，请求与你切磋。

屏幕里弹出这行提示，秦陌便硬着头皮接了下来。

由于师父坐在身边，颜副队、郭旋、许非凡还有公会的管理们都在旁边观战，秦陌顿时有些紧张，不知道自己该召唤出什么宠物来。

李沧雨倒是很平静地召唤出水精灵，用水球术控制住秦陌。

凌雪枫在旁边低声指导："水球术的伤害不高，最多冻你 3 秒，你可以等 3 秒结束的时候隐身躲他的后续大招。"

"嗯！"秦陌认真地点了点头。

李沧雨知道这孩子信心还没恢复，手下的动作也不由得放慢了些。

等了 3 秒，冰冻效果结束，他才慢吞吞地召唤出火精灵。

秦陌立刻敲击键盘，用血族的通用种族技能"夜色降临"让自己强行进入黑暗隐身状态，顺利躲掉了火球术的攻击。

"躲掉了！"秦陌兴奋地喊了出来。

喊完之后又忍不住红了脸，不就躲掉了一个小火球吗，居然激动成这样，自己也是够没出息的。

接下来该怎么办？

秦陌想了想，决定召唤出自己的血蜘蛛，打算趁着隐身的机会控住对手。

果然，血族一旦隐身，召唤出来的宠物也是隐身状态，秦陌偷偷绕到精灵召唤师的背后，把自己的血蜘蛛放了过去——定身成功！

凌雪枫赞赏道："很好，继续打。"

秦陌这次遭受的打击太严重，信心几乎崩溃，需要慢慢地恢复元气，李沧雨肯配合他帮这个小徒弟，凌雪枫其实非常感谢。

在李沧雨不动声色地相让之下，秦陌打了整整两分钟才败下阵来。

总不能让得太过分直接输给秦陌，那样所有人都不会相信，所以李沧雨分寸把握得很好，自己掉了不少血，然后杀掉秦陌，让秦陌觉得有希望赢，但还差那么一点。

打完这局后，秦陌脸上的神色总算是明朗起来，还很认真地回头问许非凡："许哥，血族宠物冷却时间和隐身技能的切换，我还把握得不是很好，你能教我一下吗？"

许非凡当然知道猫神是这给凌队面子才故意让了小太子，但他不敢戳破，微笑着说道："咱俩来一局吧？我一边打一边慢慢教你。"

秦陌兴奋地站了起来："好！"

两个人去旁边的电脑开擂台 PK，凌雪枫见徒弟走了，这才在游戏里私聊道："谢了。"

李沧雨说："不谢。酸菜鱼记在账上。"

凌雪枫说："没问题，给你挑一条最大的。"

风色众人："……"

这种奇怪的凌队拿酸菜鱼哄自家养的猫的感觉是怎么回事啊？是错觉吗？

凌雪枫不顾身后众人好奇的目光，接着打字道："听说你目前在国外？是在你姐姐家里？"

"嗯，我姐在医院值班，我在她家暂住。"

"什么时候回来？"

"估计要待到年底。"

"今年十月份会有第一届神迹世界嘉年华表演赛，国内要选送六位代表选手去美国纽约参加这次嘉年华，到时候我来看你。"

"国内只有六个名额，你会入选吗？"

"当然。"

"这么有自信啊？"

"嗯。"

——几年过去了他还是那么跩！

李沧雨无奈道："那你到纽约后来我姐家里，现场给我做酸菜鱼吃。"

——几年过去了他还是念念不忘吃各种鱼，果然是属猫的。

凌雪枫不由得轻扬了一下唇角，打字道："好。"

风色的围观党简直要看不下去了！

队长你变得这么好说话是怎么回事？猫神说什么你都答应？你去美国做酸菜鱼……难道你还要带一包酸菜上飞机吗？

还有，看他俩旁若无人地聊天，把其他人当空气，围观众人居然有种自己是电灯泡在窥屏的感觉……是继续看呢，还是不继续看呢？

风行天下尴尬地挠了挠头，发现颜副队已经很机智地跑去看秦陌和许非凡单挑了，顿时觉得自己领悟到了什么，立刻带着身边的几个管理回头去看那边的擂台单挑。

风色围观党瞬间走了个精光，凌雪枫继续心安理得地跟李沧雨聊天。

太久不见，有很多很多话想要跟他说，一时却不知道该怎么开口。

沉默了片刻，凌雪枫才问了一句："这次组队还顺利吗？"

李沧雨说："还行。"

其实目前的进度已经让李沧雨非常欣喜，进新区才刚刚四天，这就确定了白轩、谢树荣、顾思明这三位非常给力的队友，这次有龙吟俱乐部做后台，加上刘川的赏识和帮助，进展真是意外的顺利。

李沧雨有种预感，他在新区还会收获更多强力的队友。

输了那么多年，也该是他打翻身仗的时候了！

李沧雨跟凌雪枫私聊了半天，刷副本的进度自然就慢了下来，小顾是个闲不住的，忍不住在语音频道催促道："队长，怎么回事啊？今天不打副本了吗？"

白轩笑着解释："猫神在跟凌队聊天呢。"

"啊啊啊？是风色的凌队？"顾思明很震惊。

"还有哪个凌队？就是凌雪枫。"白轩耐心地说。

语音频道突然传来"砰"的一声巨响，白轩吓了一跳，忍不住问："小顾怎么了？"

"摔下去了……"爬起来的顾思明激动地说，"这个魔族召唤师就是凌队啊？"

"嗯，秦陌把他叫来的。"李沧雨刚才跟凌雪枫聊得太投入，此时听到语音频道里传来的声音，总算想起了还在等他的几个队友，便在语音频道解释道，

“好久不见，跟他聊了几句，我们继续刷副本吧。”

接着就在队伍频道打字说：“我们要接着刷冰霜神殿了，雪枫你先退队？”

全联盟敢对凌雪枫直呼其名的估计也就李沧雨了。

凌雪枫并不介意这一点，相反，李沧雨这么叫他，反而让他觉得两人之间多了分亲切感。

秦陌跟许非凡单挑，公会管理都在那边观战，凌雪枫便把隔壁座位副会长的账号退掉，用风行天下的魔族召唤师账号在队伍频道打字道：“我反正闲着，陪你刷副本。”

李沧雨问：“这个副本你还记得怎么打？”

“记得。”

“那好吧。”

反正带他刷几次副本也没什么损失，李沧雨也就不再多问，组着他继续往副本深处走去。

冰霜神殿这个副本，六年前神迹刚开区的时候难度很大，让不少新人反复团灭，李沧雨和凌雪枫年少时代的第一次相遇就是在这里。只不过，过了这么多年，神迹经过很多次更新，低级小副本的难度整体下调，打起来自然不像当年那样艰难。

加上队伍里有四个职业级水平的大神，还有一个小少年也是经过专业训练的种子选手，打这副本简直易如反掌，众人就像扫地一样一路碾压了过去。

凌雪枫一边跟着打副本，一边仔细观察队伍里其他几人的情况。

因为队友太给力，大家掉血都不严重，所以神族牧师治疗“爱吃回锅肉”经常躲去旁边偷懒，但关键时刻他却从来不掉链子，刷血的手法非常熟练，加上这明显一起建号的 ID，凌雪枫推测这个人应该就是李沧雨的好搭档白轩。

至于兽族圣骑士“顾名思义”，似乎很激动，疯疯癫癫地好几次冲进怪堆里差点挂了，走位的水平很不错，非常灵活，反应也快，是个好苗子。

人族剑客“会开花的树”比较冷静，一直在默不作声地跟着队伍往前推进，他明显没有出全力，随便杀杀小怪，以至于凌雪枫目前还看不出他的实力。

一轮副本打完，只用了不到十分钟时间，这样的神速让李沧雨非常满意——凌雪枫闲着无聊来帮他们打副本，倒是可以加快他们几个人升级的速度。

出了副本后，凌雪枫不由得私聊问道：“这三人都是你的队友？”

李沧雨脾气率直，也不想隐瞒他，便直接说道：“是我新战队的选手。”

“治疗是白轩吧？这剑客是谁？”

“新区认识的。”

这话其实也没说错，他确实是在新区遇到的谢树荣。

阿树故意隐瞒水平明显是不想让凌队认出来，李沧雨便随口敷衍过去，转移话题道：“我家这个小顾倒是你的忠实粉丝。”

“是吗？”凌雪枫道，“那他怎么去玩圣骑士了？圣骑士跟召唤师差很远吧？”

李沧雨笑道：“小顾的思维有点跳跃。”

凌雪枫评价道：“看得出来，属于激进派选手。”

联盟有那么多选手，自然会存在激进派，一上赛场就像打了鸡血，热血沸腾地大杀四方。

圣骑士作为战队前排保护队友的肉盾，热血沸腾、胡乱蹦跶其实不是好事，不过李沧雨并不急，小顾现在还没有完全成型，就像没有雕琢过的璞玉，需要慢慢打磨。

此时，语音频道的顾思明正在非常激动地表达自己对凌队的欣赏：“不愧是凌队！他加入之后我们打副本的速度快了这么多！他刚才召唤出来的骷髅步兵超级可爱！”

众人：“……”

你是怎么把“骷髅”和“可爱”联系起来的？

白轩忍无可忍：“小顾，以后要是在赛场遇到风色，你会不会狗腿地跑过去找凌队要签名？”

顾思明毫不犹豫地说：“不会！我会先把凌队抓过来杀掉。”

李沧雨很满意：“这才是有志气的好粉丝。”

白轩也笑了起来：“好吧，我支持你继续当凌雪枫的粉丝。”

谢树荣："……"

这是欣赏你就抓你过来杀掉的黑粉吧？

李沧雨一边跟小顾在语音频道聊天，一边打字跟凌雪枫聊着天，一边还在副本里虐 Boss，白轩真是服了他，一心三用还能这么轻松，这人的脑子和手速都是 bug 一样的存在。

凌雪枫这边接着打字道："神迹从第五赛季开始改成甲、乙两个等级的联赛，你知道吧？"

"知道，我会想办法晋级，这个不用担心。"李沧雨自信地说。

凌雪枫问道："签到哪家俱乐部了，还是要重新找？"

"刚签了龙吟。"在凌雪枫面前，李沧雨向来十分坦率，他也相信凌雪枫不会往外乱说。

"龙吟？那还不错。"凌雪枫对这个结果很放心，这些年他一直在关注武林那边的联赛情况，知道龙吟俱乐部，猫猫去龙吟俱乐部创建神迹分队，可以说是最好的选择。

李沧雨顿了顿，又问道："对了，昨天我看了一下积分榜，记得鬼灵、清沐这两支队伍在我离开的时候成绩并不好，居然还留在甲级联赛，这是换人了？"

"嗯。"凌雪枫耐心地打字解释，"这两支队伍去年大换血，出了一批很厉害的新人。鬼灵现任正副队你都认识，是第三赛季出道的楼张组合。清沐的队长就是你当初在擂台虐哭过的朱清越。"

李沧雨："……"

凌雪枫提到的这些人，当年还都是十七八岁的少年选手。

曾被自己虐过的小少年们，如今已经是各大战队的顶梁柱，几年过去，真是转眼间物是人非。

幸好你还留在神迹联盟，凌雪枫。

两人相识于单纯的年少时，从第一赛季就一起打比赛，虽然不是队友而是彼此最强的对手，可是，只要凌雪枫还留在神迹职业联盟，李沧雨就觉得这里还是那个他所熟悉的地方，这里还有很多东西并没有改变。

CHAPTER 12

公会组建

神级召唤师

SHENJI ZHAOHUANSHI

五个人组队一起刷副本，速度飞快，到 10 点钟的时候大家就集体升到了 45 级，跻身服务器排行榜前列——两小时升 5 级，这样的速度让盯着等级榜的会长们瞠目结舌。

爱吃红烧鱼升级快也就罢了，奇怪的是，风色的会长风行天下等级居然也远远超过了风色公会其他的管理，难道他们是一起组队的吗？为什么风行天下就跟突然开了挂一样？

不少人去风色打听，不过这次却打听不到任何消息。

因为凌队亲自下令保密，风色公会的几个管理不敢泄露真相——其实我们会长的账号是凌队在登录，其实凌队正跟猫神组队一起碾压冰霜神殿副本，他们两个联手，升级如同坐火箭真是再正常不过。

这个秘密估计那帮人想破脑袋也想不到，风色的众人心里不禁暗爽。

最先警觉的反倒是时光公会的罗小罗，看到爱吃红烧鱼的名字飞快升到等级榜前面，他立刻反应过来对方打副本的速度比他们公会的精英队要快上至少三倍。

罗小罗激动地跟会长汇报："老大，这个爱吃红烧鱼真是难得一见的高手！"

时光机器无奈地道："我知道他是高手，但他心高气傲不想加公会我们也没办法。"

罗小罗想了想，突然机智地想到一个主意："如果他不想加公会，而是要自己建公会的话，在其他公会下手之前，我们可以先跟他结盟啊！"

时光机器一拍大腿："好办法！有远见！"

神迹当中的公会和公会之间可以主动开通敌对关系和结盟关系。敌对公会不用说，自然是双方见面就自动红名、血拼到底。结盟公会每家只有一个名额，关系最好的公会才能彼此结盟，这个名额非常珍贵，一旦结盟后，公会成员就能以队友的身份一起去参与大型公会挑战副本。

照理说，像时光这样的大公会很少会跟名不见经传的小公会结盟，可时光机器却有种很奇怪的直觉——如果能跟爱吃红烧鱼结盟，一定会有不少好处！

想到这里，时光机器立刻给罗小罗安排了一个任务：“小罗，我们公会就数你最会说话，你去鼓动爱吃红烧鱼建个公会。建公会需要 10 万晶币作为启动资金，他要是没有的话这钱我们来出，就说留一个结盟的名额给时光，具体怎么说你看着办，我相信你的口才，上吧！”

作为时光公会的宣传大使，罗小罗对自己的口才还是很有自信的，接受会长的任务后，立刻私聊了爱吃红烧鱼：“鱼哥，你没兴趣加入我们时光，是不是要自己建公会啊？”

爱吃红烧鱼道：“有这想法。”

罗小罗积极地问道：“那筹备得怎么样了？”

“钱还不够，我跟几个队友的钱加起来只有7万。”爱吃红烧鱼很坦率地说。

罗小罗觉得如果直接按会长说的那样给他 10 万，那感觉就像时光用钱买结盟名额一样，而且这样道德绑架也会让高手很不舒服。于是，罗小罗便换了种说法：“还差 3 万？要不我先借你！反正我打算满级之后再慢慢炼装备，前期也用不上钱，你什么时候手头宽裕再还我好了。”

李沧雨道：“谢了。”

他对“程唯粉丝”罗小罗同学倒是挺有好感，这家伙当时光公会的宣传大使确实很尽心尽力。

其实他能猜到，罗小罗肯定是时光公会的会长派来跟自己套近乎的，但是，这种套近乎的方式并不让人反感，李沧雨正好也缺钱，便果断地接受了。

罗小罗目前 42 级，正在打冰霜神殿副本，干脆把钱带到副本门口直接交易给了李沧雨。

李沧雨打字道：“有钱了就还你。”

罗小罗忙说："不急不急！我满级之后才用到钱，慢慢来！"

其实这是会长给他的经费来着，不还都没事……

由于李沧雨几人目前还是没加公会的自由人状态，这几天每天都有大大小小的公会邀请弹出来。只要建了公会，就不会有那么多人来打扰他们。再说，建公会之后只要打出名气，吸引高手加入，也更方便招到队友。

想到这里，李沧雨便果断朝伊苏城公会的管理区走去，一边走一边在语音频道说道："钱凑够了，我先去把公会建了，不然天天有人拉我们入会也是件麻烦事。"

白轩对此表示赞同："去吧。"

顾思明积极地说："公会名字叫什么啊？沧澜吗？"

白轩道："叫沧澜目标太大吧？一看就知道我们是谁。"

李沧雨说："没错，还是另取一个比较好。"

白轩说："那你随便取个。"

跟公会管理 NPC 对话上交启动资金，屏幕上立刻弹出一个输入公会 ID 和上传公会图标的弹窗。

李沧雨想了想，输入公会名称:吃货小分队。

公会图标李沧雨就从电脑里随手翻翻,然后上传了一碗色彩斑斓的八宝饭。

——恭喜［吃货小分队］公会成立!

李沧雨又迅速邀请了几个队友，白轩、谢树荣和顾思明的屏幕上紧跟着跳出一个弹窗。

——［爱吃红烧鱼］邀请你加入［吃货小分队］公会，你是否同意？

谢树荣和顾思明想都没想就按下了同意，白轩简直无力吐槽："你这个取名废！"

李沧雨一脸正直地说："这个名字比较符合我们几个的气质。"

气质？吃货的气质吗？

好吧，他们确实都有吃货的气质……

白轩无奈地按下同意，看着公会列表里的四个 ID，虽然哭笑不得，心里却是暖洋洋的。

目前只有四个队友，但他相信，他们的队伍很快就会壮大起来。

凌雪枫跟他们一起打冰霜神殿副本，刚刚去倒了杯咖啡，回来的时候就见李沧雨的头顶出现了称号“吃货小分队会长”，而白轩他们的头顶是“吃货小分队会员”。

凌雪枫自动无视李沧雨这个取名废取出来的名字，私聊问道：“建公会了？”

李沧雨道：“方便做公会任务升级，顺便招募队友。”

凌雪枫想了想，突然朝旁边叫道：“会长，你过来一下。”

正在看秦陌和许非凡单挑的风行天下立刻走了过来：“凌队，怎么啦？”

凌雪枫问：“风色在新区有没有那种没加过公会的小号？”

小号当然是有的。每家公会在新区都会练些小号备用，这些小号一般都会交给代练工作室来打理，只管跟着大部队升级，不管装备的好坏，等需要的时候再弄一身好装备派上用场——比如打入别家公会当个卧底什么的，这样的号背景清白，不容易被人怀疑。

风行天下立刻说道：“有好多呢，凌队你要吗？”

“嗯。”凌雪枫说，“给我一个黑魔法师的账号吧，40 级以上。”

风行天下立刻从手机里翻出记事本，里面密密麻麻记了不少账号资料，找出一个黑魔法师的，把账号和密码发给凌雪枫。

凌雪枫在隔壁电脑登录账号，发现这个黑魔法师 ID 叫作小小恶魔，身上的装备挺一般。

凌雪枫操作着小小恶魔走到主城商店，用身上所有的钱买了一张改名卡，把 ID 改成了“清蒸鲈鱼”。

这个名字应该会让李沧雨看着比较顺眼吧？记得他很爱吃。

凌雪枫操作着清蒸鲈鱼来到主城公会区，找公会管理员，搜出吃货小分队的公会，申请加入。

风行天下一直在身后看队长面无表情地完成这些操作，额头不禁冒出了一排冷汗。

凌队果然是手速达人，左右开着两台电脑，一边跟猫神他们打副本，一边瞬间完成了另一个账号的登录、改名、申请入会工作……凌队，你玩起精分来也是让人膜拜！

似乎察觉到身后诡异的视线，凌雪枫平静地解释道："开着你会长账号不方便，我换个小号加进去，了解一下猫神组队的情况。"

风行天下立刻说道："是是，凌队说得是！"

表面上如此正直，其实……你不就是跑去猫神的公会做卧底吗？

凌队，作为风色的队长，亲自开小号去猫神公会卧底——你绝对是神迹历史上最大牌的卧底！

神迹当中，每个新公会建立之后都会在世界频道发布一条小公告。

——吃货小分队公会成立了！欢迎各位玩家加入！

这条消息在世界频道上一刷出来，公会申请列表上瞬间就弹出十几条申请，凌雪枫的申请被淹没在茫茫人海里，倒是没有引起李沧雨的特别注意。

[麻婆豆腐]申请加入公会。

[酸辣土豆丝]申请加入公会。

[我爱布丁牛奶]申请加入公会。

[清蒸鲈鱼]申请加入公会。

……

看着列表上一大排玩家的名字，李沧雨突然……肚子饿了。

白轩翻开公会面板，看见这些申请入会的玩家ID，非常无奈地道："你取个这样的公会名，不会吸引到高手，倒会吸引到不少吃货。"

李沧雨严肃地说："吃货当中肯定也存在着高手。"

你有道理好了吧！白轩无语道："那这些申请是通过还是不通过？"

"都通过吧。"李沧雨道，"反正50级就会开放公会副本，人多的话升级更快。"

风色训练室内，隔壁的电脑屏幕上弹出一行提示："恭喜，会长爱吃红烧鱼通过了你的入会申请。"

同时，游戏里的公会频道出现会长爱吃红烧鱼打来的一行小字：“欢迎大家加入公会，先自己加油升级，50级再带大家打公会挑战副本。”

公会频道一整片的欢呼。

各种豆腐、土豆丝、布丁之类的ID，看着确实很容易引起人的食欲。

凌雪枫的小号并没有在公会频道说话，既然打入公会内部做卧底，他还是决定低调行事。表情平静地最小化清蒸鲈鱼的电脑窗口，把注意力放回了风行天下这边。

转眼间几个人都已经45级了，45级以后再打冰霜神殿副本就没有经验了，可以直接换下一个副本“魔境森林”或者去做各大种族的主线任务。

李沧雨嫌做任务麻烦，干脆组着几个队友去了魔境森林。

由于他们几个目前都在等级榜前列，副本的门口连一个人影都没瞧见。

众人一进副本，耳边就响起一个女魔头阴森森的声音：“真好啊，今天又有新鲜的食物送上门来了！”

随着她诡异的笑声，周围突然冒出来一大堆黑乌鸦，腾空而起的大片乌鸦将天空中的月光全部遮挡住，那遮天蔽日的效果实在让人触目惊心。

李沧雨忍不住道：“这Boss召出来的黑乌鸦比凌雪枫的还烦。”

凌雪枫此时正在队伍里，但并没有在语音房间，因此听不见李沧雨在说话。

白轩忍不住暗笑，他真想把凌雪枫拖到语音频道听听——听听猫神是怎么骂你的！

顾思明激动地说：“队长，我们遇到魔女莉莉安了，魔女莉莉安原本是魔界长老，从魔界叛变后就藏身于魔境森林中为非作歹，这是魔境森林副本的隐藏任务！”

副本隐藏剧情刷新的概率只有万分之一，可遇而不可求。

好在李沧雨当年玩网游的时候也曾遇到过这位莉莉安，记得这个魔女是召唤师Boss，只不过，时间过了太久，具体怎么打他脑子里并没有多少印象。

“你还记得怎么打吗？”李沧雨回头问白轩。

“六年前打的，早忘了。”白轩顿了顿，又说，“但我记得当初我们是跟凌雪枫一起打的，打了三个小时才打过去，打完之后他好像顺手在论坛发了份攻略，你搜来看看？”

“嗯。”李沧雨在论坛一搜，果然看见一篇魔女莉莉安的攻略，发表者的ID只有三个字母：LXF。

当年十八岁的凌雪枫在网游里就是用的这个ID。

李沧雨仔细一看，这攻略果然是凌雪枫的风格，简单干脆，只写了Boss的技能特点和效果，多余的废话一句都没有。要是新手来看肯定跟看天书一样看不懂。但只要意识不错的人看，根据他写的Boss技能特点，自己就能推断出正确的打法。

李沧雨正对着攻略仔细研究，就听顾思明兴奋地道：“我也搜到莉莉安的攻略了，哎，这ID？是凌队写的啊！写得好简单，还不到50个字……”

白轩笑道：“凌队一向言简意赅，小顾你看得懂吗？”

顾思明仔细看了看，点点头说：“大概能看懂，这Boss对主T的要求很高，有随机移动技能。”

“能应付吗？”李沧雨问道。

“可以！”小少年很有信心。

李沧雨这才在队伍频道打字道：“你上论坛看一下莉莉安的攻略，看完了我们开打。”

他所说的“你”自然是指凌雪枫。

凌雪枫自觉地回道：“嗯。”

这队伍里都是意识一流的职业选手，李沧雨不用费心去指挥，他相信五个人能轻轻松松地揍死Boss。

——然而事实证明，太自信的人往往会被打脸。

副本内，莉莉安穿着一身紧身紫色长袍站在不远处，嘴唇涂得红艳无比，手里一把法杖顶端还冒着黑气，身后巨大的黑色翅膀代表她是魔族中人，而且法力十分高强。

李沧雨见大家都站好了位置，便打字说：“准备开吧。”

顾思明早就摩拳擦掌、跃跃欲试，听到队长这话，立刻打起护盾冲到莉莉安面前，跟她对话。

所有人的屏幕都闪起了红光，代表隐藏 Boss 战正式开始！

“今天的食物真新鲜啊！”变态的声音在耳边响起的同时，莉莉安就用一个 360 度范围超广的华丽大招作为了见面礼！

“轰”的一声，四个职业大神和一个预备大神瞬间扑倒在地，死了个精光。

队伍频道一排省略号刷了出来。

片刻后，李沧雨终于忍无可忍地打字道：“凌雪枫你写的什么攻略？怎么没有写开场大招？”

凌雪枫平静地说：“这个 Boss 必须队组满才能打，差一个人，Boss 大概狂暴了。”

李沧雨：“你怎么不早说？”

凌雪枫：“才想起来。”

李沧雨：“脑袋不好用了吗？”

凌雪枫：“或许吧。”

李沧雨：“……”

白轩看他俩拌嘴看得直乐。

这段聊天记录要是截图发到论坛，表明是猫神和凌队的对话，绝对能掀起一阵腥风血雨。当年为了两个召唤师谁更强而通宵掐架的粉与黑粉，现在留下的人战斗力估计更强。

副本内死亡后可以复活重来，李沧雨按了复活键回到副本门口，打字道：“我再组一个人去。”

魔境森林副本 45 级才能进入，目前，整个大区等级达到 45 级的并不多，等级榜上大部分是以“飞羽”开头的 ID，明显是飞羽公会的高手。

飞羽公会剑客最多，剑客是所有职业中最早学会群攻技能的职业，因此在前期升级会有一些优势，这也造成飞羽公会精英队的等级比其他公会略高。

飞羽的人自然都有固定队，不可能过来帮打隐藏 Boss，李沧雨迅速忽略掉一排飞羽开头的ID，目标锁定了几个不带公会的玩家，挨个私聊过去：“魔境森林副本遇到隐藏Boss，缺一个输出，来打吗？”

有人回：“别逗，45级打隐藏莉莉安肯定打不过，你还是放弃吧。”

也有人回：“已经在副本里了，一时半会儿出不来，不好意思。”

只有一个人很快回复道：“好好好！我这就来！”

那人的ID叫作“觉醒的魔法师”。

李沧雨点开资料一看，是个45级的神族白魔法师。

对方倒也手脚麻利，回私聊的同时立刻点了申请入队。李沧雨通过申请，他很快就自觉地寻到了副本地图里面，顺便在队伍频道打字：“终于组到魔境森林的队伍了，真好！”

李沧雨回头一看，居然是个细腰长腿的神族美女——全身穿着一套雪白的法师长袍，手里拿着淡银色的法杖，背后一双洁白的翅膀，一头长及腰部的金色大卷发，头顶还戴着闪闪发光的女神皇冠。

顾思明流下一排口水：“妹子！神族的妹子好美！”

觉醒的魔法师：“我是纯爷们儿。”后面跟着一排哈哈大笑的表情。

顾思明：“……”

笑什么啊！死人妖！小少年差点就骂出来。

李沧雨对此倒十分淡定，反正网游里玩人妖账号的很多，只要不是那种利用女性身份骗钱的人渣，单纯为了形象好看玩人妖号的汉子他也能理解。

“魔女莉莉安，你会打吗？”李沧雨在队伍频道问。

“不会打，但会听指挥。”觉醒的魔法师继续发来一排哈哈大笑，“队长拉一下语音？”

李沧雨立刻把语音频道和密码发给了他。

凌雪枫看见之后，也顺手登录了语音房间。

凌雪枫刚进语音房间，就听到一个正直爽朗的声音在说话：“觉醒，我给你说一下这个Boss的打法，莉莉安是魔族召唤师，有四个技能，第一是召唤黑乌鸦遮挡我们的视野，迅速秒掉乌鸦就行。第二是召唤骷髅步兵随机禁锢一个治疗以外的人，被禁锢的人 10 秒内会大量掉血，考验治疗的刷血速度。

“第三是召唤女妖随机点名，被点名的人会不由自主地冲向她，一旦靠近就会被她秒杀。这个时候，其他输出迅速打破被点名的人身上的黑色光圈，就可以解除这种魔族魅术。

“第四是召唤魔神，360 度大范围魔法群攻，地下会随机出现无数魔族黑洞，同时她还会满场乱飞。主 T 一定要跟上别让她脱离范围，其他人迅速走位躲开脚下的黑洞。”耐心地说完之后，李沧雨顿了顿，接着问道，“明白了吗？”

队伍频道出现一行字：“明白！”

凌雪枫一直沉默地听李沧雨说话，时隔三年，再次听到他的声音，还是跟记忆中一样充满自信，明朗爽快。

他指挥的时候总是这样条理清晰，思路分明，没有一句多余的废话，让人不由自主地信服他，仿佛听他的话就是对的。

李沧雨，一个并不强势，却让很多人愿意肝脑涂地去追随的队长。

他的身上似乎有种很独特的魅力，坚强勇敢，果断干脆，讲义气又重情义，偶尔还有点算计对手的小心机，可每次遇到好吃的鱼，他就会像属猫的一样抛弃原则无条件地跟着鱼走……

很奇怪的家伙，让人心里总是记挂着他。

听他的声音没有一丝一毫被战队解散打击到的样子，凌雪枫总算是放下心来。

“三阶段比较难打，我们两个远程来配合吧。”凌雪枫在队伍频道打字道。

李沧雨自然知道他的意思，也在队伍频道打来一行字：“大招留着对付女妖，你 1 我 2。”

“好。”

六年前一起打死莉莉安的时候，他们都是第一次遇到这个隐藏 Boss，一边打一边研究，打了整整三个小时，最后还是他俩互相配合快速解救队友才勉强打过去。

今天再次合作，又一次用到同样的办法……可能这就是奇怪的缘分？

李沧雨收回思绪，用鼠标在场地上迅速地标记了六个光圈，然后在队伍频道打字道："主 T 站红色点，治疗白色点，剑客绿色点，三个远程蓝色点，站好开打。"

他做出这么多操作只用了不到 5 秒的时间，刚入队的觉醒的魔法师下巴差点掉到键盘上！

什么叫雷厉风行？队长你也太雷厉风行了吧？！

魔女莉莉安是召唤类 Boss，以不断地召唤小弟作为攻击玩家的手段。她会召唤的四种小弟正是魔族召唤师的四种宠物：乌鸦、女妖、骷髅步兵和魔神。当然，Boss 召唤出来的宠物肯定比玩家召唤的体积要大，攻击力也更强。

众人复活后在李沧雨标记的位置站好，顾思明便再次走到莉莉安的面前对话——凌雪枫推测的果然没错，六人满队后莉莉安没有开场放大招，而是说了几句台词就正式进入 Boss 战。

第一阶段，莉莉安会召唤乌鸦遮挡玩家的视野，众人只要迅速清理掉乌鸦就能恢复视野，这个阶段其实并不难，谢树荣的剑客起了很大的作用，光影回转群攻技能一开，周围的乌鸦几乎瞬间被秒。

第二阶段，莉莉安召唤的宠物换成了骷髅步兵。这是一种魔族近战宠物，长得就像解剖室里的黑色骨架模型，它有一个技能"死亡禁锢"，可以将玩家封在原地，并且每秒钟持续掉血。

骷髅会每隔 10 秒钟召唤一只，随机控制一个治疗以外的人。

这个阶段被禁锢倒不是大问题，远程哪怕被封在原地也依旧可以放技能打到 Boss，关键是被禁锢的人掉血非常严重，10 秒禁一个，如果治疗跟不上就很容易死人。

自从进新区以来，由于猫神太给力，白轩一直是打打酱油偷偷懒，顺便加加血的轻松升级模式。

今天遇到高难度的隐藏 Boss 战，白轩也终于专心起来。

长相斯文的男人认真地盯着电脑屏幕，手指以最佳姿势放在键盘上，中指和食指微微弯曲，提前虚按在 W 键和 E 键，这是他设置的最常用的治疗技能键位。

Boss 召出的骷髅步兵，第一个就禁锢住了顾思明。

白轩立刻按向 W 键，给小顾身上丢了一个“愈合之语”——这是一个不需读条、瞬间释放的治疗 buff，可以给带着 buff 的人每秒回复 1% 的血量，持续 10 秒，能叠加至多 5 层。白轩迅速爆手速把愈合状态叠满，这样就能每秒回复 5% 的血量，10 秒后回复半血。

顾思明是圣骑士，防御非常高，被骷髅步兵禁锢之后掉血也不会很严重，所以白轩只给他叠满愈合之语就暂时放着他不管。

很快，Boss 又召唤出一只骷髅步兵，这次禁锢的是刚入队的神族白魔法师。

白轩毫不犹豫地迅速爆手速给他叠满了五层愈合之语，紧接着用单体加血技能“治疗术”强抬他的血线——魔族对神族有伤害加成，白魔法师被禁锢就会非常危险。

然而，白魔法师的血量还没刷起来，那边的李沧雨又一次被禁锢，简直是雪上加霜。

换成一般的治疗肯定会手忙脚乱，但白轩是谁？大赛经验一箩筐，对这样的局面他早已非常淡定。看着猫神大量掉血，白轩依旧不慌不忙，继续给对方叠满五层愈合之语的 buff，然后回头又给掉血严重的白魔法师刷了一次治疗术。

紧跟着，凌雪枫被禁锢，白轩又给他叠满愈合之语保证他暂时死不掉，而此时，白魔法师的血量也回到了 50% 左右。

只可惜，这位刚入队的家伙今天似乎比较脸黑，上次点名效果还没过多久，他又被 Boss 点名！

眼看觉醒的魔法师血量崩到 10% 以下，白轩不再犹豫，立刻开始读条发大招。

——神圣祝福！

白色的光芒从天而降，牧师 40 级学会的大范围大招群加技能准确地覆盖了四位掉血的队友！

顾思明、猫神和凌队瞬间满血，在生死线上挣扎的觉醒也被抢救了回来，白轩又给他刷了五层加血 buff，接着用治疗术顺手把他的血给回满。

觉醒刚以为自己要挂掉，没想到瞬间满血，忍不住在队伍频道发来一排大拇指："奶爸给力啊！"

白轩回了他一个微笑的表情。

谢树荣今天人品比较好，一直没被点名，打 Boss 的同时他也在注意着白轩的加血情况。

莉莉安二阶段队友随机大量掉血，治疗压力非常大。白轩不慌不乱，手法有条不紊，一边跑动一边加血，群加大招只在最关键的时候开，单加大招留给白魔法师，持续回血的技能迅速叠加给其他队友，见缝插针再补上小治疗术……将全体队友的血量加满，他的蓝量却只用了不到 20%。

可见，他的每一个技能都没有浪费，治疗量没有一丝一毫的逸出，而且还特别省蓝。

看到这一幕，谢树荣也忍不住佩服起来。这样的加血手法，放在赛场上绝对是让队友们最安心的存在。白轩这些年一直待在李沧雨的身边，虽然不像猫神那样光芒四射，可事实上，这个男人冷静的治疗手法也足以给对手带来极大的麻烦。

白副队为人细心，加血的风格属于精打细算型，一个技能都舍不得浪费，耗蓝非常低。虽然治疗选手不如输出型选手那样引人瞩目，可有个厉害的治疗在身边，那就等于多了半条命。

谢树荣突然觉得自己加入战队真是太明智了，刚开始确实怀疑过猫神的话是否可靠，但这几天下来，他已经彻底信任了李沧雨和白轩，甚至对将来跟着他们大杀四方、打遍联盟充满了信心！

李沧雨对白轩的加血手法一向很放心，Boss 战开始之后他看都没看自己的血量，只管最大输出打 Boss。

猫神爆发的结果就是，输出列表上的伤害数据，立刻飙到了惊人的水平！

凌雪枫见他专心打 Boss，也跟着爆起了手速，于是，两个召唤师互相比拼，伤害量一路飙升，不到半分钟，每秒伤害量就成功突破一万！

觉醒的魔法师看着输出统计列表上爱吃红烧鱼和风行天下的恐怖输出数据，忍不住心惊胆战——他这是加进了一个什么样的队伍？这些人是不是集体装了外挂？

有了白轩精打细算、稳定至极的治疗手法，第二阶段终于顺利度过，莉莉安的血量下降到 50%。

第三阶段，是击杀莉莉安最麻烦的阶段，因为莉莉安会召唤出魔族最特殊的宠物:女妖。

这宠物的外形就是西方奇幻游戏中典型的魔女，穿着纯黑色紧身裙，一头大卷发长及腰部，前凸后翘的 S 形身材曲线，简直就是模特级别。

女妖在前期有个单体控制技能叫作“魅术”，将魔族魅惑人心的法术丢向指定的对手，会让对手失去控制走向自己——算是一个强行拉人的技能。

后期还有一个更强的技能叫“巫妖之祸”，这是非常可怕的大范围群体魅术，能让对手大量掉血的同时，失去控制走向自己，相当于群拉技能。

凌雪枫在赛场放巫妖之祸的时候，对方如果没躲好就很容易被群拉过来中大招，这也是神迹联盟很多战队怕凌雪枫的原因，女妖是召唤师所有宠物中最不好对付的一个。当然，还有一个是李沧雨的风精灵，只是李沧雨离开神迹后没有选手玩精灵族召唤师，风精灵在国内的神迹赛场上就再没出现过。

副本 Boss 莉莉安召唤出的女妖只有第一个魅术技能，会强制指定的玩家走向自己并秒杀玩家，她不会巫妖之祸——如果 Boss 也会这招，那就不用打了，玩家们基本就是被玩死的命。

莉莉安召唤出来的女妖体积比玩家的宠物大两倍，衣服也比玩家召唤的宠物要华丽得多，她一出现，李沧雨就立刻在队伍频道打字：“散开！”

近战剑客谢树荣和圣骑士顾思明也不再管 Boss，立刻反向散开远离了女妖。

3 秒后，女妖的头顶果然出现了玩家的名字。

“爱吃回锅肉，你过来一下，让我闻闻你身上的香味嘛！”

令人骨头都要酥掉的配音在耳边响起，众人都掉了一身的鸡皮疙瘩！

被点名的白轩立刻失去了控制，像是情不自禁一样朝着女妖走过去，身上同时出现黑色的光圈，那是中了魅术的标志。

“其他人继续输出 Boss。”李沧雨在语音频道快速说道，“这次魅术你来解决吧。”

“你”自然指凌雪枫，凌雪枫很自觉地打来一个字：“嗯。”

打完字后他就立刻爆起手速，派出骷髅步兵在黑色光圈附近自爆，自己也用召唤师的普攻技能快速打向光圈，只用了不到 5 秒，光圈就被顺利打破，白轩得到解救，赶忙转身往远离女妖的方向飞去。

女妖又开始点名：“会开花的树……”

今天一直很安逸的谢树荣总算被点了一次名，李沧雨马上转移目标，迅速攻击阿树身上的黑色光圈，同样只用了不到 5 秒，他就打破光圈救下了差点被女妖拉过去秒杀的阿树。

紧跟着又是李沧雨被点名，凌雪枫迅速转移目标救下了李沧雨。

顾思明被点名，又是李沧雨转移目标救下了小顾。

——这两人转换目标瞬间爆发的能力简直可怕到惊人。

觉醒的魔法师愣愣地看了一会儿，这才反应过来自己应该去攻击 Boss。

电脑那边的男人一边攻击着 Boss 一边疑惑地想：这两个召唤师到底是什么来历？厉害得有点儿夸张了吧？风行天下不是风色公会的会长吗？怎么会跟吃货小分队的人组在一起？

在李沧雨和凌雪枫的默契配合之下，两人你一次我一次地换目标打光圈破解魅术，原本最艰难的第三阶段，几乎是被碾压打过去的。

白轩忍不住有些激动，凌队和猫神的配合，虽然在当初少年时期玩网游的时候并不少见，可自从两人打入职业联赛以来，这还是第一次。他俩几乎不用互相交流就能知道对方的想法，这种奇怪的心有灵犀过了几年依旧没有变。

白轩很为李沧雨高兴，神迹联盟不少人或许已经忘记了猫神，但至少凌雪枫还记得，有这样一个亦敌亦友的存在，对李沧雨而言其实是很温暖的事情。

能跟凌雪枫并肩而战，哪怕只是打个副本，猫神应该也很高兴吧？

回头一看，果然，一向正直严肃的男人，此时的神色却非常放松。唇角甚至还微微带着笑意，好像打这个 Boss 对他来说是一种享受似的。

第三阶段顺利打过，突然，魔女阴森森的笑声传到耳边，代表着即将进入 Boss 战的最后一个阶段！

第四阶段超广范围的群攻，考验的是大家快速走位的水平。

脚下随机出现的魔族黑洞一旦踩上就会瞬间被秒杀，所以，大家一定要在快速走位躲避黑洞的同时攻击 Boss，白轩也必须一边躲一边加血，这个阶段还很考验主 T 的反应能力，莉莉安放范围大招的同时还会满场乱飞，主 T 一定要随时跟上她，把她拉住别让她脱离。

第四阶段换成水平一般的队伍，肯定会打得鸡飞狗跳、一团混乱，然而，这个队伍里有一群职业级大神，这个程度的快速走位对他们来说简直是小菜一碟。

李沧雨并不担心其他几个队友，只是不太放心刚入队的白魔法师。

让他意外的是，这白魔法师也能勉强跟上莉莉安放大招的节奏，虽然攻击数据不如其他的三位输出，可至少全程下来他并没有犯错。

在如此混乱的局面下，能成功活下来很不容易，李沧雨也忍不住对他刮目相看。

说来也是，水平一般的人怎么可能排到服务器等级榜的前列？这个人目前还没有加公会，应该是难得一见的散在民间的高手。不如拉他加入公会？

李沧雨一向雷厉风行，想到这里，他就立刻给对方丢过去一个邀请。

——［爱吃红烧鱼］邀请你加入公会［吃货小分队］，你是否同意？

屏幕上弹出一行提示。

吃货小分队明显不是大型的战队公会，应该是小型亲友团，没有太多公会恩怨。再说，今天一起打副本发现这几个人的水平都超级牛，能混个固定队以后升级肯定不用愁。

这么想着，电脑前的男人也干脆地按下了同意。

莉莉安的血量只剩下最后的 1%，眼看就要挂了，就在这时，队伍频道突然刷出一行提示：“风行天下退出了队伍。”

顾思明疑惑地问道：“他怎么退队了啊？”

李沧雨暂时没管凌雪枫为什么退队，继续朝 Boss 丢技能，莉莉安终于哀号一声，轰然倒地。

服务器立刻刷出了金色大字的闪亮公告。

——恭喜［吃货小分队］公会击杀［魔境森林］副本隐藏 Boss［魔女莉莉安］!

全服玩家都为之震惊!

吃货小分队？这是什么乱七八糟的公会？居然有本事打死 45 级副本的隐藏 Boss ？莉莉安在前期可是出了名的难打，多年来一直当选最变态 Boss 排行榜前十名的啊!

李沧雨看到这条消息，很快就反应过来——当击杀隐藏 Boss 的队伍中全是同一个公会的玩家时，系统就会以公会的形式在全服发金色大字公告，相当于给公会免费打广告，这也是很多大公会特别喜欢组队杀隐藏 Boss 的原因。

只可惜，隐藏 Boss 没那么容易遇到，纯粹拼人品。

今天显然运气不错，加进队伍的白魔法师在最后关头加入了公会，凌雪枫帮忙打了半天又在最后关头退队——他显然是看清了队伍里五个人都是吃货小分队的会员，便自觉退队成全了李沧雨的小公会，让吃货小分队刷了一条免费的超豪华全服广告。

没想到他还挺细心的，李沧雨不由得私聊他道：“谢了。”

凌雪枫回：“不谢。”

李沧雨自然要把握住这个难得的机会，立刻在世界频道发了条消息：“［吃货小分队］公会收人，50 级带公会挑战副本，40 级以上想入会的朋友请不要客气，快来申请！”

白轩打开公会面板，顿时被吓到——这全服金色大字广告的威力果然厉害，转眼之间，吃货小分队的申请列表就密密麻麻地排了上百人!

李沧雨顺手给白轩设置了一个副会长，道："帮忙通过吧。"

白轩问："全部吗？"

李沧雨毫不犹豫："全部！"

他当然知道，这其中肯定有小白、菜鸟、纯吃货、风景党……更有其他公会趁机派进来的卧底。

但他就是要把公会做大。

他的吃货小分队虽然名字没有时光、风色、飞羽那些大型战队公会名号响亮，但是，有他李沧雨在，这个公会在本区一定能发展成规模庞大的实力型公会，不断吸引高手的加入。

这个公会将会变成帮助他杀回神迹联盟的最强大的后备军团。

想到这里，李沧雨的脸上不由得扬起了自信的笑容，以最快的手速迅速通过了上百位玩家的申请。

——［吃货小分队］人数已满，暂时无法申请入会，请会长和各位会员们努力提高公会建设度，升级公会规模。

现在的公会还是一级公会，最多容纳 120 人，一条全服闪瞎眼的广告瞬间人就加满，只能继续提升公会的等级。二级公会可以加 300 人，三级 500 人，四级上千人，五级公会则没有人数限制。

李沧雨并不着急，这才刚刚起步，他会一步一个脚印地慢慢往上爬。

作为会长，他有必要在公会频道说说话："欢迎大家加入公会。目前大部分人的等级在 40 级左右，先互相组队去副本升级吧，50 级以后我再带你们打公会挑战副本，加油！"

会长一说话，公会频道立刻热闹起来。

组队打副本的、互相加好友的，气氛活跃极了。

凌雪枫看着这一幕，心情也不由得变好了。

最后关头退队，他就是私心想帮一下李沧雨，他最喜欢看见这个男人神采奕奕、信心满满、全身都散发着光彩的样子。

吃货小分队的出现，肯定会对新区的其他公会造成冲击，他也交代了风色的会长敬而远之，知道爱吃红烧鱼真实身份的风色公会肯定不会再跟李沧雨起冲突。至于别的公会……凌雪枫管不着，要是那些人不识趣撞到猫神手里，猫神不客气地教训他们，凌雪枫也乐意看一场好戏。

“猫猫，我这边有事先下了。”凌雪枫给李沧雨发去一条消息。

居然敢把“猫神”叫“猫猫”，也就凌雪枫的胆子这么大。

就跟李沧雨私下对凌雪枫直呼其名，而不叫他“凌队”一样。

这是他们在年少时代对彼此的称呼，当年李沧雨的 ID 叫“老猫”，凌雪枫本以为他是个三十岁左右的大叔，自从知道李沧雨只是个十七岁的少年之后，凌雪枫就不叫他“老猫”，改叫“猫猫”了。

这样的称呼似乎有种很特别的亲昵感，私下聊天的时候凌雪枫就喜欢这样叫他。

李沧雨对此也早已习惯，立刻回道：“行，你去忙吧。”

凌雪枫把风行天下的账号退出登录，又顺手开 Q 给会长留了言。毕竟风行天下是风色公会的会长账号，公会还有很多事情需要处理，他一直登录也不是办法。

已经回到办公室的会长看见凌队发来的消息，忍不住擦了擦额头的冷汗，登录自己的账号一看——居然像坐火箭一样升到 46 级了，凌队跟猫神打副本，是开着推土机在推土吗？

就在这时，风色的管理群突然有人说道：“会长！那个爱吃红烧鱼建了个新公会，据说已经满员，我们刚才反应慢了没来得及派进去卧底，要不要准备一个，等他们公会升级的时候再派进去？”

风行天下尴尬地笑了笑，打字道：“不用了，以后看见爱吃红烧鱼，尽量绕着走。”

“绕着走？为什么啊？他又不是 Boss！”不明情况的人还在那里胡说。

风行天下心想：他可不就是 Boss 吗？

连我们凌队都要对他敬上三分，我们这些小菜鸟就不要去他面前丢人现眼了吧？

而且，风色派卧底进去真的没必要，因为……

吃货小分队里，凌队正在亲自关注猫神的动向。

你们谁的卧底水平敢与凌队一战？

退出风行天下的账号后，凌雪枫神色平静地换去旁边的电脑，打开了清蒸鲈鱼的小号。

吃货小分队的公会频道正在热热闹闹地组队升级，大部分玩家都在 40 级左右，这也是月光森林服务器目前最主流的级别，会长给他的清蒸鲈鱼小号刚好在 42 级。

凌雪枫右键加入了一个打副本的队伍，打算先把小号的等级给升起来。

——神迹有史以来的最大牌卧底，凌雪枫，就这样悄无声息地混在了吃货小分队的会员当中，默默开着黑魔法师的账号，再次进入了冰霜神殿。

CHAPTER 13

结盟

神级召唤师

SHENJI ZHAOHUANSHI

凌雪枫下线后，李沧雨带着其他四人继续打副本。语音频道突然传来一个男人爽朗的声音："哥们，你们到底是什么来历，怎么都这么厉害啊？"

这声音一听就是北方人，中气十足，普通话也非常标准——典型的豪放派选手。

顾思明疑惑道："大叔你在游戏里建了个长发长腿的妹子，真人的声音怎么这么粗犷？"

男人一听就乐了，队伍里居然还有个小少年，没过变声期的声音非常软萌。

"小朋友你几年级了？"男人问道。

顾思明立刻反驳："我才不是小朋友！"

男人道："成年了吗？"

顾思明说："成年了！"

十六岁其实算成年吧？顾思明认真地想。

男人继续问："几位大神都什么来历？不会是职业选手的小号吧？"

白轩忙解释道："我们几个是现实认识的亲友，一起到新区玩的。"

男人一听这话便哈哈大笑起来："亲友团的水平哪有这么高的？得，既然你想保密，我也就不问了，能组到这样一个水平犀利的队伍还不错，反正你们也差人，我能跟你们固定打副本吗？"

李沧雨刚才一直在看公会频道的聊天信息，听到这里便开口说道："可以。不过，我跟治疗、剑客都是国外的时差党，我们三个不在的时候你就跟小顾一起去公会组副本吧。"

顾思明不想跟这位时不时哈哈大笑的粗犷大叔组队，忍不住私聊李沧雨道："猫神，我不要跟他组队打副本，我自己做任务升级吧。"

李沧雨回道："你在国内，跟这白魔法师的在线时间比较一致，我们几个不在的时候你就跟他一起组队去打副本，顺便 PK 几场，把视频录下来给我看看。"

顾思明惊讶片刻，总算反应过来队长的意思："队长你是说这个人的水平很强？你要把他拉进战队？"

"他一个人升级能排到服务器前列，本身就不简单，刚才打莉莉安的时候，那么混乱的局面走位依旧很冷静，没有任何失误，这一点非常难得，我想搞清楚他的真实水平和来历。"李沧雨解释道。

既然是队长交代的任务，顾思明立刻乖乖答应："知道了，队长！"

又打了几次副本，纽约时间到了中午 12 点半，国内已经是深夜，李沧雨便在语音频道说道："觉醒，小顾，你们要不要先下线睡觉？"

觉醒的白魔法师立刻说道："正准备睡，明天还要上班呢，哥几个明天再见！"

他说罢就神速地下了线，顾思明也依依不舍地关掉了电脑。

等他走后，白轩才问："这个人是不是可以培养？"

李沧雨说："他好像是上班族，如果没兴趣打职业联赛的话，要说服他可不容易，先观察观察再说。"

"也好。"白轩点了点头。

"对了，猫神。"谢树荣突然说道，"神迹世界嘉年华的时间定在今年十月，你知道这件事吗？"

"哦，凌雪枫今天跟我提起过，主办城市正好在纽约。"李沧雨疑惑，"你突然说这个干吗？"

"纽约是 ICE 俱乐部的主场城市，我们全战队的选手都要去现场看，经理今天正在找主办方买票。我给你们也弄张票吧？你们想去看吗？"

"当然去。"李沧雨说，"虽然嘉年华是娱乐性质，但能亲眼看见各国的高手也不错。"

“这种大场面肯定不能错过。”白轩语带赞赏，“阿谢你最近挺自觉啊，有好处还能想到我跟队长。”

“那是当然，自己人嘛！”谢树荣说。

“别拿‘自己人’套近乎。”白轩微笑着说，“门票就当是你孝敬队长的，下次来蹭饭你还要继续给我带饭钱，不然我就在你最爱吃的红烧排骨里多撒两把盐。”

谢树荣有些哭笑不得。他刚刚还想着拿门票当饭钱呢，这就被白副队给看穿了，看来中午还要抽时间再跑一趟周边店，把神族牧师的全套周边全给他买来。

由于小顾和觉醒下线，队伍里只剩下三人，李沧雨便说：“我们自己去清任务吧。”

白轩回了神界，谢树荣回到人类城市，李沧雨又一次返回了精灵族月光森林。

10级从月光森林出去之后他就一直没再回来过，回到精灵族所在地，总觉得十分亲切。这里有很多拿着弓箭或者捕兽夹快速穿梭的精灵族同类，像李沧雨这样拿着召唤法杖的依旧是难得一见的另类。

只不过，当初由于他选择召唤法杖而嘲笑他的人，现在见到他却很是佩服。

“爱吃红烧鱼？打死了45级莉莉安的那位高手啊！”一个ID叫小小猎人的玩家在附近频道说道。

“吃货小分队的会长，你好！”小小弓手紧跟着说。

“会长，你们公会还有位置吗？我们想加入，但系统提示说满员了！”小小精灵说道。

三人主动发来好友申请，李沧雨通过这几人的好友申请，敲字回复：“公会暂时满人，改天升级了我再加你们吧。”

没想到会长这么好说话，想入会的三人立刻激动地发来一排谢谢。

李沧雨往前走了几步，来到发布主线任务的NPC面前，居然看见一个熟悉的ID：罗小罗。

罗小罗见到他显然也很兴奋，在附近频道打字道："鱼哥，真巧啊！"

"嗯，一起做任务吧。"李沧雨说罢就发去一个组队邀请。

时光公会有固定的副本队，罗小罗之前还在打冰霜神殿副本，突然出现在精灵族领地，估计是时光公会的人发现自己来到了精灵族，就让罗小罗等在这里守株待兔。

李沧雨并没有拆穿他，组着他一起往任务地点赶去。

罗小罗跟在爱吃红烧鱼的后面，憋了半天，有些不好意思开口，会长每次都派他完成这种厚脸皮套近乎的高难度任务，他的脸皮已经练得跟城墙一样厚了。

不过，为了程副队的特签……罗小罗咬了咬牙，在队伍频道发来一个笑脸："鱼哥，看你头顶的称号，这都已经建公会了吗？"

"嗯，吃货小分队。"

罗小罗绞尽脑汁才想出一句赞美："吃货小分队，这个公会名字好可爱，哈哈哈。"

李沧雨被他的一排干笑逗得也笑了起来。

真是苦了这位罗小罗同学，天天被会长派来套近乎，也挺难为他的。

比起那些选手稍微发挥不好就破口大骂的路人粉来说，像罗小罗这样单纯喜欢一个选手的死忠粉其实非常难得。他喜欢的正好又是程唯，李沧雨对他自然讨厌不起来。

罗小罗来干什么的，李沧雨其实很清楚，肯定跟公会结盟有关。

眼看这周就能升 50 级，公会挑战副本非常难打，终极 Boss 的难度不输于莉莉安，人一多肯定会更乱，新成立的公会玩家水平参差不齐，以一家之力不一定能过关，有个帮手也是好的。

"我们公会才刚刚成立。"李沧雨想到这里，便打字说道，"你回头问问你们会长，如果他不嫌弃的话，不如我们结盟？"

罗小罗差点从凳子上摔下去，他苦思冥想好半天都想不出要怎么开口，结果对方主动开口，真是天上掉馅饼！

罗小罗想都没想就回复道："好好好！太好了！我们结盟吧！"

"不用回头问你们会长吗？"李沧雨开玩笑道。

就是会长派我来跟你谈的！罗小罗差点说漏嘴，立刻改口道："我这就去问。"

将这个好消息带给会长，会长立刻激动地发来一排大拇指："小罗，你真棒！"

罗小罗嘿嘿笑道："我要程副队的签名海报。"

时光机器果断答应："没问题，改天我给你邮一份时光战队的全员签名海报。"

罗小罗兴奋地差点跳下楼去跑一圈。

他从小就喜欢电竞，可惜自己手速不达标，无法成为电竞选手。高三毕业后考上大学安安分分读书，课余时间打打网游、看看比赛，支持一下自己喜欢的战队和选手，这样的日子过得也非常滋润。

想到自己即将拿到时光战队全员的签名，罗小罗真是做梦都要笑出来。

时光公会的会长时光机器很快就在公会频道发布了一条消息："大家注意，我们时光公会要跟吃货小分队结盟，以后见到吃货小分队的人就是我们自己人，互相帮助，一起升级，千万别闹矛盾。"

李沧雨也在公会频道发了条消息："我们要跟时光公会结盟。"

时光公会频道——

"吃货小分队？一听就是很萌的亲友团，有没有萌妹子？我还是单身！"

"为什么要跟这种小公会结盟？会长是想照顾一下他们吗？"

"结盟就结盟，我们时光帮忙照顾一下小公会也没什么！"

时光机器看着这些评论，忍不住擦了擦额头的冷汗。

这次结盟不一定是时光照顾对方，说不定是爱吃红烧鱼反过来照顾时光。当然，他说不清这种感觉到底是怎么回事，常年带公会，他的直觉告诉他爱吃红烧鱼是个狠角色，不然也不会把风色公会连续打退三次。

吃货小分队公会频道——

"要跟时光结盟？双手赞成！"

"会长跟时光很熟啊？怎么不选飞羽或者风色？这三家实力差不多。"

"咳咳，咱们会长好像跟风色有仇？"

"咱们会长把风色精英队团灭两次，把飞羽也打团灭了一次，你不知道吗？"

"这么厉害！"

公会频道讨论得非常热烈。

超大牌卧底凌雪枫看见这一幕，虽然心有疑惑，但他很快就想通了李沧雨的目的。

时光公会在新区带队的会长正好是时光机器。

这个人在当年徐落担任时光队长时期就在公会帮忙，算是元老级人物，比谭时天和程唯在时光的资历还要久。时光机器是老好人一个，除非争夺世界Boss必须跟别家开战，别的时间他都是"以和为贵"的处事方法，时光公会在网游里结怨的仇家并不多。

与之截然相反的是飞羽，飞羽公会的几个副会长都是血气方刚的年轻人，特喜欢打架，在网游里经常跟其他公会开战，通过干架的方式来释放憋了太久的热血。

风色公会的人其实是知道了爱吃红烧鱼的真实身份，从此敬而远之。但在外人看来，爱吃红烧鱼跟风色早已彻底翻脸，李沧雨不可能选择跟风色结盟。

飞羽那边麻烦事太多，结盟的话天天都要跟着打架。其他的公会例如清沐、鬼灵、红狐等，在本区的势力比不上这三家，公会主力精英的级别也暂时落在后面，不利于李沧雨趁机打响名气。

他选择跟时光公会结盟，看似是随意为之，其实却是经过综合考虑之后最理智的决定。

李沧雨做事向来稳妥，凌雪枫并不担心他会受委屈，倒是撞在他手里的人都被虐得泪流满面。

瞄了眼公会频道的讨论，发现时间已经快到一点，凌雪枫便退出账号关机准备睡觉。

自从担任风色的队长以来，他养成了按时睡觉的好习惯，健康的身体和良好的精神状态才能让职业选手保持最佳水准，因此他非常反对队员们熬夜。

凌雪枫起身往回走的时候，发现秦陌正在认真地盯着电脑屏幕，仔细看之前跟爱吃红烧鱼的 PK 录像，似乎察觉到身后有人靠近，警觉的小少年立刻竖起耳朵最小化窗口，打开网页假装自己在刷论坛。

回头对上师父看穿一切的深邃目光，秦陌不由得微微红了红脸，小声叫道："师父……"

凌雪枫并没有拆穿他，随口问道："七天长假有什么安排？"

秦陌认真地道："我爸妈都去外地出差了，我想留在战队，可以吗？"

"可以。"凌雪枫说，"第二轮常规赛，你暂时不用上场。"

秦陌垂下头，一脸犯错的小孩子听家长教育的悔恨表情——师父的脾气一向如此，自己在擂台犯了那么大的错，早该做好被丢去冷板凳的准备。

凌雪枫见他垂下头，便轻轻拍了拍小少年的脑袋，低声道："刚才当着其他队员的面，我没好说你，但你该知道，你跟谭时天的对局让我非常失望。你先在替补席坐一个月，好好想想以后的路要怎么走。"

"嗯……"秦陌轻轻点了点头，脸色有些苍白。

"同样的错误不能犯第二次，我希望季后赛的时候你能调整好状态，发挥出自己正常的水平来。"凌雪枫留下这句话便转身离开。

秦陌猛然间愣在原地。

季后赛？师父的意思是季后赛还要派他上场？

原来师父并没有对他失去信心，只是给他一段时间好好冷静和调整。

回过神的秦陌看着师父离开时高大的背影，顿时感动得热泪盈眶。

这就是凌雪枫的作风，即使队员犯了再大的错误，他也不会将某个队员彻底封杀，他会给那个人足够的时间坐冷板凳去反省，然后再给那个人第二次机会。

凌雪枫知道，爬得越高的人往往会摔得越狠，然而，当摔倒的人再次爬起来时，一定会比之前更加坚强。

他希望这个十六岁的少年在经过这次的挫折之后，能真正地认清自己，成为一名心态稳定、从容面对成败的优秀职业选手。

他还小，有师父帮忙顶着压力，他还可以犯错。

但当有一天他真的长大了，作为师父的自己不能再庇护他时，他就必须独自面对一切困境。

——所以秦陌，你真该感谢猫神及时把你打醒。

次日早晨，凌雪枫登录清蒸鲈鱼的小号，发现公会列表里爱吃红烧鱼、爱吃回锅肉和会开花的树已经升到 49 级，将很多人远远地甩在了后面，这明显是时差党一直在线的缘故。

凌雪枫不由得疑惑起来，难道白轩跟李沧雨一起去了美国？这个剑客也身在国外？

好在他昨晚开小号打了好几轮冰霜神殿也到了 45 级，可以去魔境森林副本了，凌雪枫便给李沧雨发去一条私聊消息："会长，魔境森林副本队还有没有位置？"

李沧雨看见一个 ID 叫"清蒸鲈鱼"的公会成员私聊自己，肚子忍不住有些饿了，这个也是他很爱吃的，可惜好久没吃过了。

——［爱吃红烧鱼］邀请你加入队伍。

凌雪枫按下同意，入队后见队伍里有爱吃红烧鱼、爱吃回锅肉和会开花的树三位时差党，昨天打莉莉安的顾名思义和觉醒的魔法师都不在线，然而没过多久，那两人也相继入队，显然是人在国内，刚刚起床。

李沧雨不由得疑惑："觉醒，你不是说要上班吗？"

觉醒的魔法师："我上班就是玩游戏啊。"

小顾猜测道："你是网吧员工吧？"

觉醒的魔法师："小朋友猜错了，我是代练工作室的老板。"后面加一排哈哈大笑的表情。

众人：“……”

李沧雨没想到这家伙居然是这样的身份。

国内有很多成熟的代练工作室，依靠帮助玩家练级、打装备、刷副本等生意来获得金钱收入，代练的水平如果不高，肯定没办法按时完成任务。

李沧雨好奇道：“你这是在帮客户练号？”

觉醒的魔法师：“嗯，客户给了我一大笔钱，让我一个月之内帮他练到满级，弄一身神装。”

顾思明也好奇起来：“一大笔钱是多少钱啊？”

觉醒的魔法师：“商机不可泄露。”后面又是一排哈哈大笑的表情。

顾思明觉得这位抽风大叔病得不轻，干脆不理他。

李沧雨也略有些失望，还以为收获了一位可发展的队友，没想到居然是个代练。

专业的代练都知道游戏里快速升级的捷径，而且，他们玩神迹各大种族职业的账号估计都玩了成百上千个，所谓熟能生巧，代练的升级速度肯定会比普通玩家快，这并不能证明这个人的水平就有多牛，能不能当职业选手更是不好说。

想到这里，李沧雨便在队伍频道说：“先进副本吧。”

清蒸鲈鱼突然问道：“会长，周三晚上的公会挑战任务要跟时光合作吗？”

“有这打算，我们公会周三能到 50 级的肯定凑不够 30 人，到时候公会挑战任务还得从时光那边借人。”李沧雨顿了顿，又说，“对了，你上线的时间固定吗？”

“早 8 点到晚 12 点，这几天放假，时间充足。”

“那好，你跟我们组个固定队，一起打魔境森林副本，我们三个时差党不在的时候你们就自己清主线任务，周三之前最好升到 50 级。”

“嗯。”凌雪枫打过去一个字。

刚还想着怎么跟他开口，结果他主动要求组固定队，真是心有灵犀。

同一时间，飞羽公会讨论组。

结盟

"爱吃红烧鱼自己建了公会，还跟时光结盟了啊！"

这条消息如同投入寂静湖面的炸弹，让讨论组顿时沸腾起来。

副会长飞羽战神立刻跳出来说："太把自己当回事了吧？找了时光当靠山就了不起？这个区那么多大公会，捏死他们就像捏死只蚂蚁！"

"也不能这么说。"公会首席治疗妹子飞羽霜霜比较冷静，认真分析道，"战队公会经营方法比较成熟，高手确实多，但战队公会的局限性也很大，比如我们飞羽，只有飞羽战队的粉丝和选手个人粉丝才乐意加入，大部分中立路人玩家其实更喜欢吃货小分队这种类似亲友团性质的公会。"

"霜霜说得对。"有人附和道，"这个爱吃红烧鱼很聪明，吃货小分队的名字比较亲民，而且他没有战队背景，会吸引到更多的路人。一级公会瞬间满员，这家公会的发展势头确实很猛，跟人缘比较好的时光结盟，至少不用担心被敌对公会仇杀，他考虑得其实并没有错。"

讨论组里静默了片刻。

"别家公会是什么态度？"飞羽霜霜问道，"风色呢？"

"风色精英队被团灭两次，昨天有人看见他们会长跟红烧鱼单挑打了个平手，风色突然安静下来龟缩去副本，估计是被打怕了吧，那群㞞包。"另一个副会长飞羽无殇幸灾乐祸地说道。

"㞞包？"飞羽霜霜看到这里不由得皱眉，"凌队是什么脾气你也知道，风色的会长会认㞞怕一个路人？我觉得这件事有些蹊跷。"

"行了，吃货小分队那边我已经派了卧底过去，你们先别急。"眼看讨论组里一群火爆脾气的人大清早就要吵起来，会长飞羽凉山终于出现，打字说道，"目前我们公会超过 45 级的人最多，剑客在前期升级有优势，大家尽快到 50 级，公会挑战任务必须拿下第一名！"

时光机器大清早起床后就登录了账号，发现时差党爱吃红烧鱼在线，等级甚至飙到了 49 级，心下一喜，立刻发来条私聊消息："鱼兄，周三晚上开启公会挑战副本，咱们两家结盟公会一起打？"

"没问题。会长你那边能有多少人到 50 级？"

“大概二十四个人。”时光机器说道。

李沧雨道：“正好，我这边再凑六个。”

其实时光公会周三能升到50级的远不止二十四人，而是四十多人。

大公会在发展之初就要为以后考虑，50级的公会挑战副本需要三十个人组队通关，是打响名气的重要环节，所以时光机器早就安排好了四十多个备用的账号组成精英固定副本队迅速冲级。

他故意留出一个队的名额让爱吃红烧鱼加进来，显然是给对方卖了充分的面子和人情，毕竟是结盟公会，要先搞好关系。

李沧雨当然知道这一点，对时光机器的做法非常欣赏，但他还是不客气地说道：“我来指挥吧。”

时光机器差点把嘴里的茶给喷了。哥们你要不要把“得寸进尺”表现得如此明显？

李沧雨接着说：“会长，你不想拿第一吗？”

时光机器愣了一下，斟酌片刻，才认真道：“倒不是不想拿，不过飞羽公会剑客最多、升级最快，每次打50级挑战副本的时候他们的平均等级都到了55级，有等级压制，所以老区一般都是他们拿第一的。”

“现在是新区，新区我们拿第一。”李沧雨自信地说。

时光机器对这个人的说法很不放心，总觉得这家伙在吹牛。不过，就算自己亲自指挥公会挑战副本，撑死也就拿个第二名，何不尝试一下让他指挥，顺便试试他的水平呢？

想到这里，时光机器便不再犹豫，干脆地说：“行，那就鱼兄你来指挥吧。”

李沧雨继续说：“最终奖励三七分成，我这边人少，所以我三、你七，会长你看怎么样？”

时光机器：“……”

哥们你要不要这么自信啊？还没拿下第一呢就开始瓜分奖励，这样好吗？

神迹中的公会活动非常多，挑战副本在每周三和周六的晚上开放，50级以上加入公会的玩家均可参与，组满三十人团队即可开启。

既然有“挑战”二字，自然有一定难度，好在挑战副本的奖励非常丰富，除了装备、金币和珍贵材料之外，通关挑战副本的公会还能按照排名获得公会建设度奖励，这也是李沧雨目前最需要的。

他的小公会才一级，想升二级就要积累足够的公会建设度，公会建设度除了会员们做任务、打副本会按照一定的比例积累之外，最快的方法还是参加公会挑战副本。

时光机器对奖励倒不怎么在意，对方说奖励三七分他也没什么意见，他更看重的是挑战副本获得第一名后的利益:全服闪金字公告，公会活动排行榜也榜上有名。

如果真的拿下第一名，全服打广告那该多有面子啊!

两位会长一拍即合，敲定了周三的合作方案，并约定 7 点钟在语音频道集合。

结束谈话后，李沧雨便带着固定队继续打魔境森林副本。打副本的过程中，他也一直在关注这两位新队友的情况。

今天刚入队的黑魔法师清蒸鲈鱼操作还不错，手法比较稳健，属于很常见的网游老手，看不出太大的亮点。当然，这是凌雪枫一边喝咖啡一边随手打打，故意隐藏实力的缘故。

而代练小哥的白魔法师却让李沧雨不由得凝注了目光。

之前打莉莉安的时候这人经常在旁边发呆，因此李沧雨看不出太多东西，只觉得他走位灵活、反应很快，一次失误都没有。今天他认真地打起副本来，李沧雨仔细一看，才发现这个人的打法有些特别。

神迹中的白魔法师基本都是控制为主、攻击为辅的远程法师打法，以时光战队的副队长程唯为典型代表。然而队伍里这个代练的打法却跟目前主流的白魔法师很不一样。

在刚才大家群攻小怪的时候，这人突然连放了两个技能——鼓舞之声、激励之曲。

柔和的银白色、浅蓝色光芒先后从他的法杖顶端扩散到四周，随着这两个技能的释放，所有队友的身上都冒起了一层象征着“增加攻击、增加暴击率”的白蓝相间的光圈。

李沧雨看到这里，忍不住问道：“觉醒，你把白魔法师的三个辅助都点了出来？”

所谓三辅助，是指神族白魔法师效果强大的辅助技能——安魂之歌、鼓舞之声、激励之曲。

安魂之歌可降低对手防御，鼓舞之声可提高队友攻击力，激励之曲可提高队友暴击率。

这三个技能用在关键时刻会达到出其不意的效果，但缺点在于，三个技能是一条技能链，安魂点出来才能点后续的鼓舞，鼓舞点出来再点后续的激励。也就是说，要想全套加满，需要消耗大量的技能点。

神迹当中每个角色满级的时候技能点都是有限的，而各职业的技能又非常多，该点哪个、该舍弃哪个，需要玩家自己来综合考量。

白魔法师的主流玩法是点出控制技能和攻击大招，这三个辅助技能很少有人会在上面浪费技能点。

这人是把白魔法师当成辅助来玩了？

果然，语音频道传来男人爽朗的声音：“是啊，三个技能我都点了出来。”

李沧雨问：“这是你客户的要求，还是你自己加的？”

男人笑着说：“我随便乱加的。”

随便乱加，这样的解释李沧雨自然不会信。

白魔法师辅助在神迹第一赛季曾经出现过，但是，第一赛季是时光战队最强势的时期，时光第一任队长徐落的白魔法师打法几乎横扫联盟，还顺利带着时光拿下了第一赛季的冠军。

徐落的打法非常暴力，技能效果也相当华丽，在他的影响之下，后来白魔法师就成了非常强势的法术输出职业，时光现任副队长程唯将这种打法发扬光大，如今提起白魔法师，大家几乎都觉得那是控制技能超多的远程法师输出。

但事实上，白魔法师也可以玩辅助。只不过，跟当年徐落在赛场上的夺目光彩相比，玩辅助的白魔法师会显得黯淡无光。加上后来纯辅助职业通灵师的崛起，白魔法师辅助这种玩法几乎已经被彻底淘汰。

这个人居然用白魔法师玩辅助，李沧雨非常惊讶。而且，一个半辅助半攻击的职业能迅速冲级冲到服务器排行榜前列，看来这位代练的水平确实不一般。

想到这里，李沧雨忍不住兴奋起来，那是伯乐发现千里马的兴奋。

“觉醒，你打算后期把辅助技能全部加满，走纯辅助路线吗？”李沧雨确认似的问道。

对方笑着说：“这是客户的账号，我随便玩玩，等满级以后凑够装备，客户上线会重新加点的。”

奇怪的是，说到这里的时候，他的声音里似乎透出一丝失落的情绪。

李沧雨敏感地捕捉到了这一点，但对方显然不想多说，李沧雨也就没再逼问，终止这个话题继续打起了副本。他不想步步紧逼把这个人吓走，如果真有可能发展队友，还是再多些了解比较好。

同在语音频道的凌雪枫，听到这里却不由得微微皱起了眉头。

白魔法师辅助打法，北方男人标准的普通话，喜欢玩人妖小号，做事风格却极为豪放，加上这个人在语音频道说话时有些熟悉的音色……

他已经想起了此人是谁，但他现在是卧底小号，并不方便跟李沧雨直说。

不过凌雪枫相信，李沧雨很快也能认出这个人来。

同一时间，似乎是接收到凌雪枫的脑电波一样，李沧雨的脑中突然灵光一闪！

对了，神迹联盟第一赛季曾经出现过一位很有特色的选手，白魔法师辅助玩得相当溜——北方男人，身材高大，个性豪爽，却建了个细腰长腿的神族美女人妖账号，反差特别大。

那人说话的时候字正腔圆，普通话能达到播音员的水准，跟耳边这位代练哥似乎有些像。

五年的时间过去了，声音或许会略有改变，可这种说话的语气跟记忆中的那个人确实非常相似。

那人所在的战队叫朔月战队，跟FTD战队一样成绩很不好，他的白魔法师辅助在赛场上也没打出过太大的亮点，表现很一般，跟同是白魔法师的时光老队长徐落一比简直就是云泥之别。

如果说，第一赛季的时光战队队长徐落是光芒璀璨的电竞巨星，那么，朔月战队同为白魔法师的章决明,就只是神迹职业联盟里一个毫不起眼的小透明。

朔月战队解散得比FTD还要早，第一赛季结束时就解散了，选手们也不知所踪。

电竞圈打到大神级别的毕竟是少数，仍有不少默默无闻的选手连名字都没留下就离开了联盟，尤其是前三个赛季，神迹联盟的规则还没那么完善，赛制又特别残酷，撑不下去解散的战队简直是数不胜数。

李沧雨对早期解散的那些战队印象并不深，之所以记得章决明这个人，是因为第一赛季的主办城市在北京，章决明就是北京人，他很豪爽地尽了一次地主之谊，请全联盟的选手去吃饭。

饭局上，李沧雨就坐在他的旁边，曾经跟他有过短暂的交流。

“我觉得，白魔法师辅助关键还是看队友，队友要爆发的那一刻如果你能及时加一次状态，攻击力翻倍，暴力率翻三倍，效果会相当可怕。”李沧雨认真地说。

“猫神说得很对。”章决明笑了笑，“原理上是这样，但实施起来可没那么容易啊！”

他的笑容里带着些无奈的苦涩。

当时，朔月和FTD一样成绩不好，两位队长聊起这些，其实也有种“同病相怜”之感。

很多打法确实在原理上是行得通的，但机遇也是个大问题，遇到非常强力的队友，很多打法都能横扫四方，可如果队友们磨合不好，理论上再厉害的打法放在实战场上也会不堪一击。

那顿饭局，章决明主动给大家敬酒，他喝了很多酒，醉得不省人事，最后被队友们抬回了酒店。

在那之后没多久，朔月战队解散，章决明就这样默默地离开了联盟。而同是白魔法师、年龄也一样的徐落却带领时光战队拿下了第一赛季的总冠军。

徐落的白魔法控制打法大受吹捧，章决明喜欢的白魔法辅助打法自此被神迹联盟彻底淘汰。

回想到那些陈年旧事，李沧雨的心里不禁有些酸涩。

如果这个人真是章决明的话，那么这些年来，他居然在当代练吗？

每天操作着不同的账号，有时候接到急单甚至要通宵达旦地辛苦练级，为别人的账号升级、打副本、刷装备，以此来赚得一些微薄的生活费用？

曾经的职业选手沦落到这个地步，怎一个惨字了得。

可李沧雨始终记得当年那个性格豪爽的男人，说起白魔法师辅助时，他的眼睛里是那么地充满光彩，哪怕输了比赛，他也拿出一大笔钱请大家吃饭，就因为神迹大赛开到了他的家乡——他高兴，非要做东。

其实他很爱这个游戏，否则他也不会苦心钻研出一套非常偏门的白魔法师辅助打法。

没有人料到，当年他请吃饭，只是为了跟大家告别。

他在赛场上没有给人留下过太深的印象，作为一位职业选手，大家最深的印象居然是他最后请吃饭这件事……说来也挺辛酸。

想到这里,李沧雨不由得私聊他问道:“你是不是朔月战队的队长章决明？”

电脑那边的男人沉默了片刻，打字道：“哥们，别开玩笑了，我只是一个小小的代练。”后面跟着一大排哈哈大笑的表情，像是在掩饰什么。

李沧雨并没有再问下去。

对方若真是章决明，肯定也不会直接承认。职业选手跑去当代练谋生，说出去确实有点儿丢脸，但李沧雨相信，如果章决明的心里对于奖杯的渴望还没有彻底熄灭，那么，总有一天，他会将那点期望的小火苗重新点燃，变成势不可当的熊熊烈火！

CHAPTER 14

挑战任务

神级召唤师

SHENJI ZHAOHUANSHI

周三晚上 8 点钟，新区就会准时开放公会挑战副本，李沧雨特意算好了时差，定好了闹钟，大清早 7 点就爬起来登录了电脑。

北京时间比纽约早 12 个小时，此时国内正是晚上 7 点，时光机器果然在线。

爱吃红烧鱼一上线，他就将对方拉进团队，并且给了一个语音房间的号码，客气地跟他商量："鱼兄，我这边的人已经到齐了，你看还需要准备什么？"

李沧雨扫了一眼团队列表里的职业，说道："留一个圣骑士、三个治疗，其他全换远程输出。"

听到他说话的团队频道顿时刷来一大排省略号。

时光机器惊讶道："只留三个治疗，够吗？"

一般打这副本要带六个治疗，五个小队每队一个治疗看队友的血，剩下一个治疗专门加主 T。结果这红烧鱼只留三个治疗？

"够了，我这里还有一个。"李沧雨认真地说。

有人忍不住在语音频道开口："一般这个副本至少要六个治疗，还可能加不上血团灭，你只留四个治疗？哥们你别开玩笑行吗？"

"没开玩笑。"李沧雨说，"我们用另一种打法。"

男人的声音听起来果断坚定，没有丝毫犹豫，显然是胸有成竹。

团队频道顿时炸开了锅，大家对他的"另一种打法"十分怀疑。

时光机器纠结片刻，最终还是决定暂且相信他。反正以前的打法最多也就拿第二名，说不定他这种偏门打法真能拿第一呢？就赌一次吧！

想到这里，时光机器便把团队列表里多余的治疗和圣骑士全部请出去，又换进来备用的远程输出。

被踢的人自然心里不舒服，私聊时光机器吐槽：“会长你找来的这是什么人？靠谱吗？”

时光机器也很头大，只能安慰大家：“靠谱靠谱，待会儿等着看吧。”

既然会长如此确定，其他人也不好多说什么，只等着看好戏。

公会挑战任务晚上 8 点准时开始，7 点半的时候就会开放任务副本，让大家提前进副本做准备。

时光机器把团长让给了李沧雨，李沧雨在公会管理员处接受挑战任务，进入副本后，他便开始重新分组。众人见他手脚麻利地迅速分好组，心里都忍不住疑惑——这奇葩的分组方法也是从来没见过！六个白魔法师在一队，六个弓箭手在一队，是想干什么？

李沧雨分好组后就开始解释：“一阶段打小怪，时光妞妞加主 T 顾名思义的血，时光然然加副 T 时光狂人的血，时光痘痘看近战的血，远程输出的血由我们家治疗来加。”

众人：“……”

一个人加全部远程输出？你家治疗难道是八只手的蜘蛛精？能忙得过来吗？

目前三十人的团队里有八个弓箭手、八个白魔法师、一个召唤师，还混进来一个画风不太对的黑魔法师（凌雪枫）……远程加起来总共十八个。

一个治疗加这么多远程简直是天方夜谭。

时光然然也是时光公会的首席治疗，能加两小队十二个人的血已经是她的极限，听到这里忍不住讽刺道：“你们公会的治疗看来还是个神奶啊？能一个人搞定十八个远程？”

李沧雨平静地说：“对，他就是神奶。”

时光然然差点被气晕。

李沧雨接着解释道：“团里远程非常多，待会儿小怪刷新之后，两位主 T 把东西南北中五个方位的小怪拉着绕圈跑，大家集火开群攻。”

众人：“……”

公会挑战副本的第一关会在场地的东、西、南、北、中五个位置各刷新五只小怪，一批二十五只，一批死光再刷第二批，共刷新十次。

由于小怪的攻击力比较强，一般的打法是三十个人的团队分成五支小队，每小队都有治疗，一支小队负责清理一个地方的小怪，五个地方分散站位。

然而李沧雨却想把所有小怪都拉到一起群杀……

你能保证主 T 不死？能保证这样混乱的局面下治疗忙得过来？

所有人的心里都充满了疑问。

凌雪枫听到这里，心下却十分了然。他这是把时光战队在赛场上最擅长的风筝打法运用到了副本当中，也只有远程非常多的时光公会才能做到这一点，换成其他公会就不可能实现。

根据队伍的配置而调整不同的打法，可见李沧雨对这个游戏的了解之深。

时光公会的人真是不识好歹，猫神专门为你们量身定制的打法，你们还在这里质疑什么？

想到这里，凌雪枫忍不住在团队频道打字道："既然这次挑战任务是我们会长指挥，大家就听他的安排，吵来吵去，除了浪费时间还有别的作用吗？"

这话在团队频道冒出来，似乎有种天然降温的效果，吵闹的众人顿时安静下来。

李沧雨有些疑惑，没想到这个清蒸鲈鱼居然会帮他说话——这是在维护自家会长？

无视团队频道刷出来的各种表情和省略号，李沧雨干脆在东、西、南、北、中五个小怪刷新点标记了五个颜色的光圈，接着说道："两位圣骑士，小顾拉红、黄、绿三个点的小怪，时光狂人拉紫、蓝两个点的小怪，拉到小怪后都按照顺时针的方向跑，远程输出跟在远处放群攻。"

时光机器总算明白过来——如果按照以前的打法，分成五个小队杀五个方位的小怪，一个群攻下去只能打到自己周围的五只小怪。然而，按照爱吃红烧鱼的办法，主 T 把所有小怪集中到一起，一个群攻放下去，就可以打到全部二十五只小怪！

虽然拉怪需要技术和时间，可总体算下来，每个人的群攻伤害都能达到最大化，不浪费一丝一毫，只要小怪拉好，所有人放群攻威力极大，杀小怪的速度当然会加快！

时光机器是个明事理的会长，听到这里，立刻干脆地说道：“团队频道我直接禁言掉，都别刷屏了，我们就按鱼兄的打法！”

李沧雨对时光会长的果断很是满意，接着说道：“还有一点时间，大家准备站位，远程全部站到光圈外围十米左右的位置。”

会长都这么说了，大家只好沉默下来，乖乖按照指挥的吩咐去站好位置。

同一时间，飞羽公会挑战副本内。

由大量剑客组成的三十人团队已经分成了五个小队，站在五个方位整装待发。

本次挑战活动的总指挥是会长飞羽凉山，他看了眼场地，冷静地说道：“这个挑战副本我们以前打过无数次，在老区，50 级的公会挑战副本第一名一直是我们飞羽公会保持的，今天也一定要拿下。”

飞羽战神笑道：“老大不用担心，我们这个团大部分人已经 55 级了，待会儿刷出来的小怪才 50 级，有等级优势，轻轻松松秒掉。”

道理是这样没错，可新区有竞争力的公会很多，飞羽凉山还是不太放心。

“风色那边怎么样？”飞羽凉山私聊单线接触的卧底问道。

“风色的会长好像不是很在意排名的样子，说是随便打打拿点奖励就行。”

飞羽凉山又从好友里找到时光的卧底发了条消息：“时光那边的挑战副本怎么安排？”

“时光跟吃货小分队结盟，这次公会挑战任务时光出了二十四个人，吃货小分队去了六个人，会长时光机器为了表示跟结盟公会的友好，主动把指挥权让给了对方的会长爱吃红烧鱼。”

看到这里，飞羽凉山不由得皱起了眉头。

又是爱吃红烧鱼，这几天看这个名字看多了，他对红烧鱼都要有心理阴影了。

如果是时光机器本人指挥，时光那边级别偏低，杀怪的速度肯定超不过飞羽。可如今突然换成爱吃红烧鱼指挥，他的心里莫名升起一种不太好的预感。

爱吃红烧鱼……这人到底是什么来历呢？由他指挥的话，成绩会不会超过飞羽？

眼看 8 点快要到了，飞羽凉山只好收敛住心神，在语音频道说道："大家集中精神，8 点准时开打，这次的第一名一定要拿下！"

北京时间晚上 8 点整，月光森林大区终于刷出了一条全服公告——

各位玩家，公会挑战副本已开启，50 级以上加入公会的玩家均可组队至公会管理员处接受挑战任务，本次活动将奖励大量经验、金钱、装备及公会建设度，请大家积极参与!

目前月光森林大区到达 50 级的玩家不算多，几乎全是各大公会的精英团，此时，所有的大公会都已经组好了打公会挑战副本的队伍，这条公告一刷，副本正式开启，大家立刻精神抖擞地拿起了手中的武器。

——公会挑战副本第一关:消灭入侵者。

所谓的消灭入侵者，也就是李沧雨之前所说的杀光东、西、南、北、中五个方位刷出来的小怪，小怪一共出现十轮，必须杀死第一轮的全部二十五只小怪，第二轮的才会刷新，因此，这个阶段为了节省时间，最好不要漏掉任何一只小怪。

8 点整，副本内的小怪果然刷了出来，右上角也出现了活动计时条。

李沧雨语速飞快地下令道："主 T 开始拉怪，五队的治疗和剑客跟在圣骑士后面，治疗加好主 T 的血，剑客在旁边保护治疗。输出待会儿听我的命令开群攻，不要乱开！"

按照他之前交代的方位，顾思明和时光公会派来的骑士时光狂人分别走向李沧雨标记好的不同颜色怪物刷新点，一人一个战嚎技能，把自己周围的小怪拉住，然后就按照顺时针的方向开始绕圈跑！

输出都在远处围观，只见顾思明拉了西、北、东的小怪，时光狂人拉了中间和南边的小怪，顺时针一跑动，两人的怪堆正好接在了一起——密密麻麻的小怪跟在他们身后，画面就跟开火车一样壮观！

李沧雨见小怪聚拢，便开口道：“一队、三队，放群攻！”

“轰”的一声，一小队六位白魔法师的群攻技能“神之信念”，三小队弓箭手的群攻技能“死亡箭雨”，从天而降的华丽技能光效差点把大家的电脑给卡死。

而随着群攻技能的放出，聚在中间的小怪“嗷”的一声惨叫——居然就这样集体扑倒在地！

时光公会的所有人都惊呆了！

以前第一关打小怪的时候由于小怪攻击力高，治疗还要照顾队友的血，六人小队杀小怪起码也要 25 秒才能杀完一拨，如果有的队伍不小心漏掉一只还会耽误大家的时间。而如今，两个圣骑士把所有的小怪拉到一起，只用了 20 秒就把第一批小怪全部杀光了！

众人还在愣神之际，第二批小怪刷新。

李沧雨道：“继续。”

小顾和时光狂人又去拉小怪重复刚才的动作。两位圣骑士拖着小怪开火车一样绕圈跑，小怪一直跟着两个圣骑士，这样一来，站在远处的输出掉血就会很少，白轩一个人加全部远程也非常轻松。

时光的两位治疗妹子被李沧雨安排专门照顾圣骑士的血，两人跟在圣骑士的身后拼命刷血，如果小怪来打治疗，那么，李沧雨安排的两个剑客就在治疗的身边保驾护航，保证治疗的读条大招不被打断，这样一来，治疗只加一个骑士的血，压力就不会太大。

“二队、四队准备群攻。”李沧雨在语音频道说，“放！”

指挥一声令下，又是“轰”的一声巨响！

虽然二队、四队的输出不如一队、三队那么整齐，可在辅助的帮忙之下，也是瞬间就秒掉了全部小怪。

时光机器看到遍地的小怪尸体，惊骇得差点掉了下巴！

没想到这样聚拢小怪群杀的效率居然如此之高！更没想到的是，爱吃红烧鱼在副本开打之前，就把一切可能发生的意外都算得清清楚楚！

怕治疗读条被打断会影响到给圣骑士加血，他专门派了两个剑客贴身保护治疗；怕输出职业全体放群攻会导致伤害逸出、技能浪费，他将所有输出人员按照职业编成不同的小队，分两批放群攻，将伤害达到最大化。

精密的聚怪群杀设计，技能的无缝衔接，几乎连一秒时间都没有浪费。

时光机器在惊骇的同时，心里却油然升起一股强烈的佩服之情。

牛，太牛了，简直不是一般的牛！

他根据三十个团队成员的职业配置，临时调整的一套风筝小怪方案，显然是为时光公会量身打造的！自己怎么就从来没想到过呢？果然是智商不够用吗？

时光公会今天来参加挑战副本的也都是公会里意识一流的高手，看到这里，所有人之前对爱吃红烧鱼的质疑早已消失殆尽，大家膜拜都来不及，对他的指挥更是言听计从。

经过了三轮的风筝杀小怪磨合，大家对这种打法早已熟悉，李沧雨便接着说道："第一关就这么打，我不重复了，大家卡技能时间放群攻就行。接下来的第二关迷宫，会长你们以前是怎么过的？"

——公会挑战副本第二关：随机迷宫。

这是足以容纳上百人的超大迷宫，而且，每一次挑战副本的迷宫路线都是随机产生，不能照着固定的路线走，需要大家合作，随机应变。

时光机器想了想，说道："我们从入口进去之后，按照小队分别走不同的岔路，如果遇到死路，那个人就回到死路的路口放下一个道具，表示此路不通，后面的人就不用再进这个路口。"

李沧雨道："也就是用岔路排除法？走进死路的人回到路口做标记，慢慢地，把二十多条错误的死路全部排除，剩下的那条路自然就会通向终点。"

"是这样的。"时光机器忐忑地道，"有什么不对吗？"

"这办法不错。"李沧雨道，"就按老办法来。"

时光机器兴奋道："好的！"

不知道为什么，能得到这位高手的肯定，时光机器的心里居然有些得意。

其实这种“岔路排除法”还是六年前他跟时光的老队长徐落一起研究出来的。

大型迷宫走起来非常复杂，如果所有人走一条路，万一走进死胡同再返回，那就会浪费大量的时间，他跟徐队找了一堆小号让公会的人试着走迷宫，大家走不同方向、不同路口，走进死路的人在路口做好标记，就会避免其他队友再次走入死胡同。

这样下来，三十个人，总有一个人会走对方向，到达最后的终点。

人多力量大，用这种办法走大型随机迷宫就会非常快。后来，其他公会的卧底把这种方法流传出去，渐渐就变成公会挑战副本迷宫阶段的主流玩法，大部分公会都是这么走过去的。

如今提起来，又有多少人知道，当年他们时光的一群人为了这迷宫研究了一整个通宵呢？

想到已经退役的老队长，时光机器忍不住有些心酸。

还好谭时天并没有辜负他师父的信任，接任队长后把时光战队打理得井井有条，时光的成绩依旧排在联盟前列，让时光的元老们都十分欣慰。

时光机器刚开了一下小差，第一关就已经打完，屏幕上弹出两行大字提示。

——恭喜，挑战副本第一关［消灭入侵者］成功完成！

——第二关［随机迷宫］即将开启！

第二关李沧雨并不想改变策略，大型迷宫比较麻烦，临时改策略很可能会乱套，既然时光公会有固定的走法，就按他们的来，李沧雨果断地把指挥权交回给时光会长，说道：“会长，迷宫你来安排吧。”

时光机器精神一振，立刻说道：“好！大家准备走迷宫，待会儿进去之后，一队向左，二队向右，三队向前，四队、五队先在原地等，遇到死路丢块晶石当标志，方向正确的马上在团队汇报！”

时光机器毕竟是六年元老，比起其他公会年轻一代的会长们而言，他管理公会的经验更丰富，处事较为稳重，当起指挥来也很果断干脆，李沧雨也对他颇为欣赏。

很快，倒计时结束，第二关的随机迷宫开启。

按照时光机器的安排，三支小队一进迷宫，就立刻走向不同的方向。

团队频道解除禁言，没过多久就看见有人发消息：“左边全是死路！”

又过了一会儿，团队频道再次弹出一条消息：“前路不通！”

既然左路和前路全是死胡同，那就证明正确的方向在右边，右边的岔路肯定会更多，时光机器立刻说道：“四队跟着走右路，一队、二队也过去帮忙。”

走进右路的四支小队再次分散开来，很快就标记出不少死胡同。

右上角小地图的迷雾渐渐被解锁，迷雾区被解锁证明有人已经到达了相应的区域。

眼看70%的迷宫区域被解锁，时光机器这才带着最后的五队成员走进了右路。

一进右路，就见沿途到处都是之前队员们留下的死胡同标记，大家看见标记便自觉绕过去，不用再走进死路，因此省了不少时间，一路几乎是畅通无阻，很快就找到了最正确的那条路线。

——恭喜，公会挑战副本第二关［随机迷宫］成功完成！

——第三关［齐心协力］即将开启！

公会挑战副本最难的就是第三关：齐心协力Boss战。

第三关的Boss是血族Boss，血族Boss最烦人的一点就是吸血，他会一个特别华丽的技能叫作“血夜的狂欢”，这个大招开启的时候天空会变成血一样的鲜红色，周围出现五位血族公爵，随机选中五个玩家疯狂吸食玩家的血液，并按1:5的比例补充给Boss，防御稍弱的玩家能被活活吸死，而Boss却可以依靠这个技能大量回血。

输出不够强的队伍打这个Boss，往往打了半天，Boss恢复满血，玩家却死了不少，团灭不用怀疑。

除此之外，这个血族Boss还会隐身和暗杀，Boss一旦隐身到某个玩家身后，手中匕首一亮，被盯上的人就会瞬间被秒杀，加上他隐身频率极高，如果反应稍慢，死的人越来越多，自然会打不过。

李沧雨今天组团的时候只带了四个治疗，第三关要怎么打，大家的心里都有些疑惑。

好在第三关 Boss 开场的台词比较多，正好给大家充分的时间做准备。

李沧雨在场地上标记了几个位置，抓紧时间在语音频道说："小顾当主 T 把 Boss 拉到中间，一阶段 Boss 大招会召出五位血族公爵，被血族公爵盯上的人立刻站到我标记的蓝色光圈周围，二队和四队的输出迅速秒掉吸血鬼，其他输出全程打 Boss。

"主 T 的血由时光然然来加，其他三位治疗看好被血族公爵盯上的人，无缝衔接治疗阵。"

各位治疗听到这里，顿时恍然大悟。以前的打法是每个小队都有治疗照顾本小队的血，他这种打法却是把被血族公爵盯上的人集中在一起，三位治疗无缝衔接，群体加血，这样就可以保证五位被吸血的队友不被吸死，将群体治疗技能的效果达到最大化。

李沧雨接着说："二阶段 Boss 会隐身游走，我标记了六个位置，由一队的六位白魔法师按照编号丢群攻技能把他给打出来！只要他破除隐身状态，就不会秒人，被 Boss 盯上的人掉血会非常严重，治疗记得留好大加准备抬血。"

众人往场地中央一看，只见广场中间按照顺时针的方向用数字标记了六个小圆点，一队的六个白魔法师按照标记放群攻的时候，正好能覆盖广场整个圆圈的位置，那么，Boss 不管隐身在何处，都会被打出来。

时光机器对这样的安排十分佩服，忍不住道："好办法啊！"

以前他们打这个挑战副本第三关的时候，Boss 一旦隐身，大家胡乱丢群攻把他打出来再继续围殴，从来没有像今天这样，顺时针做好标记指定六个人放群攻。

打个副本居然如此严谨，看得出来，这位爱吃红烧鱼指挥副本的时候会把每一个环节都考虑得非常周到，把一切都布置得井然有序，提前预计好各种意外情况，不浪费任何一个技能。

这人简直就是指挥副本的天才啊！

众人震惊于爱吃红烧鱼的思路的同时，Boss 的废话终于说完，屏幕上闪起红光，Boss 战正式开始！

小顾 5 秒之内就迅速将 Boss 拉到中间站好，李沧雨见仇恨稳定，这才说道："开打！"

所有人开始围殴 Boss，血量很快就压到了 90%。

——血夜的狂欢！

副本内的天空突然变成血一样的红色，同时，周围出现五位血族公爵，脸色苍白，口中露出尖锐的獠牙，随机选中了团队里的五个输出开始疯狂吸血。

李沧雨道："被盯上的人速到蓝色点！远程强杀血族公爵！"

按照之前的安排，五个被血族公爵盯上的人立刻跑到蓝色标记点，白轩已经眼明手快提前开始读治疗大招，五人到达那里的时候，脚下正好冒出光芒柔和的加血阵。同时，白轩又爆手速给五个人的身上迅速叠满了愈合之语的持续回血 buff。

白轩治疗阵的效果刚结束，另一个治疗时光妞妞立刻跟上治疗阵，无缝衔接的群加技能总算把五位倒霉蛋的命给保住了。

远程输出按照指挥的吩咐，暂时放下 Boss 不管，集火把五位血族公爵秒掉。

第一次大招顺利度过，李沧雨满意地道："很好，大家就这样保持。"

众人都是意识不差的高手，有了一次配合的经验，接下来打起来自然顺利无比。

Boss 血量到 45% 的时候，李沧雨在语音频道提醒："马上要二阶段了，一队的白魔法师准备好群攻。"

血量一到 40%，Boss 突然发出一声狂笑，然后就瞬间失去了踪迹。

这是血族 Boss 二阶段的隐身技能。

"放！"李沧雨在语音频道下达指令。

六位白魔法师立刻按照提前分配的不同编号，在场地不同的方向放下了神迹当中范围最广的群攻技能——神之信念！

银白色的耀眼光芒从天而降，顿时照亮了血色的夜空，白魔法师的技能准确地覆盖了中央场地 360 度的超广范围，隐身的 Boss 被攻击，立刻现形，居然正好在李沧雨的身后。

破隐的 Boss 没法秒杀玩家，却起手一刀把李沧雨的血砍到了 10%，白轩立刻给李沧雨丢了一个治疗术，顺手把愈合之语刷到满层，小顾也赶紧跑过来把 Boss 拉回了场地中间。

过了一分钟，Boss 又开始隐身，六位白魔法师再次按照之前的部署把 Boss 打出来，被盯上的人掉血严重，附近的治疗立刻给他刷血，小顾再次把乱跑的 Boss 拉回原位。

原本最容易出问题的 Boss 隐身秒人阶段，居然就这么简简单单地过去了……

时光机器突然觉得羞愧无比。

跟爱吃红烧鱼的精密布置比起来，自己以前指挥的那叫什么打副本？那是在过家家吧？

时光公会的人显然也有这种感觉，爱吃红烧鱼的指挥几乎完美到无可挑剔，显然，他对游戏的理解之深不是一般的老手能比的。他连技能的冷却时间、覆盖范围、伤害数值都能算得如此精确，这人的脑袋里是不是装了神迹资料库啊？

这个人是有多热爱神迹，才会把一切职业的技能都研究得如此透彻？

原来打 Boss 也可以变得这么轻松，众人按照爱吃红烧鱼的指挥，几乎是在围殴虐待 Boss……

据说十分可怕的公会挑战副本第三关血族 Boss，到了爱吃红烧鱼的手里，就像是一个哗众取宠的跳梁小丑一般，迅速被大家集火围殴致死。

月光森林大区立刻弹出一条闪亮的金色大字公告。

——恭喜［吃货小分队公会］和［时光公会］联盟队伍率先通关公会挑战副本！

——奖励公会资金 100000 金币，公会建设度 50000 点！

除了公会奖励之外，副本内的每个人还会额外奖励 50000 经验、5000 晶币以及一个“黄金宝箱”，宝箱可随机开出装备、金币或者珍贵材料。而双方公会的玩家也能跟着沾光，所有在线的人，每人直接获得 10000 经验。

看到世界公告的吃货小分队和时光公会成员们立刻在公会频道刷起了鲜花和掌声，副本团里的人就跟打了鸡血一样欢呼起来，时光机器更是激动无比！

老区的第一次公会挑战副本，每回都是飞羽公会利用等级优势包揽第一名，这次新区却是时光公会上了广告，一巴掌打了飞羽凉山的大脸，这感觉真爽啊！

李沧雨倒是很淡定，私聊时光机器道：“会长，奖励三七分？”

时光机器豪爽地说：“别三七分了，宝箱全部给你吧，以后咱们两家公会合作的地方还多着呢，鱼兄你今天指挥辛苦了，佩服佩服！”

这会长显然是个聪明人，发现爱吃红烧鱼是难得的指挥人才，并没有贪图这点蝇头小利，而是把奖励全部送给他——跟结盟公会打好关系，比拿这点奖励要重要得多。

李沧雨也没客气，收下时光机器交易过来的全部宝箱，这才说道：“打完了，大家辛苦，我先退了。”

他刚退出队伍，屏幕上就弹出二十多条申请加好友的信息，全是时光公会副本团的人，显然，这些人对李沧雨的指挥非常认可，争先恐后地加他好友，李沧雨全部按了通过。

来到伊苏城的公会管理员处，李沧雨跟公会管理员对话，选择公会升级。

由于之前吃货小分队的会员们都在积极地打副本、做任务，公会建设度已经累积了不少，加上这次挑战副本第一名的奖励，他一按升级，吃货小分队就直接升成了三级公会。

——恭喜［吃货小分队］成功升级为三级公会，欢迎各位加入！

这条消息再加上刚才服务器刷出的金色大字广告，游戏里还没加公会的玩家们立刻蜂拥而入，吃货小分队的公会申请列表上再次排满了密密麻麻的申请名单。

“这次还是全部通过？”白轩回头问道。

“嗯，先通过，等公会发展起来，再把那些长期不在线的清出去。”李沧雨说。

“好。”白轩在那忙着通过公会申请，李沧雨却从好友列表里找出三个人，发过去一条入会邀请。

这三人的ID分别是小小精灵、小小弓手、小小猎人，显然是一起建号的亲友团。

被邀请加入公会的小小精灵发来一排惊讶的表情：“会长会长！你还记得我们啊？”

“嗯，给你们留了三个名额。”

这三人正是李沧雨当初回月光森林做任务的时候在路上碰到的三个精灵族玩家。当时他们说想加入公会，由于公会满员，李沧雨便答应他们公会升级后再加，还顺手加了他们好友。

如今公会顺利升级，李沧雨自然一诺千金，立刻将他们邀请进来。

虽然这三人只是不认识的路人，但李沧雨说过的话，从来都是算数的。

完全没想到会长居然记得他们这些小透明！小小精灵感动地道：“会长，公会刚成立需要人帮忙吗？我们三个是大学同学，在老区玩了一年多，专业副本党，有管理副本队的经验，需要的话随时说哈！”

没想到顺手加的三个人居然是副本老手，李沧雨立即心情愉快地回复道：“那正好，我这两天忙不过来，你们三个在公会组织一下副本队，先让大家打副本升级，周六之前尽量让80%的人升到50级，周六的公会挑战任务我会亲自带队。”

小小精灵忙说：“没问题，会长，包在我们身上！”

同一时间，飞羽公会挑战副本内。

看着世界频道刷出的公告，再看看还剩50%血量的Boss，飞羽凉山的脸色不禁有些难看。

如果只差一点点，那还能说是对方运气比较好，或许在走迷宫的时候节省了时间。

可Boss的血量差了整整50%——也就是说他们比飞羽早了差不多10分

钟通关公会挑战副本。

10 分钟啊！这到底是怎么打的？差距也太大了吧？

副会长飞羽战神脾气暴躁，看到这里忍不住骂道：“我们全团等级 55 级，打小怪和 Boss 已经够快了，迷宫阶段也没浪费时间，他们比我们快上将近 10 分钟，这群人是装了外挂吧？”

飞羽霜霜妹子比较细心，看了公告一眼，冷静地说：“应该是打法的问题，刚才的公告，吃货小分队排在时光前面，证明副本团的团长是爱吃红烧鱼，他的指挥方法明显跟时光的会长不太一样。”

老区一直是飞羽拿第一，新区第一次挑战副本就被打脸，大家自然不太好受。

更让人觉得雪上加霜的是，吃货小分队的卧底给飞羽凉山发来一条私聊消息：“老大，吃货小分队公会一次性升到三级，申请列表上已经排了好几百人，估计今天之内又要满员。”

飞羽凉山：“……”

公会升级还能跳级的？

直接从一级跳到了三级不说，申请列表还有那么多人排队？

这样的人气，未免太可怕了些。

相信再过不久，吃货小分队就会升为四级公会、五级公会……甚至变成本区最大的公会。

想到这里，飞羽凉山终于下定决心，在语音频道冷静地说：“我们不能就这么看着吃货小分队发展壮大起来，霜霜，回头你整理一下公会里还没用过的小号，把账号密码发给精英队的人，那个爱吃红烧鱼到底是什么来头，我倒要亲自会会他！”

CHAPTER 15

人皇苏广漠

神级召唤师

SHENJI ZHAOHUANSHI

飞羽霜霜做事果然靠谱，很快就整理出一批小号，把账号和密码发给了会长。

这批小号是飞羽公会入驻新区月光森林的时候统一交给代练工作室来升级的，目前的级别紧跟主流大部队，也点出了各职业的初期大招。小号的装备不好，这倒不成问题，游戏里初期的装备都是不绑定的，可以随便交易，大家把大号身上的装备换去给小号穿就可以。

飞羽凉山从这批小号中挑出十二个 51 级的组成两支小队，将账号发给办公室里的飞羽公会高手，冷静地说道：“大家开小号，去野外堵爱吃红烧鱼。”

他想亲自试探一下爱吃红烧鱼的身份，用这种没加过公会的小号只是不想给飞羽公会惹来麻烦。两个小队有近战、有远程，全都是网游里最普通的副本队的配置，也不容易让人联想到飞羽公会。

玩谍战玩久了的飞羽会长，野外偷袭当然也布置得天衣无缝。

50 级之后，第二个人类主城“泽亚城堡”正式开放，魔境森林副本拿到的经验越来越少，神迹的老玩家们更喜欢另一种快速升级的途径——在主城郊外组经验团。

泽亚城堡周围的小怪全是 50 级以上，击杀小怪奖励的经验不少，玩家可以组个六人小队去杀小怪刷经验，升级的速度会非常快。

飞羽凉山很快就问到了爱吃红烧鱼的坐标——他正在泽亚城堡外西部的树林里杀变异魔兽。

变异魔兽是一种体积高大、近战攻击力很强的兽族怪物，等级 52 级，属于野外精英怪，杀死一只的经验非常高，这种大的变异魔兽半分钟刷新一只，很适合六人小队升级。

飞羽凉山带队来到西郊树林时，果然看见一支经验小队，头上整整齐齐的“吃货小分队”字样，证明这六个人正是爱吃红烧鱼所带的固定队成员。

远远看见圣骑士“顾名思义”拉过来一只变异魔兽，其他的队友们开始有条不紊地攻击魔兽，飞羽凉山立刻说道：“上！”

会长一声令下，两小队共十二人迅速呈包围之势扑了上去。

而同一时间，李沧雨也在语音频道说：“散开！”

他早就看见远处有些人鬼鬼祟祟地躲在那里，因此，那群人一动，他就立刻让队友们分散开来。

白轩、谢树荣和小顾往左边跑，李沧雨、清蒸鲈鱼和觉醒的魔法师往右边跑。

飞羽凉山没料到对方反应这么快，愣了一下，很快就改变命令：“一队左，二队右，团灭他们！”

神迹当中，50 级是一道门槛。50 级以下有新手保护，死亡不掉经验。50 级以上的玩家不再受系统保护，被杀的人就会掉经验、掉装备。

李沧雨其实已经猜到了对方的来意。这是想强杀他们固定队，让他们死后不断地掉经验，只要等级掉到 50 级以下，周六的公会挑战任务就没法参加。这种野外杀人让对方掉级的做法确实简单粗暴。

白轩也猜到了这一点，忍不住在语音频道说：“这是哪家公会胆子这么大？居然来野外强杀我们，没见风色和飞羽的精英队都被我们灭回去了吗？”

顾思明的声音非常兴奋：“他们这次人多势众啊，有十几个人呢！”

李沧雨笑道：“照样灭回去。”

当初，李沧雨、白轩和谢树荣三人杀了对面六人，这次，六人杀十几人其实也不难。

左边那支三人组，谢树荣的个人能力足以轻松地在网游里一挑三，加上超级神奶白轩的辅助，还有小疯子顾思明的保护，阿树杀光一个队的网游玩家应该不难。

右边，李沧雨对自己非常有信心，队里的白魔法师很可能是当年朔月战队的队长章决明，如果这种推论成立，那么，有章决明辅助他，他一个人干掉六个人完全不在话下。

当然，他并不知道清蒸鲈鱼其实是凌雪枫的小号，要是知道这一点，李沧雨肯定躺平打酱油让凌雪枫去解决这群人了。

对方小队的队长ID叫“孔雀东南飞”，其他人的ID都是什么“床前明月光”“低头思故乡”之类的五字诗句，全都没加公会，显然是某家公会养起来的小号。

李沧雨见对方朝这边追来，立刻闪身到树后，目光锐利地盯着他们走来的方向。

六人小队有近战、有远程、有治疗，很普通的队伍配置，看不出对方是哪家公会的——即便李沧雨推测对方很可能是飞羽公会，但也抓不到任何证据。

显然，指挥这次野外袭击活动的人心思极为缜密，除了故意开一堆小号隐藏公会的背景之外，小队在行动的时候走位也是有条不紊，皮糙肉厚的圣骑士走在最前，之后跟着一个剑客、一个刺客，再然后是两个白魔法师和一个牧师治疗，是典型的首尾呼应、三阶梯走位方法。

对方有治疗，己方三人却没治疗，所以李沧雨的意图很明显——杀人先断奶，第一个要解决的就是对面牧师。

虽然他的站位距离对面的牧师很远，但精灵族有加移动速度的种族技能，属性也是敏捷优势，在看到对方治疗进入视野的那一瞬间，李沧雨立刻开“飞羽步”迅速绕后，众人只觉得眼前一花，之前还在前面的爱吃红烧鱼转眼间就来到了身后！

“他在后面！”操作小号治疗的飞羽霜霜立刻说道。

然而，等大家想回头打他的时候已经来不及了！

李沧雨手速极快，绕后的同时立刻召唤出自己的水精灵，直接冻住治疗牧师，紧跟着召出火精灵，觉醒的魔法师见他要强杀治疗，很机智地将三个辅助技能全放出来——安魂之歌、鼓舞之声、激励之曲！

银白色和淡蓝色的光效从他的法杖中央迅速扩散到四周，对方防御集体下降，己方的攻击力和暴击率却翻倍提升！

有了攻击加成的李沧雨自然如虎添翼，四个大火球如烟花一样砸过来，瞬间就将治疗秒掉！

李沧雨并不满足于只杀一人，利用攻击加成、暴击翻倍的短暂 10 秒时间，他紧跟着召唤出雷精灵，一个雷霆之怒的大招下去，剩下的五人也被劈掉了将近半血！

这恐怖的攻击简直让人心惊胆战！

飞羽凉山只觉得头皮发麻，按在键盘上的手指都有些僵硬。

让李沧雨欣喜的是，队里的黑魔法师清蒸鲈鱼也不闲着，见身上出现攻击加成的光效，他手中咒杖高高扬起，紧跟着就是一招黑魔法师最暴力的群攻——地狱烈焰！

周围的地面上升起了黑红色的火焰，几乎要将一切焚烧殆尽。

黑魔法咒术的猛烈攻击让原本就被雷精灵劈成残血的众人，瞬间就变成了血条闪红光的危急状态。

飞羽凉山简直惊呆了！

这几人的反应实在快得逆天，他们六人小队刚走过来，还没放出一个技能，对方那召唤师就迅速绕到背后秒掉了治疗，更奇葩的是，对面的那个白魔法师居然还是个辅助？

白魔法辅助，这都多少年没见过了？

好在对方大招放完后技能在冷却，飞羽凉山硬着头皮道：“快快快，杀了红烧鱼！”

然而，爱吃红烧鱼又怎么可能等在原地任他杀？

宠物技能冷却，没关系，我还有精灵族通用的轻功。

李沧雨立刻开着轻功跑了。

逃跑得十分果断。

这里是野外，树木十分茂密，视野本来就不太开阔，他这么一瞬移，飞羽凉山只觉得眼前人影一晃，精灵族召唤师突然闪身到树后，一时半会儿居然找不到他在哪里。

技术被碾压不说，智商也被碾压了……

飞羽公会几个残血的人大眼瞪小眼，飞羽凉山怒道："红烧鱼肯定绕路去左边了，快去左路支援！"

不过左路的情况也不太好，这边是副会长飞羽战神带队，原本以为六人小队解决骑士、剑客和牧师的三人队会很轻松，结果双方一碰面，对面那个叫顾名思义的骑士就跟打了鸡血一样扑过来，狂犬病发作一般乱蹦乱跳，瞬间就将他们的阵形给搅乱了。

飞羽战神简直一脸血。

更烦人的是，剑客会开花的树紧随其后，挥着长剑冲上来，一招精确的锁魂在人群里定住治疗，然后就用光影回转的大招加上碎骨剑的爆发伤害，瞬间秒掉了两个人。

——这也太可怕了！

飞羽战神看得有点呆，那一瞬间，他甚至联想到了飞羽战队的队长苏广漠。

光影回转这个技能虽然是剑客伤害最高的群攻大招，但其实这个技能很难把握，一旦开启之后，耗蓝严重不说，而且因为剑招在快速变动，很容易控制不好而打空。操作者必须以最快的速度随时调整剑客的走位，才能让手中锋利的剑打到该打的位置上。

由于近战剑客的打击感最强，职业联盟玩剑客的选手非常多，最出名的便是飞羽战队的苏广漠。

在赛场上，苏广漠每次开大招总有种神挡杀神、佛挡杀佛的霸气，自他师父宋阳退役后，苏广漠接任了飞羽战队的队长，他也算神迹联盟除凌雪枫之外资历最老的队长。

如今的神迹联盟当中，魔族最强选手大家公认是凌雪枫，而人族胜率最高的却是飞羽战队第二代队长苏广漠——当年的三剑客之首。

凌雪枫有"魔王"之称，人气之高不在话下。

苏广漠也有"人皇"之称，这证明很多网友们都很认可苏队是人族选手中的王者。

飞羽战神是苏队的死忠粉丝，在飞羽公会待了也有整整一年。苏队脾气直率，性格爽朗，虽然生气的时候有些可怕，但平时他并不摆队长的架子，还经常来公会区跟他们交流。

飞羽战神很多次亲眼看见过苏广漠虐 Boss 的画面。

今天看见会开花的树放出剑客大招光影回转，他的眼前突然晃过了队长的身影。他莫名觉得，这个剑客的打法跟队长有些相似，可仔细看又有很大的不同。

飞羽战神站在那里发呆，谢树荣却不会给对方机会，他提起手中长剑，迅速切入对方后排，顶着火力瞬间秒掉了对面的两个远程输出，紧接着又把前排的近战打残。

这时候，李沧雨的支援正好到了。

刚才李沧雨的宠物大部分冷却，只好开着轻功逃跑，同时也是等冷却时间结束。他在树林里绕了一圈，来到阿树这边，正好碰上被阿树打残的几个近战。

李沧雨毫不客气地召出雷精灵，大招一开，成功收下这几个人的人头。

组团来的十二个小号，转眼间就死了八个，飞羽凉山立刻说道："撤撤撤！撤退！"

但凌雪枫不会给他们撤退的机会。

想要撤退的飞羽四人顶着 10% 的残血，正好撞到守株待兔的凌雪枫面前。

凌雪枫目光一冷，手中咒杖举起，黑魔法师的地狱烈焰大招直接将这四人给团灭！

杀光全部小号之后，凌雪枫私聊李沧雨道："会长，逃跑的四个我都解决了。"

这是在邀功吗？李沧雨笑着回道："好样的，辛苦了。"

被表扬的凌雪枫心情很不错。

飞羽凉山带了十二个人去野外突袭爱吃红烧鱼，结果又被团灭。更让人郁闷的是，刚才死亡的时候队里有人的武器掉了，还有人掉了鞋子、项链之类的装备，大家的经验也都掉了不少。

李沧雨自然心情愉快地把这群人掉的装备全部捡了起来，还绕着地上的尸体转了一圈看看有没有漏掉的，把飞羽公会的人给气了个半死。

“我要在这里守着。”李沧雨在附近频道说道，“哪家公会的？要不要再派点人手过来支援？”

看见这行字的飞羽凉山差点气到吐血。

——他居然要守尸？！

神迹死在野外的玩家有两种复活办法，第一是原地复活，第二是回到附近的主城复活点，爱吃红烧鱼放话说要守尸，意思就是：你敢原地复活，我就再灭你一次。

这也太嚣张了吧？

有人气不过，开口道：“会长，复活再来！我就不信杀不了他！”

飞羽霜霜冷静地道：“还来？这几个人的水平如何，你们没看清吗？”

众人一时沉默下来。

说真的，再来一次的结果说不定还是团灭，刚才交手就知道，双方的水平差得太远。

副会长飞羽战神突然说：“老大，我觉得那个会开花的树有点奇怪。”

“怎么奇怪？”

“他让我想到苏队，我觉得这个人很像苏队……”

“胡说八道！”飞羽凉山忍耐着把杯子丢过去的冲动，说道，“苏队在外旅行，会闲着跑网游里打副本，还会把我们飞羽公会打团灭？”

飞羽战神小声辩解道：“我们不是开小号了吗？苏队也不认识我们的小号吧？”

飞羽凉山提醒他：“之前做赏金任务的时候，爱吃红烧鱼三人组就很不客气地团灭过我们一次，当时会开花的树也在队伍里，你说他是苏队？你能不能别说梦话？”

“……”被否定的飞羽战神不由得涨红了脸。

会长说得对，苏队正在内蒙古看大草原，怎么可能闲着无聊跑去网游里打副本，更不可能跟时光公会结盟——同是老牌强队，飞羽和时光向来是敌对关系。

可那一瞬间，他真的有种见到了苏广漠的错觉。

飞羽战队自从第一赛季建队以来，就是把近战剑客作为阵容的核心，飞羽战队出来的剑客和其他战队的剑客在打法风格上会有明显的差别。

飞羽战神觉得自己不可能看错，忍不住道：“会长，我还是觉得这个剑客不太对劲，刚才我顺手录像了，要不你来看看？”

听他说录了像，飞羽凉山便暂时离开自己的座位，来到他电脑旁边搬了个凳子坐下：“快把录像打开。”

飞羽战神很快就调出录像。

其实第一次在副本里跟会开花的树交手的时候他就有种很奇怪的感觉，总觉得这个剑客的打法似曾相识，只是当时被团灭的愤怒冲昏了头脑，并没有仔细去想。后来越想越不对劲，所以这次他就很聪明地提前设置好了录像。

录像开始播放，飞羽凉山目不转睛地盯着电脑屏幕。

战神录制的是广角视频，可以清楚地看见会开花的树的剑客的操作。只见他提起手中利剑，以风一般可怕的速度切入队伍后排，手中长剑快速挥舞，光影回转的大招几乎一招不漏，每一剑都精确地刺到后排两位脆皮输出的身上。

网游里能把剑客光影回转技能用好的玩家并不多，哪怕在职业联赛的赛场上，对自身的走位做出如此精确、快速的调整，也不是一般选手能够做到的。

怪不得战神会说误以为自己看见了苏队，这样凌厉的出手方式，确实是飞羽的特色风格。

看到这录像的飞羽凉山彻底呆住。

——这不就是苏队吗？

——但苏队不是在内蒙古旅游吗？

飞羽凉山有些不敢相信，又将录像回放了第二遍、第三遍……

一直到第五遍的时候，战神终于忍不住了：“老大，你看出什么没有？”

会长严肃地摸了摸下巴，最后得出结论：“没法确定，我觉得应该找一下苏队。”

一群副会长立刻给老大竖起大拇指——旅行期间打扰队长，你真是不想活了！

然而，飞羽凉山却觉得这件事非常重要，应该尽快反馈给队长。

考虑再三，他还是硬着头皮给队长打了个电话。

很快，电话接通，耳边传来的声音平平淡淡的，就像喉咙被冬天的凉水浸过一样，带着一丝独特的清冷韵味："会长？有事吗？"

"……"飞羽凉山的头皮顿时一阵发麻。

这不是队长的手机号吗？居然是副队接了电话？

这也难怪，他俩一起出去旅游，肯定是住在一起。

飞羽战队的副队长俞平生目前才二十一岁，个性孤僻，话少得惊人，脸上的表情总是冷冷淡淡的，声音也带着用凉水洗过一样特有的清冷，好像他只生活在自己的世界里，并不需要跟外人有太多交流。

平时在战队，他就像一只安静的幽灵一样，走路都悄无声息的，不知道什么时候会来到你的背后，静静地看着你，实在是有些吓人……

苏队跟他关系很好，每次出门旅行都要带他一起。

俞平生这清冷孤僻的性子，除了苏广漠之外，在神迹联盟一个真正的朋友都没有。但这并不影响他的职业天分，如此孤僻的人玩的却是赛场上杀遍四方的兽族狂战士，反差特别大，俞平生的狂战士也是如今飞羽战队的王牌，看似冷淡斯文的男人，扛着斧头在赛场上杀起人来可从不手软。

据说当年他也是玩剑客的，是"飞羽三剑客"之一，只是不知道为什么后来改玩狂战士，飞羽凉山来公会的时间不长，对那些陈年旧事也不是很清楚，队长似乎很忌讳说起这些，战队也没人敢问。

刚愣神了一会儿，就听耳边再次传来那个清澈冷淡的声音："会长？"

"哦！"回过神的飞羽凉山立刻说道，"副队，我想找队长说件事情，他在吗？"

"他在洗澡。"俞平生淡淡地道。

飞羽凉山擦了擦额头的冷汗："那等他洗完澡，让他给我回个电话行吗？"

“好的。”俞平生依旧惜字如金。

“咳，副队打扰了。”飞羽凉山只好挂掉电话。

酒店内，苏广漠很快就洗完澡出来。

男人拥有高大健硕的倒三角的模特身材，他留着一头干练的短发，眉骨略高，眉毛略浓，很俊朗的长相，鼻梁和嘴唇也很性感，是典型的“明明可以靠脸吃饭、偏偏却要靠才华”的选手。

网友们曾对神迹联盟选手的颜值进行过投票排行，容貌英俊、气场强大的禁欲系男神凌雪枫毫无疑问排在第一，个性豪爽、长相帅气的飞羽队长苏广漠人气也不低，时光队长谭时天则靠幽默风趣的暖男形象赢得了一大批忠实粉丝的喜爱。

风色、时光、飞羽这三家战队都是从第一赛季就建队的老牌强队，三支队伍经常在总决赛相遇，凌雪枫、苏广漠、谭时天三位性格各异的队长在神迹联盟的人气也渐成“三足鼎立”之势。

飞羽战队的队长很强大，副队却很透明。不同于苏广漠的阳光帅气，副队俞平生长相清秀，性格孤僻，习惯独来独往，经常安安静静地像幽灵一样待在角落里默默做自己的事情，存在感低得几乎可以忽略。

苏广漠这些年来总是以兄长的身份护着他，洗完澡出来时，见他一个人坐在沙发上玩游戏，苏广漠便自然地走到他身旁坐下，问道：“明天还想去哪玩？我带你去吧。”

俞平生说：“不想出去，太晒了。”

这家伙是个死宅，能不出门尽量不出门，好不容易拖他出来旅行，他宁愿待酒店里玩游戏也不想出去晒太阳。想到这里，苏广漠不由得微微笑了笑：“好，那就在酒店待着，明天顺便睡个懒觉。”

“嗯。”俞平生抬头道，“对了，会长凉山刚才打电话给你，让你给他回个电话。”

“飞羽公会的会长？”苏广漠有些疑惑地拿起手机，果然见刚刚的通话记录里有会长的名字，他直接回拨过去，问道，“老凉，你找我？”

飞羽凉山精神一振，立刻说道："苏队，打扰你休假真是不好意思！"

苏广漠爽快地道："没关系，说吧，到底怎么了？"

飞羽凉山咳嗽两声清了清喉咙，说道："是这样的，我们在新区遇到几个很奇怪的高手，带队的精灵族召唤师水平极高，三打六连续团灭了风色和飞羽的精英队。今天我们开小号去试探他，战神发现他的队里有个很厉害的人族剑客，打法跟你特别像。"

"水平很高的精灵族召唤师？还有跟我很像的人族剑客？"苏广漠若有所思地摸了摸下巴，"你那里有没有视频资料发给我看看。"

机智的飞羽凉山忙说："已经发到您邮箱了。"

苏广漠挂断电话，拿出笔记本电脑进邮箱一看，果然有会长发来的视频录像。

苏广漠刚打开录像，还没打招呼呢，俞平生就很自觉地像幽灵一样移动到了他的身边，一双乌黑清澈的眼睛认真地盯着电脑屏幕。这是要一起看的意思？

苏广漠见他好奇的样子，不由得微笑起来，把电脑屏幕往他那边挪了挪。

两人一起看完飞羽的小号团队被人族剑客和精灵族召唤师联手杀光的录像。

紧跟着又回放了一遍。

苏广漠回头问道："师弟，你怎么看？"

俞平生歪着脑袋想了一会儿，憋出一句话："是阿树吗？"

苏广漠点头："我也觉得像这小子。"

说罢，苏广漠又给会长发去一条消息："会长，有没有剑客小号，给我两个。"

飞羽会长疑惑："苏队要小号干什么？"

苏广漠笑道："我去看一下，这棵会开花的树到底是不是我那个小师弟。"

神迹职业联盟的第一赛季，也被网友们称为"五神时代"。

那个时候，势头最强劲的选手正好有五位——风色战队的队长凌雪枫、FTD战队的队长李沧雨、飞羽战队第一任队长宋阳、时光战队第一任队长徐落，以及鬼灵战队的第一任队长莫权。

这五人正好是不同种族的选手，打法也各有特色。

凌雪枫擅长魔族的爆发压制，李沧雨最爱精灵族的快速游走，宋阳是人族剑客中打法最稳定的选手，徐落的神族白魔法控制深得人心，莫权则最喜欢血族的暗杀。

这五个人可以说是中国区神迹职业联盟的鼻祖级选手，对神迹联盟的影响极为深远，后来的很多玩法、流派、战术的开创，多多少少都受了他们几个人的启发。

第一赛季，由于时光战队是华夏俱乐部投入高额资金所建立的神迹分部，在进军神迹之后，时光战队从创建之初就管理完善，挖去不少高手，这也致使时光战队在徐落的带领之下一口气拿下了第一赛季的总冠军。

第二赛季，风色队长凌雪枫和副队长袁少哲双召唤师控场的打法磨合到了最佳状态，风色战队以势如破竹之势横扫职业联盟，拿下了第二赛季的总冠军。

年龄差不多要退役的袁少哲开始培养血族召唤师的接班人许非凡，凌雪枫也亲自培养了现任副队长颜瑞文这位如今最强的黑魔法师，让风色战队在神迹联盟站稳了脚跟。

时光和风色都拿过一次冠军，飞羽却差了一个金色奖杯来证明自己。

飞羽的老队长宋阳很早之前就收了三个徒弟，苏广漠和俞平生在第二赛季被带去赛场当替补，关门弟子谢树荣在第三赛季正式出道。而谢树荣的出道，也促成了飞羽战队“三剑客”的美名。

宋队退役后，很多人以为飞羽战队可能再也拿不到奖杯，然而，出人意料的是，在新队长苏广漠的率领之下，三剑客联手，居然将飞羽战队成功送上了第三赛季冠军的宝座！

自此，时光、风色和飞羽在神迹联盟奠定了难以撼动的豪门强队地位。

苏广漠风格稳健，近战贴身压制的打法非常霸气；俞平生心思缜密，剑招细腻，最擅长抓破绽反攻；谢树荣则喜欢以快打快，专门追着治疗砍，手中的利剑锐气逼人。

飞羽三剑客一时成为美谈，大家对飞羽战队的未来都十分看好。

只是，不知道什么原因，谢树荣在第三赛季颁奖礼结束后就离开飞羽，下落不明，而俞平生更是让人大跌眼镜——不玩剑客改玩狂战士了！

你一个斯斯文文、冷冷淡淡的孤僻症患者，为什么要想不通去玩兽族的狂战士？

众人都表示不能理解。

但队长苏广漠对此却没有多做解释，只说："我尊重每个人的选择。"

一头雾水的记者们猜测出了很多种可能——师兄弟反目？一山难容二虎？为江山还是为美人？

可惜，没有任何一种推测站得住脚，飞羽三剑客的变动也就成了神迹联盟的未解之谜。

转眼间三年过去，当年在飞羽训练营的时候师兄弟三人青梅竹马，感情极好，住在一间屋子不说，每天都一起吃饭、一起训练，苏广漠和俞平生对谢树荣的打法非常熟悉，所以，他俩一看这视频就知道这个人很可能是阿树，即便不是，那也绝对跟阿树有关。

会长飞羽凉山来到飞羽战队的时候谢树荣早已离开，俞副队改玩狂战士，三剑客也成了古老的传说，他并没有见过谢树荣本人，却听过不少关于这位"小师弟"的传言。

据说谢树荣的天赋并不比大师兄苏广漠差，当年离开战队之前好像跟苏广漠大吵了一架，具体是怎么回事，苏队不乐意说，自然也没人敢问，谢树荣离开飞羽的原因也就成了不能说的秘密。

如今，苏队居然说这个会开花的树可能是小师弟谢树荣，飞羽凉山惊得差点掉了下巴，回过神后，他立刻从霜霜那里要来两个52级的剑客账号，迅速把账号密码发给了队长。

很快，左下角刷出两行提示。

——你的好友［海上生明月］上线了。

——你的好友［天涯共此时］上线了。

这正是飞羽凉山刚刚发给苏广漠的小号，意识到那边上线的人是自家正、副队长，飞羽凉山激动地喊道：“快快快，苏队和俞副队都登录了！”

这话一出，办公室里所有的管理立刻把脑袋凑了过来。

“会开花的树坐标在哪？”苏广漠用“海上生明月”的小号给飞羽凉山发来条私聊。

“泽亚城堡西郊树林，坐标 738.196 附近，六人小队还在打变异魔兽。”飞羽凉山快速说道。

“哦。”苏广漠回了一个字，便带着俞平生一起往树林赶去。

两人一起来到西郊树林，果然见一支六人小队正在那里组队升级。

圣骑士“顾名思义”，精灵召唤师“爱吃红烧鱼”，神族牧师“爱吃回锅肉”，人族剑客“会开花的树”，黑魔法师“清蒸鲈鱼”，白魔法师“觉醒的魔法师”，六人的头顶都写着“吃货小分队”的公会名称。

苏广漠目光一扫，迅速看清了对方的阵容配置。

那个圣骑士拉怪的时候疯疯癫癫的，剑客也不怎么用心，显然，收拾这样一只变异魔兽对他们来说轻而易举，队里的六个人都是一边划水一边随便打打。

苏、俞两人观察着他们的同时，李沧雨也注意到了不远处的两位剑客小号。

海上生明月、天涯共此时？看这名字，明显跟刚才来偷袭的那十二个小号是一伙的，只不过，这次他们只有两个人，而且待在那里原地不动，似乎并不想动手。

李沧雨正疑惑，海上生明月突然走上前来，在附近频道发了一条消息：“私人恩怨，别人不要插手，会开花的树，你给我出来。”

谢树荣正在随手打怪兽，看见这行字，不由得皱眉道：“私人恩怨？我认识你吗？”

苏广漠不由得笑了：“你过来就认识了。”

谢树荣道：“有病。”

众人：“……”

这是什么情况？附近频道莫名其妙掐了起来？

李沧雨和白轩对视一眼，都是一脸的茫然。

俞平生看不下去，轻轻捅了捅师兄的胳膊：“你这小号他又不认识，切磋看看。”

“也对。”苏广漠点了点头，干脆发去个切磋申请。

谢树荣接了，提起手中利剑就扑了过来。

他起手先用剑客技能锁魂将对方封招 3 秒，然后接上后续的光影回转和碎骨剑大招，这是谢树荣比较喜欢的打法。

意外的是，他的锁魂居然放空，对方像是早就猜到了他的思路一样，在他扑过去的那一刻一个巧妙的 S 形摆动位移，顺利躲过了锁魂的控制！

谢树荣微微皱眉，脚下却一点都不慢，有样学样地摆动位移，也同样躲掉了对方的锁魂控制！

两人的起手控制技能全都打空，紧跟着，谢树荣以极快的手速直接开大，苏广漠也同时开大——

光影回转！

同样的人族剑客，同样的大招技能，两个人手中的利剑在周身挥舞得密不透风，雪白的剑光叠加在一起，技能光效华丽得几乎要闪瞎人眼。

苏广漠的攻击很稳，谢树荣却很快，顶尖剑客的交锋，惊呆了无数来围观的飞羽公会管理。

一招光影回转效果结束，两人都把对方打成了半血。

谢树荣被激起了战意，回头一招碎骨剑再次杀了过去，对方居然将手中利剑一横，成功格挡掉这一招攻击，同时以牙还牙，反手一招碎骨剑就朝谢树荣砸来！

谢树荣同样抬剑格挡，紧跟着突然后跳一段距离，然后又按向剑客的突进技能——暴风斩！

这个技能可以让剑客瞬间追击到敌人的面前，同时用手中的剑重击敌人头部，造成 3 秒晕眩效果。

这套后跳、突进的连招极为灵活，只可惜，对方似乎很了解阿树，在阿树突进的那一刻，他一个敏捷的 90 度转向侧身，惊险地躲过了这一招重击，然后又抬起手中利剑，一招噬魂剑反刺对方胸口！躲避的同时立刻反击，果断干脆得毫不拖泥带水……

李沧雨看这两人 PK，不由得暗暗心惊。

这次杀上门来的剑客，水平之高可不是网游里的几个公会管理能够比拟的。

这人出手极为稳健，脚下的走位也不慌不乱，就像战场上成竹于胸的将军，不管敌人如何猛烈进攻，只要手中有剑，他便能以不变应万变，姿态始终稳如泰山。

这样老辣的打法，颇有当年飞羽老队长宋阳的风采。

李沧雨目不转睛地旁观着战局。

阿树经过这几年的磨炼，打法比当年那个三剑客中锐气逼人的小师弟要沉稳许多，可跟面前的这个人比起来，他还是缺了些东西。

如果说，阿树是擅长快攻的凌厉杀手，那么，面前的这位就是稳中求胜、泰山崩于前而面不改色的大将——他很有信心，所以哪怕阿树的攻击再快，他也依旧不慌不乱，应对得无比从容。

两人见招拆招，速度极快，双方血量正在急速下降。

但李沧雨看得出，其实这两人都没有尽全力，而是略有保留，出手也以试探对方为主。

光是试探都能打得如此激烈，只能证明，这个小号背后的操作者绝对不简单。

——是三剑客之首的苏广漠吗？

想到这里，李沧雨不由得回头看向白轩："你觉得呢？"

搭档多年的白轩总能第一时间理解李沧雨的意思，点了点头，说道："应该是苏广漠。"

此时，开着清蒸鲈鱼小号的凌雪枫也早已认出了对方。

粉丝们给很多选手起了一些外号，"魔王"凌雪枫跟"人皇"苏广漠经常被记者同时提起。

两人交手的次数并不少，风色和飞羽也常常在半决赛、总决赛这种重量级的赛事相遇，因此，凌雪枫对苏广漠的风格可以说是了如指掌。

苏广漠的出道时间只比凌雪枫晚一年，并且在第二赛季结束的时候就接任了飞羽的队长。比起楼队、朱队、杨队、谭队这些第三赛季以后才接任队长的新一代选手来说，凌雪枫、苏广漠这两人共同经历过的赛事更多，在神迹联盟的根基也更加稳固。

没想到，这次连苏广漠都被惊动，只能证明今天在野外搞偷袭的小号全是飞羽公会的人，他们可能看出了什么，这才大着胆子把队长给请了过来。

当初，凌雪枫开着风色会长的账号跟李沧雨他们打了几轮冰霜神殿副本，会开花的树一路划水故意隐藏实力，显然是不想让他看出身份。加上今天苏广漠亲自来到网游，只要稍微一推断，就能猜出，这位会开花的树，应该是苏广漠失踪已久的小师弟——谢树荣。

想到这里，凌雪枫的心情不禁有些复杂，谢树荣离开中国神迹联盟已有三年，没想到居然能在新区遇见。

这么看来，李沧雨这次组队真是出乎意料的顺利，有谢树荣这样的王牌选手加盟，他的队伍再也不会像当年的弱队一样任人宰割，作为对手的凌雪枫也很为他高兴。

只有这样强力的队友，才能让他毫无负担地发挥出自己真正的水平。可以想象，明年的神迹赛场上，猫神所带领的这支队伍，一定会给神迹联盟带来更多的惊喜！

番外篇

当时年少

神级召唤师

SHENJI ZHAOHUANSHI

神迹职业联赛第一赛季涌现了不少由民间高手组建的队伍，其中，李沧雨、白轩和几位发小一起组建的 FTD 战队只是其中并不起眼的一员。

刚刚开展正式比赛的联盟，一切都处于起步阶段，很多战队都没有特定的战术，职业选手们就像是摸着石头过河，没有前人的经验可以吸取，阵容、战术也全靠自己钻研。

李沧雨是个战术狂人，闲下来的时候总喜欢琢磨各种阵容搭配，可惜当时的 FTD 战队实力并不强，加上他自己比赛的经验也十分欠缺，很多理论上成立的设想，在实际比赛中运用时，效果不尽如人意，这也使得 FTD 战队在比赛初期一直处于被强队压着打的窘境。

第一赛季的常规赛进行了一个月，FTD 战队屡战屡败，以五连败的成绩在积分榜垫底。

这样的开始是李沧雨从没有想到的。

他在网游里单挑鲜逢敌手，在国服排行榜也名列前茅，但神迹不是一个人的游戏，尤其是职业联赛竞争激烈，团战时稍有不慎，就很容易导致整个队伍崩盘。擂台的排兵布阵也需要很大的技巧，职业的相互克制、对手的出阵思路，这都要综合考虑。

和风色战队相遇的那一场比赛，凌雪枫和袁少哲两位召唤师的默契配合，打得他们几乎没有还手之力。

比赛结束后，凌雪枫主动走过来和李沧雨握手。

那时的凌雪枫只有十九岁，脸上的神色非常冷淡，外界传言这位风色的少年队长很不好相处，但李沧雨在网游里认识他那么久，知道他是“外冷内热”

的性格，见他过来，李沧雨也没客气，主动伸出双臂，笑着跟对方拥抱了一下，道：“恭喜。”

明明输掉了比赛，可身为队长的李沧雨却没有丝毫沮丧的神色，反而笑得很是灿烂。

凌雪枫疑惑地看着他，问：“五连败，加上今天是六连败，你不难过吗？”

李沧雨耸了耸肩：“难过有什么用？反正成绩已经垫底，不能更坏了，接下来的每一场比赛都好好打，能赢一次就算赚的。”

凌雪枫沉默地看着他。少年笑起来的时候会露出一口整齐洁白的牙齿，笑容温暖而明朗，没有丝毫假惺惺的伪装成分，显然，他的心态调整得相当好，哪怕是六连败的惨烈战绩，都没有将他击倒。

十八岁的年纪，放在当时的职业联盟相当普遍，但心理承受能力像李沧雨这么好的选手却真的不多见。

记得前一周某支战队同样是输掉比赛，选手们在后台偷偷掉眼泪。但是，在凌雪枫印象中，李沧雨总是元气满满，斗志昂扬，很难想象他偷偷抹眼泪的样子。

不管多大的挫折，这个家伙，大概永远不会掉一滴眼泪吧。

思绪跑偏的凌雪枫嘴角不由得露出一丝笑容，看着面前的少年说：“希望下周你们能赢。”

李沧雨笑道：“承你吉言！”

下周 FTD 战队的对手，是当时的高人气战队:时光。

第一赛季的时光战队背靠豪门俱乐部，队内高手如云，加上有徐落这位大神担任队长，是当时最有实力争夺冠军奖杯的强队之一。

已经六连败的 FTD 战队，对阵势头正盛的时光，听起来几乎毫无悬念。

赛前的预测网友们也是一面倒地认为时光战队铁定会赢，还有不少人对 FTD 的队长冷嘲热讽：“那个叫老猫的，估计要被捶成病猫啦！”“取个名字叫‘老猫’装深沉，其实就是只小奶猫！”“我很喜欢猫这种动物，求时光的大神们下手轻一点，不要把那只猫虐哭！”

也有不少凑热闹的人在网上预测比分："我猜时光9:0，要是猜错了直播吞键盘！""肯定9:0，还用猜吗？猜错了我直播吃电脑！"

擂台3分，团战6分，大家猜测9:0，显然是认为FTD战队从时光手里1分都拿不到。

没有人看好FTD战队，更没有人看好李沧雨的精灵族召唤师。

李沧雨也习惯了这样的待遇，但让他意外的是，比赛开始之前，他在后台突然收到了凌雪枫发来的一条消息，很简单的一句话："加油，相信自己！"

或许在别人看来，凌雪枫这句鼓励的话十分可笑。但对当时的李沧雨来说，来自对手的鼓励却让他的心头格外温暖。

因为他知道，不管别人怎么质疑他、嘲讽他，却有一个人，始终相信他的实力。

那个人叫凌雪枫。

是跟他相识于单纯年少时，在网游里共同经历过一整年的岁月，一起钻研，一起进步，怀揣着同样的梦想一起来到职业联赛舞台上的，最好的朋友。

李沧雨微微笑了笑，拿起手机回复一句："我会加油，等着看我逆袭！"

擂台赛开始。

时光战队派出的第一位选手是个白魔法师，实力虽然略弱于时光的队长徐落，但放在当时的神迹职业联盟，他也是白魔法师中的佼佼者。

李沧雨在第一位派出了一位剑客队友。

从职业克制上来说，剑客和魔法师对决胜率应该在五五开，就看谁能躲掉对方的控制。但由于时光战队的选手和FTD选手的个人实力差距太大，在对方血量还剩50%时，FTD战队的剑客就被击杀。

按照规则，FTD必须派出第二位选手应战。

让观众们意外的是，第二位选手上场后不到半分钟，再次被时光战队的白魔法师击杀，而此时的白魔法师还剩10%左右的血量，这相当于以一己之力连灭掉对方的两人。

看直播的网友们开始疯狂刷屏："时光一个人杀FTD两个人，这比赛还有必要打下去吗？”“我就说 FTD 肯定输，这情况还能翻盘？反正我不信！”“我看还是投降算了！”

李沧雨的字典里没有“投降”二字。

赛前提交的出场顺序，他是擂台阶段的第三人。

前面的两位队友，已经倒在了对手的法杖之下，他必须独自力挽狂澜。

坐在电脑前的那一刻他其实并没有多想，他只知道，自己带着满腔信念和热血来打职业联赛，不能就这么认输！即便是输，也要输得有尊严！

李沧雨的注意力高度集中，脑海里全是曾经在网游里单挑各职业高手时的操作技巧。

对方只剩 10% 血量，自己必须尽快用最少的技能消耗击杀掉他。

李沧雨目不转睛地盯着对方的走位，算准了彼此的距离，卡住攻击距离，直接在侧面召唤出火精灵，用一个最简单的火球术连击，将对方 10% 的血量瞬间清空。

时光战队派出第二位选手，一个狂战士。

狂战士打召唤师，只要能近身切到对方，脆皮的召唤师基本活不过 5 秒。时光战队的狂战士选手也很有信心，在上台之前还跟队长保证一定会拿下比赛。

然而让他意外的是，每次他扛着巨斧突进到召唤师的身边，对方就像是早就算准了他的想法一样，立刻飞羽步远离，时间和距离都卡得相当准。

第一次可以说是巧合，但第二次、第三次……

连续五次被对方躲掉关键技能之后，狂战士的内心也快要发狂了。

这种感觉就像是对方钻进了自己的脑子，知道了自己的一切想法并提前做好了预判！

李沧雨在这一场对决中，以高端的操作技巧和极快的手速，给所有看直播的观众上了一堂精彩的教学课程——极速召唤流。

神迹职业联盟只有李沧雨一个精灵族召唤师。

风色战队的魔族召唤师凌雪枫和血族召唤师袁少哲，是召唤师这个职业的两种主流打法，前者爆发高，后者可以吸血、续航能力强，网游里很多玩家也喜欢这两个种族的召唤师。

精灵族召唤师非常冷门，这也是网友们不太看好李沧雨的原因。

但是这一场比赛，让所有人对他改观。

观众们很诧异地发现，这个精灵族召唤师的操作者就像是有八只手，水精灵被切死，旁边立刻出现火精灵和雷精灵打出一套爆炸伤害，等对方杀掉他的火精灵，又出来风精灵强行控场，好不容易秒掉风精灵，结果再召一只新的水精灵绕后冰冻。

每只宠物的召唤都恰到好处，而且是无缝衔接！

层出不穷的宠物，接二连三的快速控制，简直让人眼花缭乱！

狂战士就像是被遛狗一样，从头到尾根本没法近他的身，反而满血被他活活遛死！

——双杀！

FTD 战队最后出场的李沧雨，居然在擂台一口气杀掉对方两人？

全场观众一脸疑惑。然而此刻，坐在后台的凌雪枫却微微扬起唇角，像是早就料到了一样，淡淡地说道："不愧是李沧雨。"

袁少哲挑眉看他："就算解决了第二个狂战士，时光战队还有一位守擂大将，难道你认为，李沧雨能一个人在擂台完成三杀？"

凌雪枫目不转睛地看着直播屏幕，平静地道："我相信他可以做到。"

袁少哲扶额："你对他到底是哪来的这种奇怪的信心？"

凌雪枫很坚定地说："因为，他会成为我最强的对手。我相信他，就像相信自己。"

袁少哲："……"

这句话真是让人无法反驳。

由于擂台名单是赛前提交，大概徐落也没想到时光战队会在联盟成绩垫底的 FTD 战队手里栽跟头，所以他没有亲自上场，而是派出了队里的主力剑客。这位剑客选手实力也是一流，徐队觉得三位实力都不错的选手打擂台，遇到 FTD 这种垫底队伍，怎么也该稳稳拿下擂台这三分吧？

结果，李沧雨还真的给了所有人一个惊喜，或者说是惊吓。

李沧雨的精灵族召唤师以 80% 血量和 60% 蓝量进入最关键的守擂阶段，面对的是满血满蓝的对手。从数据上看，他的胜算依旧不大，可李沧雨却能靠技巧取胜。

自己的状态不如对方，所以李沧雨打得特别谨慎。

他先是开轻功逃跑避其锋芒，利用对方迫切想拿下胜利的心理，拖着对手打消耗游击，让对方的部分技能进入冷却，用火精灵慢慢磨对方血量。

等时机差不多时，他才突然反打——连续召唤水、火、风、雷四大精灵，冰冻、吹飞的强控，紧跟火球和雷霆之怒的高爆发伤害，一套连招将对方打残，再跟上精灵族的大招！

四只宠物全部被主人爆死，造成可怕的范围伤害，将残血的剑客直接秒掉！

——三杀！

时光战队的剑客一脸茫然，对面这召唤师，明明一直在避战逃跑，谁能想到他突然反手一套爆发连招居然把人给秒了？

现场观众目瞪口呆，就连官方解说都呆滞了几秒后才回过神来，激动地道："三杀！这是神迹职业联赛开赛以来的第一次擂台三杀！ FTD 战队的队长老猫，居然一个人在擂台杀掉了时光战队的三个人！我相信，这一刻，一定会被职业联赛的历史所铭记！让我们给这位选手最热烈的掌声！"

第一次擂台三杀，这绝对是值得纪念的一刻。

台下掌声雷动，尖叫声震耳欲聋，这还是 FTD 战队第一次享受到如此好的待遇。

李沧雨面带笑容回到休息处，白轩激动地起身拥抱住他，队友们也走上前来紧紧地拥抱他。

他终于证明了自己。

他也让所有人意识到，精灵族的召唤师，极速召宠的打法有多么可怕。

那一场比赛 FTD 战队最后以 5∶4 战胜了时光，擂台拿 3 分，团战拿了 2 分，惊掉无数人的下巴。

赛前开嘲讽的网友悔得肠子都青了，尤其是那些大言不惭放话说要直播吃键盘的，灰溜溜地回家去买了个巧克力键盘，被无数网友反过来嘲笑。

李沧雨这位精灵族的召唤师，更是一战成名。

网上刚开始嘲笑他是“小奶猫”的人，都开始尊称他为“猫神”，不少人还私信请教他精灵族召唤师的装备、技能点搭配，他也因此收获了很多粉丝。

但李沧雨知道，这只是开始。

比赛结束后正好是晚饭时间，李沧雨带着队友们去聚餐，结果吃饭时正好遇见凌雪枫和袁少哲，李沧雨热情地招呼他们过来坐，那两人倒也不客气，和FTD战队的人凑了一桌。

饭桌上，凌雪枫发现李沧雨点了两盘红烧鱼，一盘放桌子中间给大家吃，另一盘端到自己的面前埋头吃，转眼间就吃了大半。

凌雪枫好奇道：“你很喜欢吃鱼？”

李沧雨头也没抬地说：“嗯，这也是我取名叫猫的原因。”

白轩微笑着道：“他能把鱼当主食吃，一顿吃两条吃到饱，我们都认为他是属猫的！”

队友们也在开玩笑：“我们队长可好养活了，有鱼吃就特别高兴！”“我们队里的常备零食是小鱼干。”

凌雪枫的心里很是震撼。

在他的印象中，李沧雨一直是个阳光、帅气、潇洒又自信的男生，没想到，李沧雨居然还会有这样的一面，低着头认真吃鱼的模样，看着倒是十分可爱。

凌雪枫不由得提醒道：“慢点吃，小心鱼刺。”

李沧雨道：“不用担心，我吃鱼相当专业，从来没被鱼刺卡过。”

然后凌雪枫就目睹他以极快的速度吃光了一整条红烧鱼……

凌雪枫赞同地想：“他果然是属猫的。”

众人有说有笑地吃完晚餐，李沧雨去前台埋单，凌雪枫也跟了过去，并抢先一步付了款。

李沧雨看着他道：“这不好吧？怎么能让你请客呢？”

凌雪枫道：“就当是恭喜你们获得首胜。”

李沧雨爽快地拍拍他的肩：“够义气，下次我再请你！”

看着他微笑的样子，凌雪枫突然低声问道：“还记得我当初请你加入风色的时候，你说的那句话吗？”

李沧雨道：“记得。我不能跟你做队友，那就只能做对手了。”

凌雪枫严肃道：“不只是对手，还要做‘最强的’对手，所以，你得继续努力。”

李沧雨果断地道：“当然，总有一天我会在赛场上打败你！”

凌雪枫道：“其实，我有时候也会觉得遗憾，要是我们在一支战队的话，或许拿下冠军会容易许多。”

李沧雨笑着说：“你是风色队长，我是 FTD 队长，我们俩在一支战队这注定不可能吧？”

凌雪枫道：“将来的事，谁也说不定。”

李沧雨若有所思地想了想，道：“也对！万一将来哪一天有世界大赛，要选个国家队什么的，说不定以我们俩的实力，都能进国家队，这样就成队友了呢！”

看着李沧雨神采飞扬的模样，凌雪枫的心底深处突然泛起一丝难以言说的温暖。

年少时最难得的，就是有这样一位了解自己，并且拥有同样梦想的好友。

他心里虽然偶尔会遗憾不能跟李沧雨在一支战队，可更多的时候，他会庆幸两人在不同的战队，这样才能互相督促，激励对方一起进步。因为，只有强大的对手，才会让自己变得更强。

如果将来他们在赛场上相遇，那他们一定是最了解彼此的对手。

而如果李沧雨所说的世界大赛成真，如果他们同时入选国家队，那他们将会成为最好的搭档。

不管将来发生什么事，至少凌雪枫能确信一点——

年少时能得此知己，足矣。

【第一册完】